TUDO O QUE AINDA É

DAVI CAPELATTO

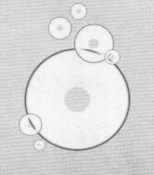

Copyright © 2022 by Davi Capelatto
Edição: Felipe Damorim e Leonardo Garzaro
Arte: Vinicius Oliveira e Silvia Andrade
Revisão: Carmen T. S. Costa e Lígia Garzaro
Preparação: Ana Helena Oliveira

Conselho Editorial:
Felipe Damorim, Leonardo Garzaro, Lígia Garzaro, Vinicius Oliveira e Ana Helena Oliveira.

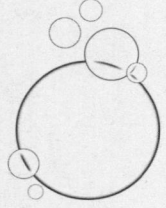

[2022]
Todos os direitos desta edição reservados à:
Editora Rua do Sabão
Rua da Fonte, 275 sala 62B
09040-270 - Santo André, SP.

www.editoraruadosabao.com.br
facebook.com/editoraruadosabao
instagram.com/editoraruadosabao
twitter.com/edit_ruadosabao
youtube.com/editoraruadosabao
pinterest.com/editorarua

Dados Internacionais de Catalogação na Publicação (CIP)
(Câmara Brasileira do Livro, SP, Brasil)

C238

Capelatto, Davi

Tudo o que ainda é / Davi Capelatto. – Santo André - SP: Rua do Sabão, 2022.

352 p.; 14 X 21 cm

ISBN 978-65-86460-93-3

1. Romance. 2. Literatura brasileira. I. Capelatto, Davi. II. Título.

CDD 869.93

Índice para catálogo sistemático
I. Romance : Literatura brasileira
Elaborada por Bibliotecária Janaina Ramos – CRB-8/9166

TUDO O QUE AINDA É

DAVI CAPELATTO

Para Bia e Daniela, sempre.

"O que é este intervalo que há entre mim e mim?

Fernando Pessoa

1

— Quem é você?

2

Assim que terminou o almoço, depois de dar um beijo quase imperceptível no rosto de Laurinha — no primeiro ano de vida, o sono da nenê merece respeito sacramental —, de se despedir de Carol e de ouvir ansiosos "boa sorte" dos sogros, Danilo saiu de casa. Com calça de sarja bege e camisa azul-clara fechada até o penúltimo botão, o mesmo traje de antes da demissão (ultimamente vestia só constrangedoras bermudas), dirigia-se à entrevista.

Graças ao sogro se encontraria com o editor-chefe no oitavo andar do edifício comercial onde funcionava a Gazeta Sorocabana, sem detalhes do trabalho ou da conversa em si. "Vá falar com o Borba na segunda-feira", havia anunciado o doutor Marco Antônio dois dias antes, "ele marcou às catorze horas.". Justamente porque havia sido o sogro quem fizera as apresentações prévias entre candidato e empregador, de início Danilo se abraçou à ingênua crença de que a vaga estava garantida. Meramente protocolar, a entrevista; apenas para que ele e o tal Borba apertassem as mãos, trocassem comentários sobre o conhecido comum, talvez fosse mencionado um ou outro dado da formação de Danilo para então saber qual seria sua função dentro do jornal.

Ainda no ônibus, antes de começar a questionar — será que estava tudo tão garantido assim? —, repete uma brincadeira nascida na infância, mas útil para distrair até hoje: pendular sua atenção ora para o que o lado de lá das janelas lhe exibe, o mundo corrente — carros, casas, prédios, árvores sólidas no calor de depois do almoço, pessoas que caminhavam com pressa ou com vagar —, ora para o que o lado de cá quase lhe cutuca, o mundo iminente — pessoas em pé e sentadas, bolsas, jeans, camisetas, as costas do motorista que oscila de um lado ao outro nas curvas, o cobrador, há anos dizem que os cobradores vão acabar mas eles resistem, a ausência de conversa entre os passageiros, os fones de ouvido, um clássico, todos aguardando seus pontos.

No mundo corrente, tudo ajustado. Apesar de se sucederem à medida que o ônibus segue o itinerário, as casas, as árvores, as placas se exibem bem resolvidas em suas posições e funções; as pessoas do mundo de lá parecem saber o que querem, destino e objetivos definidos. Já o lado de cá, não: desse emana a aflição ou o enfado do prestes a, da expectativa, do antecedente, personificando aquilo que, se eliminado, não desnatura a essência. É o naco descartável, a rebarba, como um excesso de cimento que exige desbaste. Do que acontece no mundo iminente ninguém se ocupa em reportagens, a não ser que um episódio inusitado interrompa o previsível ritmo da viagem. Embora em trânsito, os ocupantes desse mundo são estáticos — são as paradas que chegam, e não o contrário. Entediados ou apressados, sentados ou em pé, no ônibus todos ocupam os assentos da suspensão e da incerteza — como um domingo à noite.

Vê um terreno sem construção e, primeiro, imagina uma mansão nova e recém-pintada (o glamour e a pompa da profissão); depois, enxerga mato e plantas crescendo em abandono (não sabe nada da profissão). Antes calmo, Danilo começa a oscilar entre devaneios e receios.

Repórter investigativo. Era sua preferência: denunciar esquemas de políticos e poderosos, obter fama, respeito e, com o tempo, ter o seu ponto de vista estampado na capa do jornal. Quem sabe na TV? Assuntos variados, o bom jornalista conhece tudo e esbanja opiniões contundentes. Mas, experiência zero... O curso noturno teria sido suficiente para lhe proporcionar esse início arrasador? Encontrar assento no ônibus costuma ser sorte, mas agora não havia muitos passageiros, deve ser o horário. É provável que no início seja designado para os esportes, acompanhar o São Bento que voltou à primeira divisão, anunciar escalações, analisar a partida do domingo à tarde, enumerar jogadores lesionados ou suspensos — futebol, sempre. Por mais que não tenha feito estágio na área, reproduzir entrevistas de futebolistas não o intimidava tanto. Do Campolim ao centro são vinte minutos, mas só quando o trânsito está bom. Não, não vou atrasar, tenho tempo. Danilo nota que a menina da diagonal não deve ter estudado nada, já que não para de remexer, aflita, folhas de xerox; com certeza, anotações de colegas. Quantas vezes ele não passou por isso? Repórter do cotidiano! Chamar atenção das autoridades sobre a ineficiência do hospital, a necessidade da escola, a falta de vagas na creche... Depois de algumas matérias objetivas, poderia, aos poucos, lançar uma observação perspicaz sobre a praça ou a loja da esquina, que não só refletisse, mas sobretudo que interpretasse os hábitos da cidade, ou até um ou outro olhar mais lírico, "*com mais sossego amemos a nossa incerta vida*". Porém, como funciona uma redação de jornal?! Até escreveu reportagens simuladas na faculdade, mas ali, no banco de ônibus a caminho da entrevista, suspeita que a profissão talvez não seja tão simples.

    Deveria ter se dedicado mais, deveria ter feito diferente da menina da diagonal. O ônibus para no semáforo. No quintal de uma casa térrea, duas senhoras e um homem conversam. Claro que ele não ouve nada, mas gestos e expressões sugerem troca de amenidades. Uma veste saia e blusinha verde, a outra, vestido florido, predominantemente vermelho; já o homem está de bermuda azul e camiseta branca. Todos com mais de sessenta. Aposentados ou donas de casa, para estarem num quintal tão tranquilos a esta hora. Enquanto os três parecem bem resolvidos, Danilo corre atrás do emprego, na iminência de ser. A vaga era sua? O motorista arranca e os desconhecidos ficam para trás.

    E a vida cultural de Sorocaba? Teatro, cinema, livros e música. Teria o olhar arguto para esses assuntos? Noticiar a agenda dos eventos, tudo bem; mas não se enxergava como formador de opinião. Era cedo para imaginar que uma expressão como "o Danilo da *Gazeta* recomendou" pudesse determinar o sucesso ou o fracasso de certa obra. Aliás, não consegue acreditar que um dia ela seja cunhada mesmo depois de vinte anos de profissão...

No colo, um envelope cor de terra com o currículo, não grampeou nem colou a aba. Puxa a folha de papel e a lê, embora saiba o seu pequeno conteúdo de cor. Nome, data de nascimento, escolas por onde estudou, graduação em jornalismo, caixa de banco. Que informações a respeito de um bancário poderiam ajudar um aspirante a jornalista? Bancário demitido, verdade seja dita.

É óbvio que não seria destacado para reportagens especiais, até porque, do pouco que conhecia da Gazeta, o lugar onde esperava trabalhar não sofria de mania de grandeza, aparentemente se contentava com notícias locais. Droga, parece que todos os semáforos querem ficar vermelhos agora... A estudante parecia aproveitar bem as paradas, lendo avidamente as anotações. De jeito nenhum começaria como *office boy* — não tinha mais idade para isso e precisava de um bom salário —, mas também sabia que editoriais ou crônicas opinativas não estavam no horizonte próximo. Não lembra de ninguém que possa se interessar pela sua visão de mundo. Como se tivesse originalidade a oferecer... Algum dia estaria apto para tudo isso, teria talento para a função? Já há um bom tempo sem salário, até o ordenado de *boy* seria bem-vindo.

Emprego. Um emprego o quanto antes. Qualquer um. Carol tem sido compreensiva; seus sogros, também; no entanto, do jeito que está não dá mais. A estudante dobra as folhas e as joga na mochila cor de laranja com pressa, se levanta e aperta o botão para que o motorista pare na próxima parada. Então desce, saindo da iminência e se atirando na vida. Tomara que vá bem na prova.

Melhor se levantar, as pernas começam a suar na calça em contato com o tecido do banco. Não é couro, é imitação, lembra-se da explicação da mãe. O envelope na mão esquerda, já que a direita se segura no apoio ensebado do coletivo. Pouco importava o currículo, o entrevistador só veria nele as características que quisesse.

Enxergar é intencional.

Seu ponto chega.

3

A surpresa da pergunta lançada sem um prévio "boa-tarde" ou um tranquilizador "como vai", quando o brutamontes Borba mal havia se levantado da poltrona, encurvando o corpo sobre a escrivaninha com mão direita esticada — para um aperto de mãos em que o homem imprimiu mais força do que o normal (certamente para intimidá-lo, só pode ser) —, veio acompanhada do forte odor de cigarro que impregnava a sala.

No mínimo Borba devia saber quem ele era, o sogro havia recomendado.

— Como? — retrucou Danilo, tentando não só ganhar tempo, mas confirmar que não se tratava de uma brincadeira daquele homem.

Já sentado de novo, Borba faz uma pausa, arranca um maço vermelho de Hollywood do bolso esquerdo da camisa de manga curta e acende o cigarro de filtro amarelo, a mesma cor da mancha no bigode grisalho, e se reclina na cadeira giratória de couro preto puído — couro de verdade, decerto, ao contrário dos assentos do ônibus —, que se encaixava de modo perfeito no corpanzil. Com um gesto aponta a cadeira em frente à escrivaninha para ele se sentar. Danilo obedece. Então o editor-chefe suga o cigarro com ânsia por dois segundos, ânsia prazerosa para ele, e, incrível, engole a fumaça!

O trago, o maço de volta ao bolso, o silêncio.

Foi em Mongaguá que, com seis ou sete anos, colocou um cigarro na boca? Foi. Pela primeira vez. Pela última vez. Uma guimba jogada naquelas caixas retangulares de areia tão comuns em saguões de pensões e pousadas simples do litoral, onde Danilo, a mãe, os tios e os primos às vezes passavam alguns dias nas férias. Assistia aos homens de verdade e às mulheres elegantes fumando na TV. Seu pai era bom fumante também, contaram. Ingenuamente alcança o toquinho ainda aceso e o coloca na boca. Bituca usada, saída do lixo, mas não sentiu nojo. Então sorveu a guimba como fazia com os canudos de soda nos almoços, num arremedo de trago. Horrível. Um amargor preencheu o lado interno de boca, nariz e garganta. Mas quase no mesmo instante foi acometido por outro ardor, agora na bochecha, na ponta do nariz, nos lábios, do lado de fora — o forte tapa que recebeu na cara interrompia ali, em definitivo, a carreira de fumante. Não havia percebido a mãe por perto. Não apanhava com frequência, não dava motivos, mas o safanão recheado na cara, no saguão da pensão, na frente de hóspedes, de crianças, do Ivan, da Cris... Brincavam de quê? Esconde-esconde, pega-pega? Pouco importa. Chorou, pela dor, sim, mas pela vergonha da plateia. Aquelas férias devem ter sido boas, como tantas, mas do que se lembra mesmo é da humilhação. Não fosse aquele episódio, quem sabe não estivesse agora compartilhando com Borba alguns tragos?

Certamente o editor-chefe não contou com uma mãe rígida nesse quesito — ou foi mais esperto ao fumar escondido —, pois tragava seu cigarro com deleite até hoje. Sessenta anos ou mais, cabelo cinza quase branco, com bigode proeminente da mesma cor e com a mancha bege no centro, de voz grossa e rouca — nem sempre teria sido assim, talvez a idade e os cigarros a tenham transformado nesse som grave e de alta tonalidade que assustava num primeiro momento; num segundo e num terceiro, também. Ele bate o cigarro na borda de um cinzeiro de vidro marrom já abarrotado de guimbas e cinzas, serve-se de uma garrafa térmica azul-clara, nem lhe oferece!, e insiste:

— Vamos, me diga quem você é.

Não, não era brincadeira.

— Sou Danilo, genro do doutor Marco Antônio.

— Isso eu sei, caramba. Quero que você se defina para mim.

Existem manuais inteiros sobre como se comportar em entrevistas de emprego, boas respostas às perguntas mais frequentes, maneiras de escapar de armadilhas, postura, tom de voz, roupas adequadas. Sentindo-se vítima de uma dessas arapucas, nada perspicaz lhe ocorre. Como se diz por aí: vocacionado, proativo, facilidade para trabalhar em equipe. Ridículo. Experiência anterior? Zero! Partir para o lado mais íntimo, contar que era órfão de pai... Não, sem melodrama. Poderia dizer que já gostou de *heavy metal*, mas isso nada tem a ver com ele hoje. Talvez seja melhor assumir que estava atrás do emprego, que precisava do emprego, qualquer porcaria serve, não fazia questão de ser correspondente internacional, se você me mandar ser *office boy*, serei *office boy*.

Borba espera.

Danilo espera.

E o rapaz começa a suar nas costas, nas pernas, como no ônibus há pouco, a cadeira por ele ocupada nem mesmo imitava couro. Levantar e fugir seria mais vexatório do que o bofete na pensão. Precisa falar alguma coisa. Então fala: nasceu em Pilar do Sul, e seu pai, mecânico, morreu quando ainda era criança; por isso, ele e a mãe voltaram para a casa dos avós aqui em Sorocaba...

— Não pedi biografia em dois volumes.

O tal Borba foi objetivo como uma planilha de Excel.

— Vinte e oito anos, formado há dois, ESAMC. Nunca trabalhei na área; estou aqui pela vaga — e, já arrependido por ter assumido tanto a inexperiência quanto a necessidade do emprego, como se fosse possível esconder uma e outra, entrega o envelope com o currículo ao editor, que o larga sobre a mesa sem abrir.

O entrevistador deveria conhecer alguns dados, ao menos os mais recentes, que era bancário, que estava sem trabalho, o que ele e o doutor Marco Antônio conversaram afinal?! O Borba vai ajudar, o sogro havia garantido. Era de se esperar que um mínimo a seu respeito tivesse sido falado. Naquele instante, tom e conteúdo da entrevista incomodavam. Isso aqui não é para mim, pensa. Agradecer, despedir-se, retribuir o aperto de mãos também com força maior como vingança, sair e voltar a procurar emprego em bancos... O repórter-opinativo-contundente saltara no ponto errado.

— Não, não é isso... Quero saber o que te singulariza.

"Sinto que sou ninguém salvo uma sombra." Mostraria atrevimento se citasse o Pessoa? Não era arrogância, era o que sentia. *"Sou sombra."* Não carrega nenhum bordão ou lição de moral que possa ter orientado seus passos até ali. *"Sinto que sou ninguém."* Tenta recorrer a alguma fórmula escutada em palestras motivacionais no banco, mas nada aparece. Sob pressão, sou um bosta; se espremer mais, espano, esqueço até meu nome. Nenhuma sacada para atender Borba, só um desespero pelo vazio que boca nenhuma conseguiria pronunciar.

Então abre os braços — seria engraçado se respondesse "me defino como um bosta", mas o que o sogro diria quando ficasse sabendo disso?! — e levanta os ombros com um desamparado sorriso, tentando significar, com tais gestos mudos, que não conseguiria corresponder à expectativa do editor. No entanto, diante do entrevistador-futuro-chefe-ou-ex-futuro-chefe que, bem instalado na cadeira giratória de couro puído, exala nicotina e intransigência, Danilo, derrotado, escolhe a honestidade:

— Nunca pensei nisso.

A sala não destoava tanto da imagem que trazia no seu imaginário acerca de redações de jornal, provavelmente oriunda de filmes, com adaptações, claro, para um pequeno periódico do interior. A escrivaninha de madeira gasta servia de apoio a jornais, clipes, um grampeador, enfim, objetos banais para quem ainda trabalhava com papel-jornal; um computador de mesa preto ao lado com teclado de letras apagadas; também um cinzeiro prestes a explodir de tão abarrotado de cinzas e bitucas. E agora o envelope do seu currículo no topo da bagunça, cobrindo o isqueiro. Atrás de Borba, uma janela coberta por uma persiana bege imóvel. Se pudesse, teria conseguido ouvir os motores dos carros ou ônibus que trafegavam na avenida, mas não poderia desviar o foco do editor-chefe. Os objetos e livros nas prateleiras das paredes laterais pareceram, ao menos naquele momento, pouco nítidos — Danilo teve a impressão de que a fumaça cinza de cigarro atrapalhava a visão.

— Mas vai ter que pensar. Porque é isso que vai fazer a partir de agora.

Então Borba, aparentemente mais amigável, desata a falar da Gazeta Sorocabana, com a enfática advertência de que ele era o editor-chefe, com total independência de pauta — Borba, o editor-chefe-chefe. Já o proprietário do jornal, bem, um empresário do ramo da construção civil, rico, claro, mas com aspirações literárias, bem delirantes na verdade, usava um espaço do jornal para publicar poesias de sua autoria com pseudônimos variados. Os poemas? Péssimos, sem dúvida — Borba, o editor-chefe-crítico-literário. Pelo menos o Alberto não enchia o saco, ali o comandante era ele, podia fazer o que bem entendesse, dedicando-se ao relevante, independência de pauta, rapaz, isso não tem preço — Borba, o editor-chefe-independente. Sua concessão? Quinzenalmente reservo o espaço para os terríveis poemas. Por sorte eles nunca ultrapassavam os vinte versos. Paciência. Não é exigência demais, certo? Se publicava propagandas de mercadinhos e pizzarias *delivery* de segunda, por que não versos de quinta vez ou outra? — Borba, o editor-chefe-flexível. Faz alguns anos que comprou isso aqui, o jornal é antigo, você deve saber (é claro que não sabia, mas concordou com a cabeça). O dono foi buscá-lo em São Paulo; estava bem na capital, tinha um nome na imprensa, não sairia de lá para ficar de joelhos diante de um empresário interiorano. Nesta redação não existem capachos, guri. Eu não posso contar minha biografia, mas Borba, o editor-chefe-imprescindível, pode. Se a concorrência enaltece esse ou aquele político, aqui, não, o foco é o sorocabano que quer informação sobre o clima, sobre a linha de ônibus, como o São Bento se portou na partida de sábado, e se a obra do bairro vai melhorar ou atrapalhar o seu dia a dia. A *Gazeta* tem boa aceitação do povo porque não é pedante, traz o que o sorocabano quer. Só precisava de publicidade suficiente para manter viva a redação, o que vinha conseguindo. Borba, o editor-chefe-pés-no-chão.

— E temos um patrimônio máximo, um binômio inegociável: verdade e confiança.

Com vigor espantoso, explica que Danilo pode entender o lema como quiser, compromisso com os fatos, lisura, ética, seriedade, tudo aquilo que ele deveria ter aprendido na faculdade era ouro na Gazeta. E segue com comentários sobre ser da velha guarda, sobre a nicotina e o café serem indissociáveis do bom raciocínio, sobre a liberdade que dava aos repórteres e colaboradores, sobre ser exigente com o produto final. Aceita um cafezinho? — finalmente um sinal de educação. Melhor aceitar ou recusar? Obrigado. Obrigado sim ou obrigado não?, perguntou com um quê de irritação. Obrigado sim, não, obrigado não, obrigado.

O articulado discurso não admitia distrações. Se não estivesse assistindo àquele homem em ação, oprimido por tanta energia e confuso entre ser espontâneo ou atender às expectativas de Borba, facilmente Danilo confundiria o provável-novo--chefe com um aposentado das filas preferenciais no banco. Vestia camisa bege, calça jeans, não viu se calçava sapatos ou tênis. Mas de potente magnetismo. Tenta decorar o que escutava — independência total, ninguém é capacho, binômio, Alberto e seus poemas, verdade como patrimônio máximo, pizzarias *delivery* — sem distinguir o relevante do descartável, com receio de que seria sabatinado na sequência.

— Mas se tudo vai bem, por que eu aceitei a sugestão do Marquinhos e chamei você aqui? — era a primeira vez que Danilo ouvia alguém se referir ao doutor Marco Antônio daquele modo.

Apesar de ter lançado a pergunta, estava claro que Borba mesmo a responderia. Ele tateia a mesa sem tirar os olhos de Danilo, à procura do isqueiro para acender outro cigarro, já pendurado nos lábios — Danilo pensa em apontar onde estava o isqueiro, sentindo-se culpado, era justamente o envelope com o seu inútil currículo que o encobria, mas se contém.

— Porque eu quero alguém novo, cru, que não sabe nada, como você, para começar um projeto.

Se o "cru-que-não-sabe-nada" vinculado ao "como-você" foi ofensivo, Danilo se apega ao "começar-um-projeto". Ele e o articulista de prestígio teriam saltado no mesmo ponto afinal? Ajeita-se na cadeira de quatro pernas para escutar com mais atenção — como se fosse possível mais atenção.

— Uma coluna, como ocorre em São Paulo, Londres, Nova Iorque, grandes capitais, sabe?, em que a morte é destaque.

— Boca do lixo, rotina policial, assassinatos?

— Não! Sem sensacionalismo, você não está me ouvindo?! Obituários, ora! — finalmente encontra o isqueiro e acende o cigarro. — Você é jornalista ou não?!

Não, não sou. Estudei jornalismo, tirei o diploma, só isso. Jornalista é quem trabalha numa redação como esta (ou outra melhor); jornalista é esse colosso na minha frente, com independência total de pauta, nome reconhecido na capital, mas que toca um jornaleco do interior; jornalista é quem dá opiniões sobre temas relevantes em programas de rádio e de TV, quem respeita o binômio verdade-confiança. Jornalista? Não... Sempre foi bancário. Caixa de banco, já que ele gostava de definições. Mas é claro que permaneceu calado, enquanto Borba, girando a cadeira de um lado para o outro com tragadas fortes no cigarro, explicava:

— Quero dar à luz um novo tipo de morte, uma nova página de obituário com perfis dos defuntos, não temos isso aqui em Sorocaba... Não falo de lista diária de óbitos. Atributos e traços distintivos. Quem era o defunto? Como pedi agora que fizesse a seu respeito. E você, aliás, se saiu mal. Está me entendendo?

Embora nada estivesse assim tão claro, o entrevistado respondeu ao editor-chefe-implacável que sim, claro, havia compreendido.

— Seu sogro me disse que você se chama Danilo Paiva, é só isso mesmo, não tem nome do meio?

— Só Danilo Paiva.

Então o homem abre a gaveta à sua direita e arranca um papel, entregando-o para Danilo que, já mais tranquilo, entende o que estava escrito — como bancário, estava acostumado com essas coisas. Mas, mesmo que não entendesse, Borba já iniciava a explicação.

— Você tem dívidas em Sobradinho, em Recife, em Guaxupé... Veja, são anotações de cartórios de protestos.

Desempregado, sim, precisando de dinheiro, sempre. Mas não a ponto de ver seu nome nas listas de maus pagadores.

— Nunca estive nesses lugares, deve ser algum engano...

Borba gesticula para Danilo lhe devolver o papel.

— Eu sei, conferi os CPFs, são homônimos, três, quatro, ou mais, nunca se sabe. Qual é o sobrenome de solteira da sua mãe?

— Livoretto.

— Ótimo, vou falar com o advogado do Alberto para uma retificação do nome, é fácil e rápido, não quero que pensem que temos um caloteiro na equipe de repórteres.

— Retificação?

— Uma ação, no fórum, para incluir esse nome do meio, Leverato.

— Livoretto.

— Que seja.

Borba se levanta — na clássica atitude que sinaliza que a entrevista acabou.

Pelo visto estava contratado. O homem falou claramente em "equipe de repórteres". Como as coisas funcionam por aqui? Cartão de ponto, *home office*, liberdade de horários? Mudar de nome, essa é boa. E o salário, puta que pariu, você vai não falar de salário?!

O editor o conduz à antessala e, de modo formal, apresenta-lhe a dona Marlene, secretária que o havia recebido minutos antes. Segundo Borba, ela lhe daria outras informações.

— Ah, me traga um esboço amanhã, no mesmo horário, aqui. Perfil de um morto qualquer.

Nesse instante, chega à antessala uma mulher aparentemente da mesma idade de Borba, chama o chefe de Fernando, assim mesmo, sem nenhum pronome de tratamento prévio, cumprimentam-se com três beijos no rosto. E o mal-educado do chefe nem se preocupa em apresentá-los. Os dois entram na sala de Borba. Seria a esposa? Teve a impressão de que a mulher não lhe era estranha.

4

— É uma aposta.

— Eu poderia fazer essa coluna...

— Queria alguém diferente... Mais nativo e menos profissional, entende?

— Pareceu amedrontado, isso sim.

— Nem percebi. Na verdade, ele é parecido com os defuntos que quero ver retratados...

— Que bom que aqui podemos fumar!

5

— Para começar três salários-mínimos na condição de *trainee* — a secretária tinha uma voz monocórdia, como se declamasse um catálogo de informações lido e repetido sem intervalo para respiração. Enquanto se dirigiam para a sala da redação, dona Marlene continuou:

— Após três meses de experiência se contratado em definitivo o salário aumenta para o mínimo da categoria com vale-transporte vale-refeição plano de saúde corporativo fora os descontos legais previdência e FGTS aqui respeitamos a CLT.

Tal qual a entonação da mulher, o salário não empolgou, menos do que recebia no banco — mas, contando que teria benefícios desde logo, com promessa de que em três meses o valor aumentaria, considerou tudo bom. Equipe de repórteres. Mas cru--que-não-sabe-nada. Depois conversaria com Carol sobre qual o melhor plano de saúde para a Laurinha. Bom nada, ótimo.

Atravessaram o corredor dos elevadores e entraram na sala do outro lado.

— Carga horária: aqui ninguém bate cartão, exceto eu — havia uma ponta de ressentimento nessa fala? — Os repórteres não cumprem expediente fixo basta entregar o que o senhor Borba pede, tarefas, sabe?, tem também as reuniões de pauta quinzenais com frequência o senhor Borba convoca os senhores para conversas reservadas na sala dele é um bom chefe mas controla tudo com pulso grosso.

Vírgula, preciso apresentar a vírgula para essa mulher, tem um balão de oxigênio embutido nas costas, fico sem fôlego só de ouvir! Ela quis dizer pulso firme ou insinuou que o chefe era mal-educado?

Ao contrário da outra, a sala em que acabavam de entrar era moderna: de mais ou menos oitenta metros quadrados, não havia paredes, apenas duas mesas compridas, paralelas entre si, com seis computadores instalados em cada uma, três de cada lado. Então essas são as famosas "réguas"? Só três ou quatro cadeiras estavam ocupadas, o que confirmava a autonomia de horário. Cumprimenta os colegas, que foram, nesse primeiro contato, apenas educados. Se a sala estivesse cheia, caberiam ali doze pessoas, e considerou um número alto para aquele jornal.

Pensando em números, pergunta para dona Marlene qual a tiragem da *Gazeta*.

— Dez-mil-dia — responde, ao mesmo tempo que indica o lugar que passaria a ser ocupado por ele.

Tudo novo, cadeira, computador, lixeira, mas não dá para ter certeza. Será que alguém trabalhava aqui e foi demitido? Pior, será que morreu? Não chega a ser uma poltrona presidente, mas a cadeira giratória é confortável e, deixando de pensar no fantasma do antecessor, curte um bem-estar ao apoiar os braços nos da cadeira e constatar que ela, inclusive, reclinava. Com um muito obrigado se despede de dona Marlene, mas ela adverte que Danilo tem que lhe entregar a CTPS, cópias do RG e CPF. Autenticadas e o quanto antes, porque tem a ação de retificação de nome também, ressaltou. Ele responde que amanhã mesmo trará tudo.

A tal da régua não contava com gavetas, nenhum compartimento onde pudesse guardar, sei lá, escova de dentes, caneta, papel, cartões de clientes, jornalista tem clientes? Não, tem leitores. E fontes. É claro que não havia trazido nenhum pertence. No banco era dono de uma mesa com três gavetas de cada lado. E, sobre ela, dois porta-retratos, um com a foto da mãe e outra com os dois avós. Agora precisava providenciar uma com Carol e Laurinha. Nova fase. Nesse instante, dona Marlene retorna e acrescenta que havia se esquecido de entregar a chave do armário número 7; Danilo olha para a direção apontada e vê, próximo das portas dos banheiros, um desses armários de vestiários, como em uma chapelaria. Um box era seu, o n. 07 — se continuasse a trabalhar ali, se se adaptasse, se fosse promovido, se se tornasse jornalista, poderia guardar seus pertences naquele nicho. Três mínimos. Depois o piso da categoria, plano, respeito à CLT. Aliás, qual era o piso da categoria? Ficou com vergonha de perguntar para um dos colegas.

Por isso, liga o computador e aguarda a máquina exibir a tela principal com todas as janelas e opções, com uma única palavra na cabeça: obituários.

6

— Estou grávida — Carol parecia calma, mas também séria e apreensiva.

Dois meses antes, também sério e apreensivo, e nada calmo, Danilo havia contado sobre a demissão do banco. E então recebera apoio da namorada. Agora escutava "estou grávida". Fica quieto, não consegue dar o indispensável apoio de imediato.

— O que vamos fazer? — ela questiona.

Não fosse o desemprego, um presente; não fosse só um namoro, uma graça; não fosse um sogro desembargador, uma alegria. Mas o mundo real lhe mostrava o desemprego, um namoro e um sogro desembargador.

Então puxa a grávida para mais perto, abraça-a e fala:

— Vamos nos casar, é claro.

Carol aceita o abraço, eles ficam alguns instantes em silêncio.

— Você quer isso mesmo ou está falando para me agradar?

— Quero.

Se o anúncio da gravidez de Carol fosse um teste, invenção de namorada insegura, Danilo havia sido aprovado. Com alguma hesitação, é verdade, mas aprovado. Porque Carol se aninhou mais no peito do jornalista recém-formado e bancário recém-desempregado, pelo visto satisfeita. A proposta de casamento não foi aquela sonhada pela moça, nem contou com a ênfase que se esperava de um noivo apaixonado, mas o conteúdo era o correto.

Dividiam uma porção de fritas e uma coca-cola na lanchonete nova perto da casa de Carol, e, em silêncio mútuo e consensual, se perderam num futuro que, de supetão, acabava de nascer.

7

Sentado à frente do que seria o seu computador a partir de então, inventa a senha que a máquina exige, naosoujornalista28, está bom, com o tempo mudo para agorasoujornalista 29, 30, 31... Sabe-se lá quando vou me sentir repórter de verdade... Pensa em pesquisar o assunto. Olha para os lados. Alguém vê a minha tela? Vão pensar que estou na internet já no primeiro minuto de trabalho... Mas não, ninguém estica o pescoço, provavelmente escrevem matérias complexas, editoriais, reportagens sérias. Obituários, só ele. Precisava escrever o tal esboço, por isso nem liga o celular. Concentração. Vai que Carol lhe telefona para saber como foi a entrevista, já deve estar tentando, aliás.

Mortes. Se tivesse um código de barras e um cartão com chip agiria de modo automático e firme. Sete anos de banco, uma merda a demissão. *Office boy*, assistente administrativo, caixa, e a promoção para o cargo de analista, mas sempre trabalhou como caixa. Digita "obituário" no Google, clica na segunda sugestão, descobre detalhes insólitos, mas nada lhe ocorre. Um morto qualquer, um morto qualquer! Tenta não se distrair, não reparar nos colegas da sala, não pensar em salário, na falta de experiência. Ninguém sabe quem ele é. Ou todo mundo sabe.

Escuta conversas sem identificar assuntos inteiros, só fragmentos — caiu uma árvore, entreguei ontem, barba azul, o Borba me prometeu um macarrão para a matéria, *happy hour*, alguém tem carregador para emprestar?, *deadline*, futebol na escola do meu filho, confere isso aqui para mim...

    É com pesar e lamento que comunicamos o falecimento de José Maria Paiva, o Mecânico das Famílias. Deixa esposa e filho. Familiares, parentes e amigos velam seu corpo no cemitério municipal. O féretro será encaminhado para o enterro às *dezessete horas*. O carro de som, trafegando pelas ruas do centro, no entorno da Praça da Matriz, na rua de casa, anunciava o nome do pai. Não só nome, mas sobrenome e apelido também, Mecânico das Famílias, como era conhecido em Pilar. *Pesar e lamento. José Maria Paiva. Esposa e filho. Féretro e enterro*. A voz do narrador, solene, pausada, clara. E fúnebre. O apelido veio da profissão. "Oficina da família". O pai prezava a família, pelo menos era essa a versão que a mãe contava, com saudade, com pesar e lamento. Conheceu o pai mais por palavras do que por vivência. Na prática, José Maria Paiva não teve tempo para se dedicar à esposa e ao filho. Foi embora antes. Involuntariamente, claro, não se encomendam ataques cardíacos. Socorro incompetente, ou com atraso, ou nada seria possível de fato — nunca saberemos. Uma Pilar do Sul de vinte anos antes. Que não deve ser muito diferente da Pilar de hoje. O mundo muda rapidamente, menos cidades do interior de São Paulo. Não lembra direito, só fragmentos. Naquela hora a mãe, os avós, os tios decidiam sobre coroas de flores, frases de homenagem, velório, enterro, tipo de caixão — morrer é burocrático. Não seria recomendável que o menino de cinco anos acompanhasse aquilo tudo, nem possível deixar uma criança tão nova sozinha em casa. Ouviu e ouviu o anúncio. Repetidamente. O bife mais macio do que aquele que sua mãe fritava, e a vizinha, tia Lu, o fatiou mais fininho do que a mãe sabia fazer. Sua mão mal conseguia sustentar o talher, maior e mais pesado que os de casa. O menino sentado numa cadeira de adulto com duas almofadas amarradas para lhe dar altura, comportado, quieto, deixa os pedaços de cebola ao lado do prato. Ninguém come cebola aos cinco, isso a tia Lu deveria saber. Também era inédito o garfo, habituado que estava com a colher de cabo vermelho com imagem de um super-herói — a única que admitia usar. Chorou quando o pai tentou ensinar a usar garfo. Queria a colherzinha.

Agora ela estava indisponível, mas birra naquele momento seria tão descabida quanto velório sem flores. Almoçava na casa dos vizinhos. Super-Homem, He-Man, Homem-Aranha? Não lembra. Tão importante a colher, tão próxima, tão sua. Curioso como agora não tinha mais ideia do herói que lhe fazia companhia nas refeições. Objetos importam enquanto nos servem. E pessoas? Se não lembrou o herói, também se lembra pouco, quase nada, do pai. Foram legais, os vizinhos, mostraram constrangimento com o anúncio do carro de som, e ainda cortaram sua carne bem fininha. Absurdo o seu Anselmo ficar repetindo isso aí na frente de casa!, disseram um para o outro. A morte do pai era o "isso aí". Sua presença os constrangia? Culpou-se, mas não chorou. Comia os pedaços do bife com o garfo, sobrevivendo à falta da colher. O que será da tia Lu e do tio Jorge? Devem estar vivos, tinham mais ou menos a idade dos pais. Se bem que seu pai já estava morto, desde aquele dia. Em cidades pequenas a morte de um prestador de serviços é notícia. Notícia declamada na Praça da Matriz pelo carro de som da Prefeitura, com a voz grave do locutor Anselmo, tantos anos já. Anselmo deve ter morrido. Quem terá anunciado a morte do locutor no carro de som? *José Maria Paiva, o Mecânico das Famílias. Deixa esposa e filho.* A oficina e os clientes, a sujeira e os carros desmontados, o macacão manchado de borracha escura e o gesto do mecânico limpando as mãos de graxa na estopa encardida. Lembrava porque viveu ou porque as histórias da mãe forjaram as imagens? As vivências da mãe ganham substância na consciência do Danilo-criança e se tornam recordações do Danilo-adulto, como se de fato tivessem acontecido. Agora tudo é memória. Assim como também não sabia o que era féretro. Mas o enterro às dezessete horas foi real. As lembranças que lhe invadem agora são o garfo pesado, o bife macio, a cebola no canto do prato e a cadeira com duas almofadas, tudo sob a lúgubre trilha sonora composta por Anselmo, que invadia a copa da casa dos vizinhos. Não fez esforço para lembrar, ligação direta com o termo obituário, a morte do pai voltou sem pedir licença — como um ataque cardíaco. A partir daquele dia nunca mais usou colher.

Agora o teclado e a tela de computador lhe são tão estranhos quanto o garfo naquele dia, e os colegas da redação continuam com seus assuntos — os bancos abrem depois de amanhã?, *clipping*, preciso de um *pen drive* novo, vou "suitar" a história do bebezinho esquecido no carro, merda, a reforma da garagem não termina, o São Bento tá foda...

Ninguém o convida para um bate-papo, ninguém fala em morte, toca-se a vida. Não que fossem antipáticos, é mais como se Danilo não estivesse ali. Não perguntaram seu nome, o que fazia, se era estagiário, repórter, editor-chefe que viria substituir o Borba, nada. Claro, já devem saber — foram convidados a escrever obituários e recusaram, só pode ser isso. Riem da sua cara no cantinho do café? Havia imaginado uma apresentação aos colegas, à prensa, integração à equipe de repórteres, um "tour" pela redação, como dizem; no entanto, nada, nem um cafezinho.

Melhor se concentrar na pesquisa e encarar o novo cotidiano. Como um dia códigos de barra substituíram as camisas do Sepultura da adolescência, entravam em campo agora velórios, lutos e sepulturas. Sepulturas de verdade.

8

— Metal?!

O caixa, que somava os valores das contas que lhe foram passadas pelo cliente, olha para o rosto à sua frente e o reconhece: Edu! Não lembrava o sobrenome; com certeza já soube, mas depois de tanto tempo... Frequentaram a oitava série na mesma turma, conviveram por menos de um ano, só isso. Já faz o que, dez anos? Quase.

Cumprimentam-se com um aperto de mãos e sorriso mútuo.

— Cabelo curto!? E essa camisa social aí...

Mesmo sabendo que a norma proibia conversas durante o expediente, não tinha como impedir que um conhecido puxasse assunto. Por sorte, naquele horário que nem era o seu — estava só cobrindo Eliseu, internado com pancreatite —, o público era pequeno. E diz que, afinal, trabalhava ali, resposta óbvia que explicava a camisa social.

— Que mudança, hein?! Antes eram braceletes, camisetas pretas, cabeleira... Sabia que, graças a você, gosto de *heavy metal* até hoje?

Danilo riu. Jamais imaginou que pudesse ter influenciado alguém, sobretudo aos catorze anos. Culpa da mãe. Com a ideia de matriculá-lo já na oitava série num colégio mais puxado, como dizia, queria que o filho continuasse ali nos três anos do ensino médio também. Mas o adolescente teve sorte: como as mensalidades se tornaram caras e o salário da vendedora de roupas estava congelado com o plano Real, a mãe concordou que o filho voltasse, no ano seguinte, para a escola pública. Ensino mais fraco, tudo bem, mas era onde se sentia ambientado — reencontrou os amigos do ginásio, os que conhecia pelo nome, sobrenome e às vezes até pelo número da chamada, ao contrário do que acontecia com Edu. Não chegou a sofrer nenhum tipo de agressão que o tenha traumatizado no tal colégio particular, mas a verdade é que também não fez amizades. Edu, por exemplo, era só um colega, nem se tornaram próximos naquele tempo, pouco conversavam. Foi por isso que usou camisetas pretas com caveiras aquele ano? Um sinal que o distinguisse dos demais, marcasse posição na escola nova? Tomou contato com o tal *heavy metal* por influência de Ivan, seu primo. Iron, Sepultura, Megadeth. Mas não dava para dizer que fosse realmente fã das bandas; nem as conhecia tão bem — usava o que usava mais para imitar o primo do que pela música. O fato é que o cabelo cresceu e tinha várias camisas pretas com capas dos discos de estampa. Logo nos primeiros dias de aula ganhou o apelido de Metal e que o acompanhou durante aquele ano todo.

Edu conta que terminava o curso de administração e trabalhava com o pai na sua loja de móveis. Três, na verdade, duas aqui no centro e outra em São Roque. Essas são as contas da loja, acrescentou.

Talvez não precisasse ter contado que eram três lojas. Pagava as contas da empresa do pai, tudo bem, mas três lojas "*na verdade*" soou arrogante. Então Danilo soma os valores, pede o cartão, sobrenome comum, não ia se lembrar nunca, autoriza Edu a digitar a senha, aguarda a emissão do comprovante e entrega cartão e comprovantes de uma vez ao cliente-ex-colega--de-turma.

— Obrigado, Metal, tudo de bom! E eu nem sabia que seu nome era Eliseu...

Não era mesmo. O lugar que não era seu trazia a plaquinha com nome do companheiro internado.

— Legal te ver, Edu.

9

Uma ideia. Finalmente. Escreve o nome da pessoa homenageada, pesquisa num *site*, não estava habituado a trabalhar com internet, gasta tempo, começa a escrever, deleta, reinicia, lê mais um pouco, alternando as telas da pesquisa com as do texto, enfim digita dois ou três parágrafos para, na sequência, encaminhar o pequeno texto para seu *e-mail* pessoal; continuaria a escrever à noite, em casa. Ao notar que os colegas com os quais não conversou já se ajeitam para deixar a redação, considera dezessete horas um bom horário para sair também.

No retorno para casa, nem repara no que acontecia fora ou dentro do ônibus, eram as novidades do dia que absorviam sua atenção. Borba, diferente do que havia imaginado; a tal dona Marlene, caricata; os colegas, um pouco frios. E o tal projeto? Inusitado. Para não dizer que tudo foi diferente das expectativas, a sala de Borba não destoava tanto de suas suposições — correspondência irrelevante. Ao contrário do salário, ainda baixo, mas fundamental. E a tarefa, frustrante? Em vez de denúncias e olhar crítico, necrologia; no lugar de entrevistas com gente importante, perfil de gente morta. Seu mundo se reduziria a cadáveres putrefatos, mãos entrelaçadas e rostos pálidos, longe do cinema, da literatura, das grandes análises? Justo obituários... Um espaço marginal, que existe por tradição ou por exigência dos manuais, ao qual ninguém dá a mínima? E Borba, sem conseguir dizer não ao amigo, lhe arranja um pé de página qualquer e ainda denomina de "projeto". Bom de bico, ele. Se bem que o editor-chefe não parecia ser o tipo que faz concessões para atender a um amigo. Vai saber. O projeto não empolgou de jeito nenhum. Se bem que Borba havia mostrado entusiasmo. Cru-que-não-sabe-nada. Embora Danilo Paiva preenchesse com louvor tais características, jamais as teria colocado no currículo. Obituário é o currículo do defunto. O definitivo, sem possibilidade de correções. Covas e campas, velórios e enterros, réquiem e luto, cemitérios e crematórios, caixões e urnas, ossos e cinzas. Como escapar do fúnebre? Entrou Danilo Paiva, saiu Danilo Livoretto Paiva. Graças a um homônimo. Com o Livoretto, deixará de ter homônimos... Vou usar um pseudônimo — bons cronistas usam, alguns até famosos... Já sabe: Epitácio Boa Viagem, que tal? E a sua coluna poderia ter o título de "Epitáfios do Epitácio". Engenhoso, hilário? Ridículo, na verdade. Em vez de coletâneas das próprias crônicas, uma reunião de frases lapidares — no sentido literal de lápides...

E agora o tal esboço. Preferia ter sido escalado como setorista do São Bento...

O ponto chega, Danilo desce, devagar, não seria bom passar na padaria antes? Tomar um café, aquele que não tomou com Borba por vergonha e para o qual não foi convidado por nenhum colega. Consulta o celular, é mesmo, ainda desligado. Na calçada — está a duas quadras de casa —, vê três ligações perdidas de Carol, todas do início da tarde. Há também uma mensagem, de meia hora atrás: *"Passa no mercado, por favor? Não tem papinha. Dê notícias! Bj"*. Então responde: *"Passo. Foi tudo bem, depois eu conto"*, e coloca o aparelho no modo silencioso, satisfeito por ter sido a esposa quem lhe deu o motivo para não voltar imediatamente para casa.

Foi fácil encontrar a papinha da Laura; a de mamão com cenoura ela aceitava melhor. Colocou na cesta logo uma dúzia de potinhos; aproveitou para pegar também pão de forma, leite e margarina, que sabia estarem no fim. Na sequência, e porque passava pelo corredor de bolachas, tomou nas mãos dois pacotes de biscoitos de maisena, indispensáveis para acompanhar o chá de hortelã. Foi buscar uma caixinha do chá também, por garantia, embora acreditasse ter ainda um pouco em casa. Inserir a bolacha de maisena no copo quente de chá, esperar alguns instantes até que o líquido torne flácido o biscoito, levar essa massa transformada à boca, com sabor mesclado de confeito e hortelã, sentir a consistência mole e porosa dissolver-se com facilidade sobre sua língua, quente, arrematar com o chá com fragmentos da bolacha rodopiando no líquido amarelado convocavam à memória a cozinha da casa de seus avós, para onde ele e a mãe se mudaram depois que deixaram Pilar do Sul. Se algumas lembranças irrompem como ladrões sorrateiros, outras são convidadas especiais. As folhas para o chá eram colhidas pelo avô no quintal dos fundos da casa, onde também havia plantação de chuchu, uva, cebolinha... Que mais? Foram bem recebidos por ali e tiveram, a partir de então, mesmo sem marido e pai, uma vida tranquila, simples e normal. Houve época em que sentiu vergonha de a mãe trabalhar em loja, A Modista de Sorocaba, no centro, mas o fato é que na condição de gerente conseguiu dar sustento ao filho. O biscoito molhado e quente simbolizou, na fase inicial, o refúgio da tragédia — até hoje prefere chá em copo americano, onde mais tarde tomou tubaína na padaria com os amigos de futebol e, já no banco, aprendeu a tomar cerveja com os colegas de agência, mesmo sem gostar tanto. Para o chá dispensa xícaras — homenagem ao amparo que os avós proporcionaram.

  O medo de que o esboço ficasse uma bosta e de que a família se decepcionasse quando ouvisse o termo "obituário" incentivou a compra de sachês. Com a cesta pendurada no braço direito, escolhe a fila mais longa e aguarda. Quando chegou a sua vez de entregar o que havia recolhido das gôndolas à moça do caixa, de permitir a leitura do código de barras dos produtos de sua cesta, um a um, com os subsequentes acréscimos dos preços à conta final, o receio de gerar desapontamento em quem quer que fosse se curvou ao alívio que o termo "salário" havia proporcionado. Com o dinheiro da rescisão no fim, o emprego se torna o chá com maisena. Apesar do tema lúgubre, de Borba, de dona Marlene, dos colegas pouco amistosos e da inexperiência, estava empregado — primeiro *trainee*, depois CLT. O valor que a tela exibe após a leitura da pistola de luz vermelha nem foi tão alto, mas, para quem quase não tinha mais de onde tirar, toda despesa é dolorida. Digita a senha do cartão onde ainda constava Danilo Paiva. Borba o contratou e quer mudar seu nome. Teria que conversar com o sogro. Só faltava o cartão estar bloqueado por conta dos homônimos com protestos nas costas. Não, tudo normal, conta paga. CPFs diferentes, o chefe havia comentado, um número garante singularidade. Ensaca os alimentos e toma o rumo de casa. Se dívidas e mortes não empolgam, estômagos têm pressa.

10

Não acredito que aconteceu isso com a gente! Meu Deus, ajude!

— UTI?!

— UTI.

A voz do médico que realizou o parto em Carol era pausada, calma e segura, o que contrastava com a notícia. Com certeza antevendo um possível desespero no jovem pai, acrescenta:

— Um cuidado, apenas, sua filha nasceu com um probleminha respiratório, nada grave, vamos tratar, mas nesses primeiros dias temos que estar atentos. Excesso de cautela, não se preocupe.

Hoje eu e o Dan demos banho na nossa filhinha linda, tão molinha, tadinha!

Não houve palavra de consolo que os acalmasse, apesar das tentativas de médicos e enfermeiras. De três dias a uma semana, disseram. Era muito. Carol chorou no quarto, Danilo ficou ao seu lado, sem saber o que fazer, os sogros se fizeram presentes, a mãe e a avó foram visitá-los todos os dias.

A enfermeira Margot deixou que eu trocasse as fraldas pela primeira vez, dentro da UTI. E me deram alta. Não vou sair daqui, não vou deixá-la sozinha de jeito nenhum!

Infecção, incubadora, antibióticos, estão fazendo efeito ou não?, sim, estão, graças a Deus!, está ganhando peso? Sim, graças a Deus! Orações, votos de recuperação de parentes e amigos. As visitas de pessoas conhecidas no hospital pareciam fantasmas, Danilo não se envolvia com as conversas, não enquanto Laurinha não saísse da UTI. Os votos de parabéns pela nova vida em bilhetinhos pré-fabricados só faziam aumentar a amargura e a apreensão. Esperando a solução. Da única questão, em toda História da humanidade, que realmente importava.

Vamos liberar o quarto, disseram. Mas e a minha princesa?!

Alguma enfermeira sugeriu que Carol escrevesse um diário para registrar as sensações; Danilo comprou um caderninho bonito, e de fato a tarefa ajudou a distrair, de algum modo, a assustada mãe.

Há outros pais na mesma situação. Parece que é comum. Conversamos, trocamos apoio, os medos são parecidos. Meu pai deu carona para um casal simpático, o filho nasceu prematuro e já está há duas semanas na UTI. Duas semanas! Eu não iria aguentar.

— É fundamental que ela faça natação.

Hoje ela saiu! Alta! Alta! Graças a Deus por tudo! Já estamos em casa, ela dorme, linda, no bercinho!

Por quatro dias Laurinha esteve na UTI. Por quatro dias, Danilo e Carol acompanharam os procedimentos, conversaram, buscaram informações como forma de aplacar a angústia. Por quatro dias o tempo não passou — não dormiram, não comeram, não respiraram. Durante quatro dias, Danilo sentiu medo de que tudo acabaria.

Os piores dias da minha vida, Carol escreveu.

Danilo assinaria embaixo.

11

Abre o portão de casa. Na verdade, duas casas: a principal e a de trás; entrada única, mesmo terreno. Desde que os sogros envelheceram, a edícula havia perdido a função original — receber amigos em volta da piscina tornou-se raro. Pelo menos foi o que disseram quando sugeriram que o novo casal morasse ali até que conseguisse comprar uma casa só para eles. Hoje essa edícula é mais depósito de bugigangas do que outra coisa, comentou a sogra. Por isso e porque Danilo considerou muito conveniente que não se endividassem agora com apartamento e essas coisas, a pequena construção nos fundos do terreno sofreu uma reforma, nada radical, e se tornou uma nova casa, quase independente, com dois quartos pequenos, uma sala também pequena, banheiro, e uma cozinha grande (criada na origem para atender várias pessoas em dias de churrasco). Em razão da iminente criança, o local foi adaptado à nova função.

Sentiu-se obrigado ao casamento quando soube da gravidez? Sim, mas não seria exato atribuir essa pressão a ninguém. Era seu dever. Danilo-órfão-e-déspota-de-si-mesmo. Seu filho — que depois se confirmou ser uma filha — nasceria e cresceria com um pai presente, se Deus permitisse. E Carol era uma menina em quem valia a pena investir, já namoravam há mais de dois anos, se davam bem, Danilo até considerava ter tido muita sorte de tê-la encontrado e de ela ter se interessado por ele. Mas, de um lado, se é verdade que assumiu o papel de namorado sério, confirmando de pronto que iriam se casar, como de fato aconteceu, de outro, por um breve período, no íntimo, revoltou-se. Tudo aconteceu logo após a desnorteante demissão, quando ainda não cogitava ter filhos, casar, assumir responsabilidades, morar com Carol na casa dos sogros. Informática, seu gerente havia justificado. Me arrume outro cargo, suplicou. Não posso fazer nada, você e outros três aqui da agência estão fora, lamento. Que merda, que merda! Meses depois era o choro da filha que desarranjava seu sono noite após noite na edícula recém-reformada.

Quase sete da noite. Caminha pelo corredor comprido que o leva até a edícula; na parede à esquerda não havia janelas, só dois vitrôs do lavabo da casa principal, ou seja, a passagem era quase independente. O novo casal não atrapalhava os sogros, enquanto os sogros também não interferiam na vida deles, discretos, nada invasivos. A ideia era permanecer ali por pouco tempo, mas o fato é que já moravam no local há mais de um ano sem perspectiva de mudança próxima. Informática! É claro que a comodidade de terem a casa funcionando com as despesas gerais pagas, com a faxina semanal garantida, a ajuda de dona Ruth para olhar a nenê (a licença-maternidade de Carol havia terminado recentemente) e, principalmente, o desemprego vinham sendo decisivos para a falta de pressa em procurar apartamento.

Entra em casa tentando não fazer barulho, nunca sabe se Laurinha estará dormindo ou não, mas não encontra ninguém. Guarda o pacote de chá, o pão de forma e as bolachas no armário da cozinha, a margarina, na geladeira. Já as papinhas são deixadas sobre a mesa de fórmica branca na cozinha, Carol saberá onde guardá-las. Cadê a duplinha? Alcança o celular, que ainda estava no modo silencioso, e lê a mensagem de Carol de vinte minutos antes: *"Estamos nos meus pais"*.

Então Danilo sai por onde entrou, contorna a piscina e bate na porta que dá acesso à cozinha da casa principal. Como ninguém responde, tenta abri-la. Mantém alguma cerimônia antes de entrar na casa dos sogros, jamais sem avisar. Não está trancada. Ao pisar na cozinha, as luzes se acendem, e ele escuta um grito de "surpresa!". O sogro, a sogra, a esposa com sorrisos, a nenê no colo de Carol, acordada, todos em volta da mesa de madeira da cozinha onde há dois discos de pizza no interior das caixas de *delivery*.

— Pedimos de quatro queijos também, para comemorar o novo emprego! — Carol lhe informava o motivo da pequena reunião.

— Como ficaram sabendo?!

— Você não me atendeu, pedi para o papai ligar para o amigo dele!

Danilo olha para o sogro, que confirma em tom de desculpas:

— Estávamos ansiosos...

Borba teria feito algum comentário a seu respeito? Cru--que-não-sabe-nada.

— E o que ele contou?

— Ué, que você está empregado!

— Sim, isso... — confirma Danilo, e então ele mesmo simula animação: — No começo vou ganhar pouco, mas depois de três meses o salário aumenta!

— Vou abrir o vinho — diz o sogro, saindo da cozinha.

— Podem ir para a sala de jantar, vão, vão, vou dar uma esquentada nas pizzas, que chegaram antes do senhor jornalista! — diz dona Ruth, sempre afetuosa.

— Podemos comer aqui mesmo...

— Deixa de besteira — era o sogro que falava alto lá de dentro. — A notícia merece a sala de jantar!

Uma comemoração com duas pizzas encomendadas por telefone e acompanhadas por uma garrafa de tinto chileno que não era das mais caras da adega do desembargador pareceu na medida: não havia recebido o prêmio de jornalista do ano, não havia realizado uma entrevista com o presidente da República, nem tampouco denunciado um esquema de corrupção de proporções nacionais. Fora contratado pela Gazeta Sorocabana, só isso. Escondia, até o momento, a peculiaridade da função. Mencionou, entre um comentário e outro sobre Borba, que trabalharia com reportagens sobre o dia a dia da cidade. E ninguém parecia preocupado com esse detalhe — sua contratação pela Gazeta foi suficiente para trazer alegria à casa.

O que não escondeu foi o fato de ter homônimos aprontando por aí, com protestos lavrados e tudo; o amigo do sogro lhe havia exibido um papel com umas quinze ou vinte anotações.

— Borba quer que eu inclua o sobrenome do meu avô, para evitar problemas, falou até em ação no fórum...

Tanto o sogro quanto Carol concordaram que era uma ótima ideia e confirmaram que o processo de retificação na Justiça seria bem simples. Logo esse assunto morreu.

Antes da sobremesa, Laura, que até então havia se comportado bem no carrinho, começa a chorar. Devia ser fome, e Carol vai ao sofá para amamentá-la. A sogra, por sua vez, serve fatias de torta de morango — o pequeno festejo estava no fim — e, depois, para dar uma ajeitada na louça, deixa sogro e genro sozinhos na sala de jantar. Carol se levanta com a bebê no colo e avisa que iria prepará-la para dormir; Danilo lança um "já vou".

O doutor Marco Antônio sugere um licor, aceito prontamente. Enquanto o dono da casa separa os pequenos cálices e abre a garrafa, Danilo revela que sua função seria redigir obituários. O sogro derrama o líquido amarelado e viscoso nas taças minúsculas, senta-se novamente e, em silêncio, ingere o licor com sabor de maracujá em goles minúsculos. Será que a informação exige tempo para se assimilada? Na sequência, sorri e pergunta "você não vai tomar, não?", esticando a mão na direção do genro para um último brinde.

— Obituários? Muito bom, muito bom mesmo.

E então Danilo também saboreia sua dose com vagar.

Ao contrário do que se poderia esperar de um desembargador, o doutor Marco Antônio não era um homem de formalismos excessivos. Tinha hábitos até comuns, sem rebuscamentos pomposos, apesar de usar "penso", "verifico" e "acredito" no lugar de "acho" e "parece". Claro, sempre escapulia um ou outro trejeito que denunciava alguém mais acostumado a dar ordens do que a recebê-las, mas talvez só perceptível por quem, como Danilo, já trazia ideias preconcebidas a respeito de um juiz. Nascido em Itapetininga e com a carreira toda conduzida na região, depois da promoção para o cargo de desembargador passou a trabalhar na capital, mas nunca morou lá. Instalado em Sorocaba, ia e voltava todos os dias, o tribunal lhe proporcionava carro e motorista, não era um percurso nem tão longo nem tão demorado. Parece que sempre atuou na área criminal. Porém, Danilo não acompanhou nenhuma dessas fases: ao conhecer a família, o homem já estava aposentado, não usava mais ternos diariamente — em casa, preferia bermudas —, mas permanecia magro e de postura altiva.

— O senhor acha? — não conseguia tratar o sogro de outro modo.

— Num inventário, por exemplo, o inventariante arrola os bens do defunto para depois partilhá-los com os herdeiros. O obituarista faz parecido: anota as características do falecido para depois compartilhá-las com seus leitores.

Meus leitores! A reação positiva do doutor Marco Antônio ajudou Danilo a começar a mudar sua percepção sobre o novo trabalho. Arrolamento de traços marcantes. Até meio chique. Enxergar é intencional.

A conversa prosseguiu por mais três ou quatro minutos com comentários banais sobre como estava Borba atualmente, já que o sogro e o chefe não se viam há algum tempo. Tomando a cautela de agradecer aos sogros a comemoração, Danilo voltou para casa, onde já encontrou Carol e a filha dormindo na cama de casal. Deu um beijo na esposa e outro na filha. Era cedo ainda. Vai até a cozinha, esquenta a água no micro-ondas e abre o pacote de bolachas de maisena. Pena que Carol dormiu, queria conversar mais com ela, mas tudo bem, ela andava cansada mesmo. Com a água na temperatura ideal, mergulha dois sachês do chá de hortelã no copo. Como a avó fervia a água junto com as folhas de hortelã, a bebida saía bem concentrada. Por isso se acostumou a usar dois pacotinhos, queria que o seu chá ficasse parecido com o da infância. Na verdade, a ansiedade para concluir o rascunho o fez desejar mais vinho e mais licor; porém, contentou-se com o chazinho, melhor não escrever nada embriagado. A bebida e os biscoitos acabam. Tudo gostoso. Após retirar o prato e o copo ainda quente da mesa, acomoda-se melhor na cadeira e liga o *notebook* emprestado de Carol para retornar à sua primeira matéria. Tão acostumado aos números, agora terá que lidar com palavras. Na sua profissão, o sogro é uma eminência; e a profissão de Danilo, na iminência. Parônimos e homônimos, xarás e apelidos. *"Tudo flutua no meu olhar criador."*

12

— Onde você estudou?

— Contei ontem, ESAMC.

— É reconhecida pelo MEC?

— Por quê?

— Está tudo errado...

A tragédia lisboeta

Trinta de novembro de 1935: uma das maiores tragédias em Lisboa! Dessa vez não foi um terremoto, nem peste; não foi uma invasão por tropas inimigas, nem um ataque terrorista. Nada disso. Não obstante, um evento avassalador, dezenas morreram, uma multidão. Pelo menos nos deixou a "Mensagem".

— Lisboa, 1935? Não falei que eram pessoas da cidade?

— Mas é só um...

As vítimas não formavam um todo homogêneo, tinham várias vozes, às vezes contraditórias, às vezes concordantes. Viviam várias vidas e viam-se em busca da verdade.

— Que aliterações são essas?! Vozes-vítimas-viver-várias--vidas-verdade?! Já temos um poeta neste jornal e você sabe a minha opinião a respeito.

De novo, na mesma sala da véspera, mais uma vez a conversa traía as expectativas do jornalista. Vai ser todo dia confronto?

O período em que eles moraram longe do país foi fundamental para sua formação: embora o português tenha se mantido como língua-mãe, redigiram vários poemas em inglês.

— Do que está falando, rapaz? "Eles" saíram de onde para onde? Se a ideia de tornar muitas uma única pessoa foi boa, a de escrever no plural todos os verbos de ação é péssima, deixa o texto cansativo, pesado.

Versejaram sobre o amor, a angústia da existência, a tênue linha entre genialidade e loucura, a religiosidade, a vida, a doença, a morte.

— O texto tem mais fumaça que minha sala! O leitor quer enxergar o que lê. Amor, vida, morte, angústia... francamente!

A lista seria extensa, e todos os nomes não caberiam nas breves páginas deste singelo obituário, mas entre as vítimas estavam Nininho, Chevalier de Pas, Dr. Pancrácio, Bernardo Soares, Alberto Caeiro, Álvaro de Campos e Ricardo Reis.

— Breves páginas de singelo obituário?! Tênue linha?! Sua pieguice vai dar trabalho...

Morreram setenta e dois em 30.11.1935. Familiares, parentes e amigos velam o corpo e os muitos espíritos no Cemitério dos Prazeres. E o mundo chora a perda de um único Pessoa. O singular poeta plural. Feminino, masculino, múltiplo, indefinível, inclassificável. Muitos.

— Cinco laudas! Acha que está numa revista literária?

O recém-contratado se defende, pesquisara como eram tais seções nos jornais de língua inglesa, pessoas importantes, os textos não são curtos — não são tão longos, é verdade, mas era só um rascunho...

— Isso aqui não é obituário. — Borba, que já estava no segundo cigarro desde a entrada de Danilo na sala, atira as laudas no lixo. — Sorocaba anda de classe econômica, não de executiva. E pelo visto é necessário avisar, mil caracteres, não mais. — Nervoso, Borba apaga o segundo cigarro ainda pela metade. — Quero um texto novo e certo para quinta final da tarde.

Conversa encerrada, Danilo se levanta da cadeira, com mais uma tarefa, ou melhor, a mesma, a primeira estava no lixo. Tão boa a breve biografia do Pessoa... Num gesto impensado, se aproxima da lata de lixo e recolhe o texto, guardando no bolso de trás da calça jeans. Era o seu texto. Vira-se e caminha para a porta, quando escuta a última frase de Borba:

— "Tragédia lisboeta", boa sacada. Quinta, final da tarde!

Danilo passa por dona Marlene — será que deu para escutar a catracada? — e se dirige à sala de trabalho, ainda vazia naquela hora, não sabe se "ainda", "já" ou "por acaso"; não conhece a rotina. Devia ter feito o obituário do pai — classe econômica. Se bem que seu pai provavelmente nunca havia entrado num avião.

Importante para a família, claro, tanto que, depois do enfarto, saíram de Pilar. Tanto que teve a morte declamada no carro de som da cidade. O locutor Anselmo é um obituarista melhor do que ele. Qualquer um é qualquer coisa melhor do que Danilo. Tinha um texto pronto e não soube aproveitar. O Mecânico das Famílias. Mas o chefe não havia falado nada disso ontem... Agora é condensar cinco laudas em mil toques.

No instante em que joga o texto rejeitado no seu lixo — desistir dos heterônimos para enaltecer os anônimos —, surge ao seu lado a mulher que havia visto na tarde anterior na antessala de Borba, e, com a frase "Boa tarde, sou Dita, tudo bem?", acaba por distraí-lo do sabão do chefe.

— Sim, tudo. Eu sou Danilo — diz estendendo a mão.

— Sei quem é, Borba já me disse. Prazer! — E aproximou o rosto do de Danilo para cumprimentá-lo com três beijinhos, revezando os lados. — Na verdade meu nome é Sandra, mas todos me chamam de Dita, que vem de Sandra, uso na coluna, sabe?

Ela se vestia como na década de 1950, talvez os três beijinhos também fossem daquele tempo, saia xadrez puxando para o roxo e uma camisa branca que lembrava um figurino de peça de teatro antigo, tanto o tecido quanto os botões brilhavam.

— Sim, sua coluna...

— "Dita e Dora têm um dom e te dão o tom".

Lembrou-se! Sim, conselhos amorosos, até ele já tinha ouvido falar. Por isso o rosto familiar, deve ter visto a mulher na TV.

— Desculpe, não reconheci... E Dora, quem é?

— Eu também! Você precisa me ler mais, hein?!

O novato se desculpa. Dia de constrangimentos. Sim, precisava se informar sobre o que ocorria na redação, conhecer o seu trabalho, o dos outros também, não ser piegas, mil caracteres, procurar gente da classe econômica, que inferno...

— Toda quarta temos *happy hour*, é gente nova, apareça. Você vai, né, Rui? — ela se dirigia ao homem que acabava de entrar na sala, o que permitiu que ele e Danilo fossem apresentados. Rui confirma a presença no encontro.

Dita se despede, volta para a outra mesa e continua a escrever no computador. Velhota simpática.

13

Queridas Dita e Dora,

Estou casado há onze anos, temos duas filhas lindas e inteligentes. O casamento é ótimo, acho que ela me ama e é fiel, mas como ela teve um namorado antes de mim com quem deixou de ser menina-moça, não tenho paz. Eu queria ter sido o primeiro, o único, e não consigo dormir com esse martírio. O que devo fazer? Ass. Alfredo, um marido em apuros.

— Você acha que isso é um problema, Dora?

— Acho, claro.

— E o que o nosso marido em apuros deveria fazer?

— Diante da gravidade dos fatos, pedir o divórcio, desmantelar uma família que é sólida há mais de dez anos, abandonar a mulher que lhe tem sido fiel e que o ama, e ficar longe das filhas, que são frutos de uma árvore envenenada. O quanto antes.

— Você vê o seu ridículo, Alfredo? A sua esposa teve um namorado antes de você. Ponto final. Foi com você que ela se casou, é a você a quem se dedica, e é você o pai das suas filhas... Se você continuar com essa bobagem, quem estará em apuros é a sua esposa. Continue casado, óbvio!

— Conheci uma colega de trabalho.

— Bonita?

— Imagina, uma senhora... Veja!

No intervalo nem sempre preciso entre as mamadas das oito e das onze da noite, Danilo e Carol conversavam na sala enquanto comiam um lanche na frente da TV ligada com o som quase inaudível. Carol olha o jornal que lhe foi esticado pelo marido.

— Não acredito que você trabalha com a Dita?! *A* Dita?!

— E ainda dei um fora, perguntei quem era a Dora...

Riram.

— Eu adoro a Dita, sempre lia suas colunas, ela fala umas verdades de um jeito engraçado...

Bateram na porta. Era o sogro, usando óculos, como não costumavam vê-lo, com um papelzinho na mão esquerda.

— Minha netinha já dormiu? Não vou fazer barulho... Sabe, Danilo, fiquei pensando, por que você não usa latim no título da coluna? Daria um toque refinado.

— Coluna?! — Carol se surpreende.

— Nem comecei a escrever... ou melhor, comecei, mas tive que refazer...

— Que coluna?

— Você ainda não contou? — perguntou o sogro.

— É um espaço, tem a ver com o cotidiano, privilegiar pessoas da cidade...

O sogro, em pé, está em silêncio sem entender aqueles rodeios todos; Carol para de comer o sanduíche e encara Danilo; Laurinha, no quarto, não faz barulho, como se também esperasse maior clareza do jovem jornalista. Como a morte, algumas notícias são inadiáveis.

— Obituários.

— Datas e nomes de pessoas que morreram, missas de sétimo dia, essas coisas?

A voz de Carol não mostra decepção, mas dúvida sincera. Já o sogro, para mudar o tom da conversa ou porque não estivesse tão atento ao que os outros falavam, começa a ler o papel que havia trazido:

— *Post mortem* ou *in memoriam* são óbvias demais, por isso pensei em *memento mori*!

— Mais que isso, a ideia do Borba é que as matérias tragam um perfil dos falecidos.

— *Qui volt rite mori, ne prave vivat oportet.*

— Você sabe fazer isso, Dan?!

— Boa pergunta... — ainda abalado pela bronca da tarde.

— *Terminus pendeo in exordium* é boa também.

— Pai, você está falando grego?!

— Já não disse que é latim?!

— Ainda estou no rascunho: eu escrevo, o Borba lê, aprova ou reprova; do primeiro, já não gostou.

— Cogitei ainda *tempus lonjum vitiat lapidem*.

Carol espera alguns instantes, toma nas mãos a *Gazeta* aberta na coluna da Dita, olha para o texto que havia acabado de ler, olha para o marido, sorri e diz:

— Enquanto uma escreve sobre desejos, o outro vai escrever sobre desfechos.

— *Qualis vita, sines ita.*

— Que saco, pai!

— E então, gostou de alguma? E *crudelius est quam mori semper mortem timere*?

Danilo fica a imaginar qual a reação do editor-chefe se sugerisse essa do *crudelius* como título da coluna que ainda não existia. Ele lhe pregaria um cigarro aceso no braço.

— *Plurima mortis imago* também é boa.

— O que significa? — Danilo se volta para o sogro, havia gostado do som da frase.

— A imagem multiforme da morte!

— Pai, Danilo, vocês estão doidos?!

— RIP! *Requiescat in pace* — Descanse em paz, todo mundo conhece...

— Juro por Deus, pai!

— Mas a minha preferida é: *post scriptum* de um *de cujus*. Notaram!? Reuni duas: *post scriptum* e *de cujus*. Não tenho certeza se é possível montá-la com a preposição em português, acredito que não, mas para Sorocaba está muito bom, dá para entender. É como se o falecido deixasse uma carta para quem ficou, como "Memórias póstumas", a ideia é boa, hein, hein?

Nem sempre o choro de uma criança é inconveniente. É Laura que chora como um anjo, talvez reagindo ao latim — a menina mostrava um ótimo *timing*. Carol corre para acudi-la, também aliviada por fugir da língua morta.

— Xi, acordou! — diz o sogro, num lapso de realidade. — Perdoem-me a invasão! *Tempus fugit*.

Antes de sair, o doutor Marco Antônio entregou para Danilo o papel com as expressões (e as suas traduções entre parênteses), que respondeu "muito obrigado". Será que ele já conhecia essas expressões ou passou o dia pesquisando? Pouco importa,

Borba não aceitaria nenhuma sugestão. Aliás, seria muita pretensão de Danilo aparecer com ideias de títulos para a ainda inexistente coluna. E em latim! Dita e Dora têm um dom e te dão o tom é mais sonoro — jamais bolaria algo parecido.

Em poucos minutos Laura parou de chorar, Danilo foi ao quarto da filha, viu Carol amamentando a pequena na poltrona que compraram especialmente para isso. Então se senta ao lado, no chão, e pergunta, em voz baixa para não atrapalhar, se a esposa estava decepcionada com a notícia.

— Que notícia?

— Obituários...

— Por quê? Estou orgulhosa! Nem começou e já tem uma coluna... Você conseguiu o emprego, queria mais o quê?!

Ali se dá conta de que tudo estava bem; muito bem, aliás. Talvez a seção de mortes não fosse um espaço marginal do jornal. Um projeto, na expressão de Borba. E o responsável para executá-lo havia sido ele — como um inventariante. O próprio sogro não estava empolgado também? Carol não estava nem um pouco frustrada, ao contrário. Olha para a esposa, para a filha, abraça as duas, e Carol, desajeitada com a pequena colada num dos seios, não consegue retribuir direito, então riem juntos. Aliviado, entra no banheiro para tomar banho — que em regra não durava mais do que dez minutos.

14

Mas reflexões não se medem pela régua dos ponteiros.

Sempre andou a esmo? Danilo nunca traçou rotas, sobretudo de longo prazo, entretanto, "a esmo" era exagero. Talvez fosse melhor dizer que sofre de uma miopia diferente, miopia de amanhã. Tem gente que não enxerga de longe; eu não enxergo longe. É claro que imitava o avô. Homem quieto, calmo e rude, encarava a vida como uma sucessão de trechos que deveriam ser percorridos sem questionamentos ou distrações. Quando o pai de Danilo morreu, não houve elucubrações ou estudos de alternativas, a viúva e o órfão foram acolhidos na casa do avô e ponto final. Um rearranjo que se impôs, indiscutível.

Nos pedaços percorridos pelo avô, planos faziam tanto estrago quanto jatos d'água no azulejo do box. A história daquele homem sólido poderia ser resumida em terra e concreto. Filho de imigrantes italianos pobres, foi lavrador quando jovem, até que aprendeu o ofício de pedreiro e saiu de Tatuí. Já em Sorocaba, levantou a própria casa (a mesma onde, há pouco tempo, Danilo ainda morava), casou-se com a avó, também filha de lavradores, foi pai de duas filhas. Palmo a palmo. Dizem que construiu sozinho a casa — se bem que sozinho, sozinho, ele não deve ter feito nada — mas a aura de super-herói ainda brilha. Depois de não ter mais forças para bater cimento, virou um "faz-tudo" no bairro, consertando encanamentos e defeitos elétricos, e, no quintal de casa, trabalhava de novo na terra, de onde colhia uva, cebolinha, folhas de hortelã para o chá. Para o chá do neto.

O fato é que as raízes do avô não sugavam devaneios da terra onde cresciam. Desejos, se havia, eram estreitos e saciados na medida. A semana o cansava, o domingo o descansava, o governo o administrava, e a vida, bem, vivia-se. Boa companhia para a realidade, nunca confundiu desejo e necessidade. *"Bom servo das leis fatais."*

Se Danilo o imitasse, as expectativas e os medos recentes não deveriam perturbá-lo. Planos são curvas. Fantasiou o emprego, se envergonhou dos obituários, se assustou com a truculência de Borba. Apesar de neto do cimento, também mora no instante — o dos insatisfeitos com o que a sorte lhes apresenta. Mais do que caminhar de modo errático, com o avô Danilo deveria ter aprendido a pisar no terreno sem imaginar nada além do bocado visível. O certo era usar garfo e não colher.

Projetos podem ser interessantes. E inúteis. Carol, por exemplo, filha de desembargador, tranquilidade financeira, família estruturada, sempre quis ser juíza. E de fato se dedicou dois ou três anos a esses concursos; porém, foi reprovada. Cogitou outras carreiras, mas já faz três anos que é escrevente no 1º Cartório de Imóveis, com bom salário. Não fala mais em mudanças, gosta de estar a dez minutos de casa, de ser mãe, de estar casada. Se Carol perseguisse o plano, o trecho atual seria frustrante.

Às vezes desistir é, na verdade, tomar as rédeas.

Já com o doutor Marco Antônio, parece que o plano foi executado com precisão. Será? Mais de uma vez ele comentou que, ao terminar a faculdade de Direito, queria mesmo ser promotor de Justiça, mas, tendo sido aprovado no primeiro concurso que apareceu, assumiu a magistratura, claro. Quais atalhos facilitaram o caminho ou quais pedras o desviaram da rota original?

Danilo nunca sonhou em trabalhar em banco, mas até outro dia era o seu emprego — e não queria ter saído de lá... Também não sabe o motivo de ter escolhido jornalismo. O mais lógico era que, como caixa de banco, pensasse em contabilidade, administração, economia. Mas o prédio da faculdade de jornalismo ficava no meio do trajeto entre o serviço e sua casa. No entanto, mesmo se procurasse, sabe que vai encontrar justificativa definitiva. Uma ideia vaga de sucesso, uma admiração genérica pela profissão, uma frustração por ter sido preterido numa promoção do banco, a leitura de uma reportagem qualquer, algum programa de TV, um idealismo bobo. Jornalismo, pois. Então frequentou as aulas sem expectativas e sem metas de longo prazo, quase um passatempo — mais obrigatório do que divertido. Apesar de não se sentir vocacionado para aquele ofício, de outro lado também não ouviu nenhum chamado metafísico para qualquer outra profissão. Como o avô assentava tijolos, Danilo frequentava as aulas e se submetia às provas. Só o indispensável para concluir o muro. Mais pedreiro do que arquiteto, nunca soube precisamente o que queria.

Porém, quando viu Carol num barzinho onde comemoravam o aniversário de um colega de classe — ela estava na outra mesa, com outra turma —, interessou-se imediatamente pela menina. A noite mal havia começado, um início de gripe o deixava com um leve mal-estar. Não deveria ter vindo, pensou, já parabenizei o aniversariante, só vou terminar o sanduíche, melhor voltar para casa. Mas essas mesas grandes em barzinhos admitem trânsito frequente, alguém da sua turma conhece alguém da turma da mesa ao lado — Sorocaba e sua alma de cidade pequena —, arrastam-se cadeiras, trocam-se os lugares, as posições, os dois grupos se reúnem e se misturam, e, por acaso, Carol e Danilo ficam lado a lado. Não foi tão por acaso assim; Danilo buscou e escolheu sentar-se ao lado dela. Danilo-especialista-em-trechos--curtos. Ele puxa assunto e se apresenta como jornalista; estou estudando ainda, penúltimo ano. Qual o glamour dos códigos de barra? Tudo para causar a melhor impressão na menina encantadora, de cabelos castanho-claros e nem tão compridos. Mas quando a futura esposa se virou para ele, com os olhos também castanhos, quase negros, e riu de uma de suas piadas bobas — um claríssimo sinal de interesse, as mulheres acham bobas as piadas bobas de homens bobos —, encantou-se com duas covinhas nas bochechas. E uma de cada lado! Quem, neste mundão atribulado de hoje, ainda tem tempo para exibir covinhas?

Naquele instante teve um vislumbre do que seria a sua vida dali em diante — não foi um plano, mas uma visão de dois segundos, emanada das covinhas. A epifania aconteceu e então nenhum planejamento poderia ser obedecido, se houvesse. Os sinais da gripe arrefeceram, o cansaço e a pressa, idem; todos os motivos para voltar para casa foram recolhidos como pratos sujos. Às vezes, insistir é, na verdade, tomar as rédeas. E a noite terminou com uma ligação para o celular de Carol, para que tivesse o seu número gravado, fez questão de garantir. A partir de então o plano passou a ser Carol — mais aleatório do que nenhum outro ou tão aleatório quanto qualquer outro. Mais um trecho pequeno, conquistado palmo a palmo, dia a dia, como quem prepara a terra com arado. Depois de poucas semanas, começaram o namoro, namoro sério — rapaz órfão de pai que assistiu à mãe sofrer com namorados que, segundo ela, não prestavam, não gostava de zombarias em relacionamentos.

Tão sério que Carol engravidou. Se no início não existia plano de longo prazo, nada do que aconteceu lhe traz remorso: namoro, gravidez, ajuda dos sogros, casamento, edícula, onde neste instante toma banho. Como os avós os acolheram após a morte do Mecânico das Famílias, Danilo viveu os fragmentos que a sorte lhe exibiu. *"Com mais sossego amemos a nossa incerta vida."* Assim que soube da gravidez, as covinhas de Carol não deixavam dúvidas sobre o que deveria ser feito.

E foi incrível a esposa receber com naturalidade a notícia de que ele havia se tornado redator de obituários — mais uma prova de que tinha razão.

Na noite em que se conheceram, o satisfeito bancário se exibe como jornalista. E assim foi apresentado para os pais da moça, e esse trivial propósito de causar boa impressão acabou sendo decisivo para que, na véspera, tenha se sentado frente a frente com Borba. Uma vez que se intitulou "jornalista", passou a se comportar como tal, curvando-se ao balanço desse trecho singular.

E se tivesse desistido de sair de casa naquela noite em que parecia estar resfriado? Ou terminado o sanduíche cinco minutos antes da reunião das mesas? E se tivesse aparecido uma nova funcionária no banco, bonita também, transferida de São Paulo para trabalhar na sua agência, no caixa ao lado, o diálogo entre Danilo e essa colega de trabalho teria sido outro, e o jornalismo talvez nem fosse mencionado — com certeza não com a ênfase empregada nas apresentações para Carol. Jornalismo, penúltimo ano. Outra moça, outra estratégia. Estudo administração de empresas e quero crescer aqui no banco, talvez a moça que não foi transferida e com quem Danilo não conversou lhe tivesse dito no primeiro dia. E ele então teria respondido: já eu estudo jornalismo, mas é pouco útil, estou pensando em trancar — o que não seria de todo mentira. Com certeza hoje estaria sob outro chuveiro.

Mas é sempre difícil reconhecer o que faz parte do plano (quando há) ou o que é desvio, o que é pedra ou o que é atalho. O que exibir e o que ocultar em apresentações? Em retrospectiva, enxerga que seu atalho e sua curva foram Carol, que, somada à própria presunção, elevou o jornalismo, então acessório, ao plano principal. Até aquela noite o trabalho no banco era satisfatório, estável e, em sua cabeça, definitivo. Mas a menina das covinhas fez com que quisesse exibir o que parecia mais atrativo, e, na sequência, para não desfigurar a imagem transmitida naquela noite, passou a assistir às aulas com atenção, dedicar-se aos trabalhos, a declarar que procuraria empregos na área assim que se formasse. Uma fração menos relevante de sua vida foi exibida a Carol como principal. O que condicionou, limitou e determinou os passos futuros. Trafegou pela curva que o caminho lhe exibiu, ajudou a decorá-la e, depois, se viu obrigado a nela habitar. Se agiu por vaidade ou por coerência, por timidez ou por coragem, isso pouco importava no momento, o certo é que a quase impostura ganhou concretude.

Até porque a nova roupa lhe assentou bem. E tem dois dias para um texto decente. Sim, caminhará pelo novo trecho.

Desliga o chuveiro, meio surpreendido por tanta reflexão... O motivo? Borba, a perspectiva de escrever sobre mortes, a decepção com a recusa do texto do criador dos heterônimos, a voz do seu Anselmo e o anúncio da morte do pai, e descoberta de homônimos, Dita e Dora têm um dom, o chá com maisena, ou qualquer outra razão que agora não enxerga. *Plurima mortis imago*. Se a morte tem várias faces, imagine a vida... Postulante a promotor que se torna juiz, lavrador que vira pedreiro, aspirante a juíza que vira escrevente, dona de casa que vira lojista, bancário que vira jornalista, filho que vira órfão, órfão que vira pai, atalhos que viram pedras, pedras que viram atalhos. Como nos bares, na vida não há cadeiras definitivas. O real torce o caminho à revelia dos desejos, os fatos são déspotas e avassaladores; resta vivê-los.

Após enxugar-se e vestir a roupa de dormir, vai ao quarto de Laura, beija-a, passa a mão sobre sua cabecinha quente e suave. Que gostosinha! Ela ressona, frágil. A bronquite está cedendo, como o médico disse que cederia. Depois volta ao seu quarto, abraça de novo Carol já na cama, e sussurra um eu te amo pensando nas covinhas agora adormecidas.

15

Queridas Dita e Dora,

Tenho um namorado — já faz seis meses — por quem sou apaixonada. Nos conhecemos no trabalho, onde estamos até hoje. Mas ele é pouco ambicioso. Enquanto eu almejo promoções, ele está contente com o salário baixo. Só diz que "dando para pagar o churrasco e a cerveja, tá bom". Toda vez que o provoco a querer mais, ele responde que não se mexe em time que está ganhando. Devo insistir para que ele seja mais arrojado ou é melhor aceitá-lo como ele é? Ass. Belinha, namorada em dúvida.

— Nenhuma das alternativas.

— E qual a sugestão?

— Terminar o namoro hoje, se possível antes do almoço.

— Você coloca o vil metal na frente do amor?

— O vil metal sempre foi importante, mas, no caso da nossa leitora, é mais do que isso. Logo, logo os dois vão deixar de ser namorados para serem chefe e subordinado. Essa relação vai entrar no quarto e não vai dar certo. A Belinha não gosta disso, está claro.

— Mas o amor não deve superar tudo?

— Acredito que ela se confunde quando se diz apaixonada. Quem ama, admira, enxerga o outro no alto da torre. Porém, a Belinha já colocou o namorado nos porões de sua vida. Que encontre alguém melhor o quanto antes.

Com o jornal nas mãos, vai até a casa da mãe sem avisar, e encontra apenas sua avó, que, antes mesmo de um olá, lhe pergunta se já havia conseguido emprego. Contente por dessa vez ter uma novidade, o neto conta da *Gazeta*, mostrando o jornal que tinha nas mãos, mas ela não dá tanta importância, ocupada com a louça.

— Sua mãe foi almoçar com as amigas. E sai de perto que está me atrapalhando.

Aproveitando a enxotada, Danilo vai ao quarto antigo e não tem dificuldades para encontrar os cadernos e as apostilas. Na época em que ainda não tinha expectativa de usar as anotações, quis jogar tudo no lixo, mas um sentimentalismo bobo o fizera desistir. Ainda bem.

De volta à cozinha, o rapaz se senta à mesa de fórmica verde-água, tão antiga já, e pergunta para a avó se não tinha folhas de hortelã para um chá, no que ouviu um resmungo de que a bebida já estava sendo preparada, não percebeu que estou fazendo? Danilo ri.

— E o que você vai fazer lá?

Quando ela ouviu que sua função seria contar as histórias de gente morta, fez um sinal da cruz e sentenciou que isso não era serviço de verdade.

Nesse instante o chá ficou pronto e foi servido do jeito certo: no copo americano, com bolachas de maisena no prato de vidro marrom — pratos que não quebram. *Duralex*. A fábrica certamente havia aceitado a sugestão de um sogro como o dele.

Melhor não tentar convencer a avó de nada, suspeitando de que poderia estar certa.

E, enquanto tomava o primeiro gole, ouviu a avó dizer:

— Se der sustento para sua família, tudo bem.

Na opinião dela e da mãe, do avô e do pai (se vivos estivessem), serviço de verdade era levantar paredes, arar a terra, sujar as mãos num motor de carro. O próprio Danilo temia que digitar em um teclado talvez não se enquadrasse na classificação. Seu pai montava motores e sustentava a casa. O avô levantava paredes e sustentava sua família. Curioso que a conversa que teve na véspera com Carol mostrava que a esposa, muito mais nova, também concordava com Dita e Dora. *O vil metal sempre foi importante.*

E não era justamente por isso que estava ali, para imitar o avô e o pai, começar a enfrentar o trecho que se exibia como seu, sem reclamações, sem angústias, sem expectativas infantis? A partir de agora, palavras serão suas chaves de boca e seus tijolos.

Terminados o chá e as bolachas, recolhe o material e se levanta.

— Não vai almoçar aqui?

— Não dá, estou indo para o serviço — respondeu o neto com ênfase na última palavra com intenção de provocá-la.

Então a avó devolve um "melhor mesmo" sarcástico, e Danilo sai da casa satisfeito porque ela continuava a mesma.

Embarca no ônibus e vai ao shopping, onde abriu uma livraria nova, grande como as de São Paulo, e ali encontra dois ou três livros de seu interesse e se senta no café. Muito boa a livraria, preciso vir aqui com a Carol. Biografias, manual de estilo, dicionário, como fazer entrevistas. Instalado numa pequena mesa redonda que contém um abajur fixo no centro, consulta as apostilas, os cadernos, os livros que colheu nas prateleiras, o exemplar da *Gazeta*. *Clareza, objetividade, simplicidade.* Características sublinhadas por ele mesmo durante o curso, mas que só agora faziam sentido. *Frases curtas, ordem direta, texto sucinto, foco.* Como o Borba não me demitiu ontem mesmo é que não entendo. Pede outro café. Não se constrange em ocupar a mesa por muito tempo, o local está quase vazio, a maioria dos sorocabanos está trabalhando a essa hora num serviço de verdade. *O quê? Quem?, Quando? Onde? Como? Por quê?* Porque junto e por que separado. O ambiente lhe agrada, imita uma biblioteca. Vou almoçar por aqui, duas esfihas de carne e mais um cafezinho, por favor. *Assuntos atuais.* Essa regra não poderia seguir, não existe morte no presente, só no passado. Pior, no futuro também. Uma revisão de cinco anos da graduação em duas horas num café de livraria é mais que releitura, é um novo curso. Discorda de si próprio: parte das lições ou dos parágrafos antes por ele destacados não tem importância agora, e se reconhece pouco no estudante de ontem. Se antes de conhecer Carol frequentava as aulas com certo desinteresse, hoje o que o move é a necessidade. É o vil metal. Por isso cria novos critérios e insere asteriscos ao lado dos trechos importantes. Importantes hoje, pensando em obituários, no assustador esboço que deve estar pronto amanhã. Quando estudante, um "x" ao lado do parágrafo; agora, um verdadeiro profissional, quanta pretensão!, asteriscos, para marcar as épocas. Começa a ler e a rabiscar também os livros de que já se sente dono. *Pirâmide invertida.* Talvez essa não tenha a ver com obituários, apesar de pirâmides remeterem, também, a mortes. No futuro, se eventualmente folhear as apostilas ou os livros que neste instante rabisca, também discordará do que é hoje? O jornalista consagrado se reconhecerá no aprendiz? Acha o conceito de "perfil". Era disso que Borba havia falado. *Texto interpretativo, tipo opinativo.* Pronto! *Interpretação pessoal do jornalista sobre uma personalidade.* Mais um café, mais um café, carioquinha dessa vez. *Reconstituição leve e criativa de episódios marcantes da vida de alguém.* Três asteriscos, não, cinco, cinco! De um lado, feliz por ter encontrado uma explicação tão simples, de outro, constrangido por não ter se lembrado de uma lição tão simples. Terceiro ano, antes ou depois de conhecer Carol? Antes, acho, senão eu lembraria. Sensação de ter sido apresentado à definição agora, mesmo sabendo que era releitura, lição ouvida, anotada, com um "x" ao lado. De fato, os cadernos não indicavam tanto desmazelo;

frequentou as aulas, anotou as lições que, na ocasião, considerava importantes a fim de não ser reprovado nas avaliações. E agora as relê. Releituras são sempre novas leituras. A avó não havia mudado tanto desde que se sabe gente, mas Danilo agora é outro, pai e marido. E jornalista. Na época não anotava nada para a posteridade, o seu foco era o exame mais próximo, como a menina do ônibus anteontem. Um bancário num curso noturno com a modesta meta de concluí-lo. E não era o que fazia de novo? Preparava-se para o próximo exame, para o esboço exigido. O trecho mais importante está sempre logo aí.

 Guarda tudo, vai ao caixa pagar pelos livros já rabiscados. Ali vê uma miniatura do Fernando Pessoa; apesar do aperto financeiro, acrescenta o item à sua compra. E, novidade, sai da loja com um plano.

16

— Cadê o menino?

— Virou bedel?

— Ele me entregou um texto ontem... — responde Borba enquanto se serve de um café na sala da redação, com Dita ao seu lado.

— Ruim, a matéria?

— Um iceberg. Fora a pretensão, quis esgotar o Fernando Pessoa... Mas com redação razoável, o que não deixa de ser surpreendente para um caixa de banco. E uma ou outra boa sacada. Acho que peguei pesado...

— Nos apresentamos ontem, ele comentou que precisava de um novo esboço.

— O que achou dele?

— Cedo para dizer, não?

— É, vamos ver... Acabou meu cigarro, vou descer.

— Pega um meu.

— Não gosto, meu cigarro é de homem.

17

Ego Sum Ressvrrectio et Vita.

Não sabia o significado da frase inteira, embora fosse capaz de deduzir o de *ressvrrectio et vita*. Anota no caderno a sentença inteira, percebe que o "v" está no lugar do "u".

O portão principal do Cemitério da Saudade, amarelo e branco, lembra a entrada de uma igreja de paróquia modesta. Não é largo, o suficiente para a passagem de um carro, talvez. Nas extremidades, duas colunas que imitam a arquitetura greco-romana, e sobre elas, três arcos que se aprofundam à medida que diminuem de tamanho, causando a sensação de afunilamento. Logo abaixo dos arcos, uma viga, e sobre ela, dentro dos arcos, uma estátua de Cristo em destaque. Vestes pintadas de branco, braço esquerdo levantado com a palma aberta e braço direito ostentando um mastro da mesma altura com uma flâmula também branca na ponta. Não há inscrição na flâmula triangular. Em vez do previsível crucifixo, o Ressuscitado. E, logo abaixo da estatueta, a frase em latim. Boa chance para testar o doutor Marco Antônio. Ao lado dessa entrada, só muro, de um cinza-sujeira.

Danilo não entra ainda, como se estivesse receoso em invadir o campo dos mortos. Nunca foi de se perder em pensamentos sobre morte, alma, e o que vem depois. Como católico meio fajuto, trazia a percepção difusa de que deve existir um depois, sem entrar em detalhes. "*Há metafísica bastante em não pensar em nada.*"

Então dá início a uma expedição por fora do cemitério, caminhando rente ao muro. A tinta original devia ser branca, esse cinza é consequência do tempo, da falta de manutenção. Curioso não exibir pichações. Em alguns trechos, o longuíssimo muro alcança quase três metros de altura; em outros, nem tanto, mas no topo há cerca farpada e espiralada. Muros de cemitérios são tão ineptos para bloquear trânsito de almas... Se bem que, mesmo em Sorocaba, os muros e os cadeados protegem dos vivos. Na verdade, quando a metafísica é expulsa do dia a dia, mortos não assustam mais ninguém.

Decide completar a volta, talvez passasse a frequentar mais o bairro. Colado ao seu braço direito, que já começava a doer com a sacola que carregava, o muro. À sua esquerda, do outro lado da rua, casas simples e lojas modestas, de motocicletas, de peças de automóveis, de material de construção miúdo. Essa parte da cidade não está tão bem cuidada, não. Não pode deixar de rir ao ler, numa esquina, uma lanchonete com o nome de "Presuntinho Dog". De onde viria o presunto para os lanches? Até um defunto pensaria na óbvia piada. Pena já ter almoçado, seria ótimo conhecer iguarias do "Presuntinho". Há pouco tempo trabalhava próximo do cemitério, porém, nunca havia reparado em nada do que agora enxergava — releituras são sempre novas leituras. No total, o cemitério tem mais três acessos, portões menores só para pedestres, no entanto, todos estão trancados, o que exige seu retorno ao pórtico da inscrição em latim.

Enfim, entra.

E segue pela via principal. Aqui o piso tem uma pintura verde artificial; alguém da Prefeitura deve ter associado esperança a essa cor. Quase a vida toda em Sorocaba e nunca havia entrado ali. Duas da tarde, o sol aparece, o calor aumenta, a sacola pesa, o suor molha a camisa social.

Há túmulos simples, de cimento, com aparência de inacabados ou abandonados; outros maiores, revestidos de azulejos ou cerâmica, o que lhes confere um aspecto mais digno. Porém, a arquitetura é semelhante: a maioria de formato de pódio, com o centro mais alto que as duas laterais. E quase todos contêm, com sobriedade e em letras de metal dourado ou prateado, sobrenomes. Como atestados de uma época em que família simbolizava permanência. Alguns exibem fotografias dos enterrados em molduras barrocas de metal dourado, quase sempre ovais, contendo nome, sobrenome, datas de nascimento e de morte. Todos sérios — não parece divertido morrer.

Para na frente do jazigo da "Família Ribeiro". Não, não conhecia ninguém do grupo, não que soubesse. O que lhe chamou a atenção foi a data na lápide de porcelana negra em números dourados: 25.02.79 — 04.12.79. Menos de um ano de vida, Renato da Silva Ribeiro. Não colocaram foto, claro. Hoje Renatinho teria sua idade. Anjinho, como dizem. Poderia ter sido a Laurinha, minha nossa, que horror!

Sai da via principal, caminha pelas ruelas estreitas, aceitando as encruzilhadas que às vezes surgem, lendo o que as pedras de granito ou mármore lhe exibem, até anota alguns dados como quem arranca frutas do pomar. Não é passeio, é trabalho; ainda não foi à redação, mas não é vagabundo, ao contrário, trabalha, como sua avó não acreditaria. Respira, observa e prossegue, com pisadas crocantes sobre folhas secas, corpos decompostos e projetos interrompidos.

Se sua família tivesse campa por ali, o túmulo mostraria "Família Paiva". Ou "Livoretto", o sobrenome do avô. O Paiva original foi enterrado em Pilar. A família não tem túmulo lá, a Prefeitura cedeu a campa na ocasião. Ninguém estava preparado. Não se lembra do enterro do pai; nítidos eram o *pesar e lamento* na voz do locutor e o garfo da tia Lu. O único Paiva que sobrou foi ele, sem tios do lado paterno. Também não conheceu os avós por parte de pai, morreram em Portugal. Poderia se considerar um Paiva? O que isso queria dizer? Carregar os genes dos Paiva que foram transmitidos a Laurinha. Se existisse a lápide da "Família Paiva" ela traduziria uma mentira — não teve contato com o pai a ponto de aprender trejeitos ou ideias; ou, se chegou, nem percebeu. Ainda que hoje reproduza algum gesto do pai, essa especificidade seria da família Paiva ou do José Maria indivíduo? Os Paiva têm jeito com motores, diriam — se Danilo tivesse seguido seus passos. Mas o filho não aprendeu mecânica, não fez curso na área, nem cogitou engenharia. Os Casalbuono têm tradição jurídica. Não têm, não. Só o doutor Marco Antônio seguiu essa carreira, a filha fez Direito, queria seguir a suposta tradição, mas é cartorária, e para tanto talvez o segundo grau fosse o bastante. Espanhóis são esquentados; italianos, emotivos; americanos, ignorantes; e os portugueses, literais. Família, tribo, aldeia, cidade, país. Todo grupo tem uma crença que mantém a coesão, todo indivíduo tem uma autoilusão que mantém a coerência.

 Falando em grupos, um deles se aproxima, quinze ou vinte almas. Um cortejo fúnebre, o caixão à frente, carregado por dois homens e três mulheres, cada um segurando uma alça, uma delas está vaga. O corpo, certamente envolvido por material macio e confortável, é transportado para o lugar de onde nunca mais sairá — sobretudo com o tamanho do muro daqui. Impossível dizer se o defunto é homem ou mulher, velho ou novo, bom ou mau caráter. Pelo tamanho do ataúde, não era nenhum anjinho.

 Danilo dá passagem com ar solene, fazendo-se invisível, e se encosta num túmulo — esse de azulejos grandes e bege, um pouco mais alegre do que a média. "Família Cotardo", com algumas fotografias em preto e branco e outras mais recentes, coloridas, além de uma estátua de anjo no topo da lápide. Como o Cristo do pórtico, também o anjo tem um braço esticado para o alto e traz uma lança no outro. O rosto fita o céu, as asas são compridas. Se o defunto deixa boa herança, lápides brilhantes e anjos; caso contrário, túmulos de cimento, sem fotos ou adornos, como deve ser o do Mecânico das Famílias. Quanto maior o patrimônio, maiores as asas dos anjos.

 Continua a observar o cortejo e, em silêncio, reza uma ave-maria em homenagem ao finado desconhecido. Assim aguarda que todos passem por ele, o que não durou mais de um minuto ou dois, tendo reparado que todos respeitavam um roteiro sem grande envolvimento. A morte é um protocolo. O cortejo passa, o barulho de sapatos passa, o incômodo pela suposta falta de respeito passa, a vida passa. As pessoas que seguiam o caixão se instalam numa quadra a uns vinte ou trinta metros de Danilo, já não mais em fila, mas em grupos dispersos de três ou quatro próximos da campa; e o recente obituarista, ainda encostado nos azulejos da "Família Cotardo", não escuta mais nada, o silêncio se apropria de novo do mundo de lá e do mundo de cá.

— Ei, você, me ajude aqui!

Era um homem mais velho, de barbas grisalhas e cabelos encaracolados despenteados, parte deles grudados na testa pelo suor, de chinelos e macacão cinza com faixas laranja, agachado, com uma chave de fenda nas mãos, tentando, ao que parece, arrombar o pequeno portão da campa da "Família Viveiros".

— Preciso fazer a alavanca — disse e mostrou um pedaço de madeira grosso e quadrado —, não consigo segurar a chave e bater ao mesmo tempo.

— Mas isso não pode...

O homem olha para ele como quem não entende, e então solta a chave de fenda e o pedaço de madeira no chão, deita-se na estreita alameda e dá uma gargalhada. E a demora em se recompor deixa Danilo irritado.

— Não quero roubar nada, não, sou coveiro, olha o uniforme... Só não faço sozinho porque estou sem botas, estragou a sola, senão quebraria o cadeado num pontapé.

Danilo chega perto o suficiente para sentir o mau cheiro do homem, devia estar trabalhando desde cedo. Ou talvez fosse a sua proximidade com cadáveres.

— Vamos, segura aqui na tranca, vou dar uma cacetada, tranquilo, sou bom de mira.

O obituarista segura a chave de fenda com a ponta encostada na junção do cadeado com o ferrolho da tranca do portão, com a mão mole, nem parece filho de mecânico, ato ilícito, fecha os olhos, escuta a ordem para segurar firme, profanação de sepultura, a pancada vem forte, escuta o barulho do cadeado se rompendo, violação de cadáver, e, quando abre de novo os olhos, constata o cadeado arrebentado no chão. Já a tranca do pequeno portão não está sequer arranhada, o homem era especialista.

— Vi só? Obrigado, campeão.

Danilo recolhe a sacola com os livros que havia deixado no chão enquanto o funcionário explica que o filho da finada havia perdido a chave do cadeado, uma madame de oitenta anos, famílias nunca lembram onde guardam as chavinhas, normal. Como seu avô, o coveiro tinha um serviço de verdade e o exercia sem angústias sobre o que deveria ser feito.

Era desse jeito que Danilo passaria a encarar o próprio ofício: narrar mortes como quem arrebenta um cadeado.

— Qual é o seu nome?

— Tonho.

— Quando você morrer, coveiro Tonho, terá sua história publicada no jornal.

E se afasta do homem, que provavelmente não havia entendido a última frase.

18

— Advogada, juíza, promotora?

— Já não tem muita gente de Direito na família?

— Não, só você e seu pai!

— Prefiro outra coisa...

— Publicitária?

— Muito glamour e poucas vagas. A Tininha, minha amiga, está até hoje sem emprego...

— Engenheira?

— Não tem que estudar demais?

— Médica então!

— Médica sim, seria ótimo!

— E para ser médico não tem que estudar muito, não?!

— Mas vale a pena: doutora Laura Casalbuono Paiva, roupas brancas, mesa com placa com o seu nome, profissão de respeito.

— Especialidade?

— Ah, longe demais...

— E se ela não quiser nada disso, virar mochileira, trabalhar numa ONG, morar fora?

— Vamos aceitar o que ela quiser, né?

— Ginasta?

— Prefiro uma profissão mais tradicional.

— Eu sabia! Filha de desembargador...

— Amanhã vou à escolinha de natação que indicaram...

— Então nadadora. Será ouro nas Olimpíadas!

— Passa a mostarda?

— E jornalista de prestígio, como o pai dela?

Riem.

— Por que isso agora?

— Nada, não... Fui ao Cemitério da Saudade. Na entrada tem uma inscrição em latim...

— Ah, não, latim de novo!

— Falei com o seu pai há pouco, na garagem, e ele traduziu: "Eu sou a ressurreição e a vida". *Ego sum*, "eu sou". Fiquei pensando em quem eu sou, quem você é, quem a Laurinha vai ser, enfim...

Terminam o lanche, lavam a pouca louça e vão se deitar, não sem antes conferir o sono da futura advogada-engenheira-médica-nadadora-jornalista-como-o-pai.

— Você já escreveu o rascunho?

— Começando...

— Boa sorte, vai dar certo — Carol adormece sem pressionar o marido.

O Cristo da estátua do cemitério, na sua onisciência, sabia bem quem era, e por isso garantia: "Eu sou". E em latim, o que dá credibilidade a toda sentença. Danilo, não. Não era, nem sabia o que queria ser direito, agora, aos vinte e oito, quase vinte e nove. Se escrevesse um texto que agradasse ao Borba, seria então um jornalista? *Ego sum...* confuso. Melhor "ainda não", "quase sou", "tentando ser", no gerúndio mesmo, impreciso, inacabado, a ação que perdura. *Começando*. Não era verdade. Quanto tempo levaria para ser demitido da Gazeta? Vinte e quatro horas ou dez anos? *Danilus tentandus*. O gerúndio humilha o latim. Tentando ainda? *Ego sum...* fracassado! Vinte e oito anos e tentando... Sua filha não havia completado nem um ano e já pensavam em uma dezena de profissões. Cristo morreu aos trinta e três, mas só começou a vida pública aos trinta. nãosoujornalista28. Ainda era o filho do Mecânico das Famílias? Ou o neto do faz-tudo? O filho da gerente de loja de roupas. Isso sim, mas se sua mãe agora não trabalhava mais, que classificação seria a ideal? Sempre foi Danilo Paiva, agora vão meter o Livoretto no meio. Há outros Danilo Paiva por aí... Se não consegue classificar a si mesmo, como definir pessoas que nem conheceu? E por escrito! E no jornal da cidade! *Ego sum...* fodido! Agora era o pai de Laura, isso também. *Ego sum... pater familias*. *Ego sum...* o que precisava do emprego. Isso conseguiu, por enquanto. Pelo menos tem salário. Três mínimos para começar. Ótimo vil metal. Depois aumenta, dona Marlene afiançou. *Ego sum...* obituarista. Não, até o momento, não — nãosoujornalista28. Começará sua vida pública aos trinta também. Falta mais de um ano. Falta uma matéria. Buscando. Uma matéria que seja publicada. E se a primeira fosse publicada, as seguintes também seriam? Buscando-salário. Não era mais filho, nem neto, nem bancário? Agora era marido, pai, jornalista. Amigo do sogro? Borba, o editor-chefe; Dita-e--Dora, a famosa colunista. E o que eles foram antes disso? E o que serão depois? No durante não se é mais nada? Indo a uma entrevista, relendo apostilas, visitando cemitérios, começando a profissão, escrevendo a matéria, buscando solidez, atravessando uma fase. Não estamos todos, agora e sempre, atravessando uma fase, sempre no gerúndio?

Escuta o choro da filha. Já deu mais trabalho, mas ainda acorda no meio da noite. Levanta-se rápido a fim de que Carol, ao menos dessa vez, não tenha que acordar. Toma a filha no colo, passa a embalá-la, mas o fracasso na empreitada suplanta as tentativas de encontrar resposta no passado ou segurança no futuro — os berros da criança faminta não deixam espaço para ruminações em latim. Carol também se levanta: só o seio da mãe acalma a menina. Em meia hora os três estão deitados de novo.

Ego sum, definitivamente, um inútil — dormiu com essa impressão.

19

— Aconteceu, filho.

Final de expediente de uma sexta-feira comum, tinha avisado o pessoal do banco que não iria ao *happy hour* porque visitaria o avô, internado com pneumonia fazia duas semanas; faltaria também à aula da faculdade, de sexta era só oficina de rádio e TV, e como já tinha obtido média para aprovação, tranquilo.

No entanto, em razão da notícia transmitida pela mãe ao telefone poucos minutos antes de fechar o caixa, conseguiu cumprir o programa apenas em parte: não foi ao *happy hour* e nem à faculdade. Também não fechou o caixa — Eliseu se prontificou a fazer por ele. Por fim, ao contrário do combinado, não visitou o avô no hospital. Porque aconteceu.

Assistiu aos trâmites meio distante — enquanto a mãe resolvia os procedimentos do hospital em Sorocaba, os tios de São Paulo assumiam as tarefas ligadas ao funeral; o avô seria velado e enterrado lá, no Cemitério da Lapa, no túmulo da família do tio Artur.

Oitenta e um anos. Muito mais do que um trecho. Sim, é claro que todos estavam tristes, em especial a avó. Mas, por outro lado, o curso natural era de algum modo aceitável. Nos últimos tempos, coitado, estava com dificuldade para caminhar, logo ele, sempre tão forte; e ficava acabrunhado por permanecer o dia inteiro em casa. Foi bom que não sofreu tanto numa cama de hospital, é duro, mas é assim mesmo, descansou, espero que tenham força neste momento tão difícil, se precisarem, é só chamar — foram as condolências que mais ouviram durante o velório.

Quando o padre apareceu para encomendar o corpo, Danilo acompanhou as orações até certo ponto. Chorou, como não havia chorado no enterro do pai, vinte anos antes. O avô lavrador, pedreiro, faz-tudo. Com o avô aprendeu a caminhar no bairro, sem objetivo, só caminhar; aprendeu a mexer um pouco na terra, a colher folhas de hortelã, a misturar massa de cimento. Num sábado qualquer — lembra-se apenas de que os primos não estavam por lá naquele final de semana — o avô e ele prepararam o cimento para corrigir falhas do muro com a casa vizinha. Tinha quantos anos? Nove, dez, talvez onze. Foi tão legal: areia, água, tijolos no entorno para não vazar, pá de bico, colher de pedreiro. Os rebocos estão firmes até hoje! No cimento fresco escreveu "Dan", e antes que pudesse completar o nome, só faltavam três letras, o avô o repreendeu, *aqui não é calçada abandonada, menino*. De imediato, com a desempenadeira, o avô alisou aquele pedacinho de muro com a experiência de uma vida. O "Dan" no muro em manutenção durou quanto tempo? Cinco segundos? Dez, no máximo? Se o muro não fixou a assinatura do pedreiro mirim, o "Dan" da sua lembrança permanece inabalável.

Com a avó aprendeu a estar de acordo com o mundo. Lição contraditória essa, pois quase revolta com o mundo era o que sentia naquele instante, apesar de ser o curso natural, apesar de saber da dificuldade recente do avô para caminhar, apesar de saber que ele não sofreu numa cama de hospital — enfim, toda a papagaiada das condolências que nunca traz alívio para quem sente o buraco no peito.

O caixão foi fechado, a avó abraçou a mãe, as duas choraram com discrição. Danilo fez questão de ajudar a carregar o corpo até a campa da família do tio, os "Rodrigues", onde o ataúde foi guardado numa gaveta e coberto por duas placas de concreto. Em seguida, os dois funcionários do cemitério jogaram cimento sobre as placas com colheres de pedreiro, e então começaram a alisar a massa com as próprias pás — o avô teria usado a desempenadeira. Nenhum coveiro ousou escrever o próprio nome no cimento fresco. Tarefas valiosas dispensam assinatura. Concluído o trabalho, Danilo vê que a superfície não ficou tão lisa quanto outrora ele e o avô deixaram o muro de casa. Porém, o avô jamais reclamaria. "*Sábio é o que se contenta com o espetáculo do mundo.*"

O avô morreu no fim de tarde de uma sexta-feira e foi enterrado no sábado às três da tarde, sem perturbar a vida de ninguém.

20

O quê? Se, de um lado, ninguém sabia o que fazia por ali, de outro, com certeza ninguém se importava com isso. *Por quê?* Velórios são ótimos lugares para se passar incógnito: a cada dia, pessoas diferentes, tanto as passageiras quanto as definitivas. E por mais próximos que sejam os parentes do morto, eles nunca saberão se aquele rapaz estranho no canto da sala conhecia ou não o pranteado. Danilo poderia passar por um "amigo-que-não-conheci" do meu marido. *Quando?* Os vivos ocupam as salinhas por poucas horas e, quando saem, não voltam mais; já os mortos são guardados nas gavetas pela eternidade e, até onde se sabe, também não voltam mais. *Onde?* Entra na sala de velório n. 03, aproxima-se do caixão e visualiza o rosto do cadáver, uma idosa, mas a maquiagem lhe dava um aspecto sereno. *Quem?* Seria a madame sobre quem o coveiro havia comentado? Não, o enterro da madame foi ontem mesmo. Todo dia o estoque se renova. Reza outra ave-maria, atitude que passa a ser hábito. Não diz "meus sentimentos" para nenhum familiar, provavelmente ninguém o notou.

Está diante de cinco salas de velório, de quinze ou vinte metros quadrados, num saguão maior com cadeiras de plástico bege. Senta-se por ali e acompanha, pela TV pendurada no teto, os nomes dos defuntos, os horários dos enterros e os cemitérios.

Um painel eletrônico! Como no cartório onde Carol trabalha ou nos prontos-socorros que anunciam senha. Bem mais moderno do que no do avô. *Mil caracteres*. No mesmo teto há quatro ventiladores grudados nas vigas de madeira, em lerdo movimento. Lerdíssimo. Seu *deadline* é hoje, final da tarde.

Volta a vaguear pelas salas, três estão ocupadas e parece que o da primeira já estava pronto para a partida, pois os vivos se movimentam, um carro com o logotipo da funerária estaciona em frente — vai para qual cemitério?, confere no painel, o da Consolação —, o caixão é carregado até o carro, a sala n. 01 se esvazia. *Frases curtas e na ordem direta*. Depois do enterro, todos voltam ao seu dia a dia — todos menos um. *Foco e objetividade*. Na sala n. 05 parece reconhecer o morto, está praticamente vazia, e ninguém chora. *Pirâmide invertida*. Pirâmides são tumbas. Gigantescas. O homem se tornou mais humilde, agora aceita passar a eternidade em gavetas. Sai, conversa com o funcionário, um porteiro ou segurança, Amílcar exibe o seu crachá e confirma a suspeita de Danilo sobre o morto da sala 05. Afinal um nome. O fim da linha dos cadáveres é o início de seu trabalho. Todos têm sua data-limite.

Anos antes o avô fora sepultado no Cemitério da Lapa em São Paulo. Não conhecia o funcionamento de velórios e enterros de Sorocaba, mas logo se tornaria craque nisso. Vê movimento na sala 04 — com certeza um inquilino novo está chegando. Tiraria boas histórias dali. Informa-se também sobre os sepultamentos do dia anterior, completa as anotações. Há outra funerária na cidade? Outro salão de velório, maior do que esse?! Obrigado, Amílcar. Ainda é cedo, dirige-se ao local sem receio ou ansiedade, como quem usa, de modo desatento, um leitor de código de barras. Já quase sem remorso por quebrar cadeados.

21

Um ícone da cidade que se vai.

Lilico não sabia o que era teto. Passou a vida na Praça da Matriz, seu lar, vivendo de esmolas e ajuda dos comerciantes do entorno, quase sempre aquecido pelo álcool. De boa índole, foi gentil com todos os padres que passaram pela igreja, embora os considerasse meros inquilinos. Ele era o verdadeiro responsável pela praça, pelo comércio no entorno, pela *igreja. Um zelador público sem soldo. E nunca aceitou nenhuma oferta de abrigo. Preferia os bancos da praça ou os degraus da igreja. No frio e na chuva, abrigava-se sob os toldos dos bares, mas afirmava estar contente com a vida.*

Alfredo, dono de um dos restaurantes por quilo que ajudava Lilico a sobreviver, conta que o gentil mendigo dizia: "Não gosto de paredes entre mim e esse ceuzão de Deus!".

Abraham Lincoln da Silva Santos faleceu há dois dias, aos quarenta e três anos, sem deixar parentes conhecidos. O enterro ocorreu às onze horas de ontem. Lilico agora tem um teto, não consta que tenha registrado queixa.

— Parabéns, rapazinho, é sua primeira matéria publicada?

Dita sabia que sim, era uma pergunta-elogio, degrau para o início da conversa. Já Danilo não sabia como esconder os quinze exemplares que havia adquirido de manhã — ia dar um para a mãe, outro para a avó, para os sogros, para Carol, para amigos, e guardar o resto num lugar seguro.

— O que achou?

— Vou dar uma de Dita e Dora: a Dita, que sou eu, gostou da ironia no final e do tom simpático com que você descreveu o Lilico. Já a Dora, meu lado "B", achou o título lugar-comum: "um ícone que se vai"?! Melhor seria, por exemplo, outra frase que você usou no texto, "zelador público sem soldo", instigaria mais. Evite o adjetivo ícone, serve para tudo, e outros que tais. Ícone da medicina, baluarte do bairro, exemplo de chefe, bastião não sei de quê... Escreva logo o porquê.

Com humildade, assimilou a lição.

— Não se preocupe, não há textos que não possam ser melhorados. Eu mesma muitas vezes me arrependo do que é publicado. Ah, não se esqueça do *happy hour* amanhã...

22

— Recebi alguns *e-mails* sobre a coluna do Danilo...

— Críticas ou elogios?

— Uns perguntando se os obituários serão diários, dois elogiando a criação da coluna e outro, até, destacando a leveza para um tema difícil. Mas vários reclamaram da última frase, a do teto do Lilico.

— Você não tinha notado a ironia?

Borba acende o primeiro cigarro da conversa.

— Claro que sim, quero mais é que leiam, comentem, mandem cartas e *e-mails*. Não vi nenhum desrespeito, o teto tinha relação com o modo de vida do homem... E não é promissor que o foquinha tenha cometido uma ousadia dessas tão rápido?

Dita concorda e pede o isqueiro emprestado.

23

Queridas Dita e Dora,

Tenho um casamento estável há onze anos e tudo corre bem, sem queixas da minha esposa. Sou professor universitário e sempre aparece uma ou outra aluna ousada, porém, até agora tenho conseguido resistir aos assédios. Mas chegou uma caloura que mexeu comigo. Acredito que consiga sair com ela umas duas ou três vezes sem causar desconfianças na minha esposa. Posso? Ass. Prof. Paulo.

— Deve!

— Como assim, Dora?!

— Canalhas são canalhas. E meu conselho para ele é que cometa rapidamente suas cafajestadas! Assim a esposa poderá abandoná-lo na primeira esquina. Ele quer a nossa aprovação para trair a esposa.

— E se não for esse biltre que parece, e se o modo como perguntou nos fez duvidar de sua retidão, mas que, no fundo, o professor é um homem que está apenas atraído pela tal aluna? Até onde sabemos, ele não faz nada. Ainda.

— Não tenho dúvidas de que é um patife. Mas, se eu estiver enganada, o meu conselho seria: fuja dessa aluna, correndo! Ninguém atravessa a Castelo Branco a passos lentos em horário de pico se não quiser morrer atropelado.

Danilo fez questão de se sentar ao lado de Dita no *happy hour*, em um barzinho que servia pizzas fritas em forma de aperitivo com palitos espetados.

— Você troca os nomes, né?

— Os nomes?!

— É, dos leitores que lhe encaminham as dúvidas...

— Meu trabalho é mais literatura e menos psicologia, mas tento preservar a essência das dúvidas.

Bonito, pena que não deu para entender direito.

Como a maioria dos colegas já havia chegado, Dita chama a atenção dos demais a fim de apresentar Danilo, como um gerente de banco faria com um recém-contratado para a agência.

— Rui, esportes.

Esse aí não faz a barba há dias.

— Marina, repórter e diagramadora.

Ela estava na redação anteontem.

— Paulinho, fotógrafo.

Novo, vinte e três, vinte e quatro no máximo.

— Zé Carlos, anúncios.

Quarentinha. Mexe com dinheiro; por isso a formalidade da roupa.

— Camila, repórter e supervisora gráfica.

Nem bonita, nem feia; aliança na mão direita.

Então Dita se afasta um pouco de Danilo, estica o braço em sua direção como um mestre de cerimônias, e declara:

— Danilo, obituarista.

Bateram palmas em tom de deboche, mas foi divertido, sendo possível ouvir "prazer", "bem-vindo", "que bom que topou vir". Provavelmente todos já sabiam quem ele era, porém, faltava uma apresentação como aquela. Nome-função. Nome-função. Seria esse um protocolo nas apresentações de emprego? Lembra-se de que, nas confraternizações de fim de ano no banco, os cumprimentos não dispensavam o parzinho nome-agência. Danilo-Sorocaba, Paulinho-Votorantim, Marina-Ibiúna. Em lápides, apresentações exigem nome, foto em preto e branco e duas datas.

A conversa segue trivial, chegam mais dois rapazes, os estagiários Netinho e Maurício, e Danilo está concentrado em esconder a própria inexperiência. Trabalhei em banco para pagar a faculdade, mas sempre tive o sonho de ser jornalista. Quando sairá o próximo obituário? O Borba me deu dois dias. Foi bonzinho com você! Bonzinho o cacete, ninguém soube das broncas? *Deadline* logo ali. A dupla chope-pizza está bem interessante também. Mil horas em quarenta e oito caracteres. Não, mil caracteres em quarenta e oito horas. O que será que a Dita quis dizer com mais literatura? Sem querer, faz novas associações: Rui-quarto-chope, Camila-sem-sal, Zé-Carlos-figurino-de-banco, Dita-ficcionista. Teme que talvez os novos colegas estejam fazendo o mesmo com ele. Danilo-genro-do-amigo-do-chefe? Mais chope-cerveja, por favor. Adjetivos se acumulam, se substituem e se contradizem até o final da linha alheios à vontade de quem os carrega. Cru-que-não-sabe-nada. Com o tempo vai conhecer melhor a turma. Camila-repórter-mas-depressiva. Rui-esportes-mas-alcoólatra, Zé Carlos-anúncios-mas-acomodado. A vida, sobretudo a vida, tem múltiplas facetas.

— Oi, pessoal!

Stephânia chega.

Com "ph", segundo ressaltou, simpática, assim que foi apresentada a Danilo. Trocaram um beijo no rosto. Desejou que fossem três, como aconteceu com Dita. Stephânia-cidades-e-colunista-social, complementou. Danilo-obituarista, respondeu de volta. Encaixaram uma cadeira bem ao seu lado, sentaram-se ombro a ombro.

— É uma responsabilidade e tanto, né?

Não usava aliança, nem a prateada de compromisso. Mais nova do que Danilo. Será recém-formada também?

Com o segundo chope melhor do que o primeiro, Danilo só balbucia um parvo "o quê?".

— Ora, é você quem dá a última palavra — a voz suave de Stephânia contrastava com as sobrancelhas em diagonal, sem curvas, que saíam da parte externa do rosto em direção ao nariz num ângulo de trinta graus, e davam ao seu semblante uma maldade instigante.

Stephânia-coluna-social-loira; Stephânia-loira-sem-aliança. E linda.

— O que você escreve sobre o morto fica registrado; não só no jornal, também na memória das pessoas. Muito legal.

— Registro, claro, últimas palavras, isso mesmo...

As sobrancelhas impediam qualquer discordância.

Recusou a saideira, acatando a provocação de Paulinho de que ele era um fracote. Neste instante Dita se levanta e diz que estava na sua hora, Danilo-fracote aproveita e também se levanta, com cuidado para não deixar transparecer o efeito que o álcool e Stephânia lhe causaram nas pernas.

— Só um minuto, a foto, a foto — adverte Paulinho.

Então o grupo se reúne atrás da mesa, Paulinho ajeita a câmera grande na mesa ao lado e corre para se juntar ao grupo. Parece que o retrato era um costume nos encontros.

Já no ônibus, que sacolejava mais do que o normal, propõe-se a não comentar nada com Carol a respeito das sobrancelhas da colega de trabalho. Danilo-cauteloso.

24

Últimas palavras

Especialista em cozinhar afeto.

Quem via dona Nena no mercadão comprando produtos in natura jamais poderia imaginar que suas mãos enrugadas produziam alimentos tão saborosos. Fazia questão de procurar sozinha os ingredientes e, embora fosse especialista em massas recheadas, sempre tentava inovar nos pratos e nos sabores. E agradava.

A família não trocava os almoços de domingo na casa da vó Nena por nenhum restaurante da cidade. Uma verdadeira "nona", define Ana Lúcia, neta mais velha, de vinte e três anos. "Não só pela comida, realmente especial, mas pelo ambiente acolhedor. Nos nossos encontros não havia divergências familiares — uma ilha calma nesse mar de bagunça em que a vida está mergulhada." Já Vicente, o filho caçula, está inconsolável: "Vai ser difícil reunir a família daquele jeito".

Maria Antonia Rebello, viúva, morreu em 30 de julho, aos setenta e oito anos, de parada cardíaca. O enterro foi ontem no

Cemitério da Saudade às treze horas. O cortejo contou com mais de cinquenta pessoas. E num domingo. No horário de sempre, reuniu a família uma última vez.

— Gostei do título.

— Cozinhar afeto?

— Esse também.

— Então qual?

— Últimas palavras.

Satisfeito com o sucesso do plano traçado na mesa da livraria, ao mesmo tempo que conversa com Borba, Danilo recapitula sua rotina. De manhã vai à redação para escrever as matérias — apesar da mesa coletiva, no horário em que chegava não havia quase ninguém por ali. Só começava a aparecer um ou outro lá pelas dez ou dez e meia, e então o esboço já estava quase pronto. Às vezes conseguia estudar os livros, agora guardados no armário. Na tela do computador, alguns *post-its* com anotações e, bem ao lado, a miniatura do Pessoa. Antes do meio-dia, quase sempre com o obituário concluído, saía para almoçar, em regra sozinho — mas de vez em quando na companhia de Rui ou de Paulinho, que também passavam de manhã na Gazeta.

Em seguida, buscava nomes, profissões e idades nas funerárias. E sempre entrava nas salas de velórios para se aclimatar. O fato é que, de perto ou à distância, observava. No início dividiu os frequentadores dos velórios em dois grupos. O primeiro era formado por, no máximo, três ou quatro pessoas. Além de estarem às voltas com questões burocráticas, os mais próximos do morto exibem dor e desalento o tempo inteiro. Sinceridade ou formalismo? Difícil dizer. Bolachas, água, café. Com quem ficou a chave do cadeado da campa? Já os integrantes do segundo grupo, mais numeroso, exibiam pesar e lamento de modo pontual e provisório quase sempre quando manifestavam suas condolências aos enlutados e quando se aproximavam do caixão — relação direta entre o *in extremis* e circunspecção. Pelo que ouvia — na chegada, meus pêsames, que descanse em paz, conte comigo se precisar; e na saída, desculpe, você sabe como é meu chefe, deixei o Artur sozinho, preciso buscar a Aninha na escola —, Danilo suspeita que a maioria dos visitantes considerava o dever da última despedida um estorvo; pequeno, mas ainda inconveniente como um parafuso frouxo, um pneu furado, uma queda de energia.

O primeiro texto não agradou. Dita e Dora têm o dom, e Danilo busca o tom. E, enquanto Danilo busca o tom em velórios de desconhecidos, percebe que os visitantes nem tão próximos assim querem sair dali para resolver o problema do cano entupido, do cartão de crédito rotativo, do elevador quebrado. Estorvo. Um velório ao meio-dia ou um enterro às seis da tarde. Talvez essa aflição pelo retorno à rotina — sempre tão confortável a rotina — seja disfarce ao medo da morte. Sempre intransferível. *"A tristeza às vezes é uma alegria que nasce sob o ocaso de um disfarce."* E, apesar disso, prosseguir, apertando o parafuso, chamando o encanador, conversando com o gerente. Esses afazeres para além do muro de três metros não são desrespeito ou insensibilidade. São indispensáveis cadeados sem chave para engambelar as garras do vácuo. É sempre o comezinho que nos convoca de volta ao quintal de casa.

Porém, o obituarista não integra nenhum dos dois grupos. Danilo não visitava velórios como quem espera o tráfego desafogar, mas com a deferência e a cerimônia devidas àqueles que lhes garantiam o chá com biscoito, o plano de saúde, a papinha da Laura. Enquanto gavetas funerárias eram, para quase todos, a última paisagem, para Danilo elas se exibiam como chaves de cadeados, o que marcava bem a diferença entre ele e os outros.

— Podemos usar então? — Fazendo uso do direito constitucional do sigilo da fonte, Danilo não revelou que a ideia havia sido de Stephânia.

— Sim, "Últimas palavras" tem um quê de pretensão, mas também de homenagem.

Tanto latim para que um comentário de bar ganhasse o concurso...

— Vamos começar a publicar suas matérias três vezes na semana; se tudo correr bem, passa a ser diária. Amanhã, final da tarde, quero a próxima.

O rapaz se levanta para sair, mas Borba dá mais um recado: a partir de agora, a coluna será assinada, escolha com qual nome você vai querer ser conhecido.

25

— Parabéns, dessa vez a dissertação ficou bem-feita.

Fazia quatro meses que namorava Carol. Fazia quase três anos que frequentava a faculdade de jornalismo, sexto semestre já. Seu avô havia morrido um ano antes. E sua avó, superado a perda do companheiro da vida, graças a Deus. Fazia alguns meses que sua mãe falava em aposentadoria, então poderia fazer mais companhia à avó. Fazia dois meses que havia sido promovido no banco onde já trabalhava há seis anos. Ainda não pensava em se casar, muito menos em ter filho. Embora cursasse jornalismo, não estava envolvido com a carreira. Só depois da primeira conversa com Carol, na noite em que acreditava estar gripado, na noite em que a troca aleatória de cadeiras e mesas os colocou lado a lado, na noite em que, em vez de dizer que era caixa de banco preferiu se identificar como jornalista... Dez minutos a menos no barzinho e talvez nem concluísse o curso. Será? Sexto semestre. Sem drama, era a vida no curso normal, pessoas nasciam, pessoas morriam, e teria seguido em frente com ou sem Carol. Poderia ter sido outro, claro. Mas foi por Carol que dobrou a esquina do interesse para aquele específico.

E foi também depois de todos esses acontecimentos que recebeu o elogio do professor José Ferreira, de Jornalismo e Entretenimento.

26

Danilo Paiva. E o Livoretto, entra onde? D. L. Paiva?

Havia assinado a procuração para o tal advogado, além de ter fornecido a dona Marlene os documentos solicitados. A retificação seria ajuizada em breve, não era preciso fazer mais nada, só esperar. Mudança de nome em razão de caloteiros homônimos em outras cidades. O fato é que em Sorocaba só havia um Danilo Paiva. Precisava mesmo dessa ação? Melhor obedecer ao chefe. Por que seus pais não incluíram o Livoretto logo que nasceu? Na época, talvez não fosse comum. Seria hoje uma pessoa diferente se tivesse nascido com o Livoretto?

Soube que o sogro assinava os votos que proferia com "Santos Casalbuono". Assinatura institucional, dois nomes no máximo. Danilo nunca proferiu sentenças, mas dava as últimas palavras. E não sabia como assinar. Danilo-Metal? Metaleiro de araque. Livoretto, o sobrenome que estava para chegar? Como homenagem ao avô que só teve filhas. Não tem o menor cabimento falar em linhagem de um faz-tudo... Ele não deixou o sobrenome nem na lápide, nenhum conjunto de letras de metal completa o "Livoretto". Está se apagando. Sua avó lembra, sua mãe lembra, Danilo lembra. Mas Laurinha não vai lembrar, porque não o conheceu. O "Dan" do muro de casa, que durou cinco segundos no cimento fresco e é eterno na memória. O "Dan" foi apagado. Já o Livoretto, tão próximo do esquecimento, estava prestes a ressuscitar. Se hoje errava por aí com tantas incertezas, a culpa era do avô. Danilo Paiva, seu nome atual. E como homenagem ao "Mecânico das Famílias", cujas características carrega sem conhecer.

Pseudônimo? Danilberto Caeiro, Danicardo Reis, Danilálvaro de Campos. Um obituarista para cada defunto: um defunto urbano, Danilálvaro. Da zona rural? Danilberto; e por aí vai... Borba entenderia o trocadilho? Sim, mas vetaria sem piedade, e o Danilo de verdade, não o homônimo, poderia perder o emprego pela ideia ridícula. "*Não sou nada.*" Não sabia ainda quem era. "*Nunca serei nada.*" E mesmo com a necessidade de assinar as colunas, continuava não sabendo. "*Não posso querer ser nada.*"

Seria falso intitular-se Livoretto, a tal ação nem teve início. Danilo. Só *Danilo*. Sem Paiva, sem Livoretto e sem maneirismos, mantendo o foco. Curto e direto, como devem ser matérias de jornal. Ou a família inteira ou ninguém. Foda-se o que Borba iria pensar. Foda-se o que o desembargador aposentado iria pensar. Sua avó, sua mãe e Carol não estavam nem aí para colunas assinadas. O avô e o pai também não se importariam com isso. O pai foi mecânico, o avô foi pedreiro. Ordem direta é simples, como uma ação de retificação de nome. Enquanto Danilo não era nada, não ainda. Posso ao menos querer ultrapassar o nada? Pular no rio e nadar, sem elucubrações, era isso o que valia. Danilo — o complemento viria depois, se viesse, nas colunas, no obituário, na lápide. Com mil toques para definir mortos, não acha nenhum para se identificar. Apenas *Danilo*, que nada significa. Só *Danilo*, com milhares de homônimos. *Danilo* e ponto final. *Ecce homo*.

27

Finalmente ele e Carol saíram para comemorar o emprego. Como Laurinha voltara a ter uma crise de bronquite na última semana, preferiram não sair por alguns dias. Mas agora dividiam uma cerveja e um filé à parmegiana com arroz branco e batatas fritas. Calcularam que poderiam ficar fora de casa entre uma hora e meia ou duas, já estava ótimo, enquanto os sogros cuidavam da filha, adormecida no bercinho. Qualquer problema, era só telefonar.

Antes da sobremesa, o celular de Carol recebeu a enigmática mensagem da sogra. *Não demorem.* Pediram a conta e saíram do restaurante, às pressas. No táxi, Carol quis ligar para a dona Inês, Danilo não deixou. É fome, se fosse grave, ela teria falado.

Não era fome.

Quando entraram na sala da casa dos sogros, viram Laura, a futura médica ou nadadora olímpica, tentando caminhar. Cada contorcionismo desajeitado de seu corpinho minúsculo conquistava dez centímetros. E sorria. Balançava para a frente e para trás, quase caía, e às vezes era socorrida por algum adulto ansioso. Às vezes dava dois, três, quatro passos cambaleantes, e, rindo, caía no tapete. Quase perdemos! As tentativas já estavam no fim quando os pais chegaram do restaurante. Então Laurinha, talvez cansada, volta a engatinhar, e depois é tomada pelo choro. Agora sim: fome.

Enquanto Carol dá de mamar à filha — dona Inês lhe fazia companhia —, o doutor Marco Antônio elogia as publicações; o rapaz agradece e pergunta se havia gostado do título. Desistiu do latim? O Borba prefere simplicidade, mentiu.

Já que não foi possível pedir sobremesa no restaurante, Danilo satisfaz o desejo de doce com vinho do Porto oferecido pelo sogro. A conversa é descontraída, com o mais velho contando um ou outro caso de quando era juiz, ora engraçado, ora sério. Jamais gostei de usar toga, a capa preta, sabe? Só nos júris, e na minha época era norma da Corregedoria, dava até procedimento administrativo se não usássemos. Ao sorver a segunda dose da bebida, Danilo escuta e concorda.

Ali o ex-desembargador vestia roupas confortáveis — uma bermuda, uma camiseta de malha e chinelos. Atualmente a sua indumentária formal só saía do armário quando frequentava algum evento social, o que ocorria com certa frequência, é verdade, mas bem menor do que na época em que trabalhava. Embora não tenha acompanhado esse período, se Danilo tivesse que escolher uma característica do sogro, seria sem dúvida a profissão. Pois as histórias da ativa predominavam. Talvez de seus relatos emanasse um lamento de quem já não é, mas ainda se enxerga como se fosse, mas só talvez, porque não era saudosista ou repetitivo. Uma relação de comarcas por onde passou, um ou outro clichê da profissão — "apurado senso de justiça", "um juiz de seu tempo", "a toga lhe caía bem" — e uma ou duas linhas com dados da família seriam um justo resumo. Quando ainda relatava votos, Exmo. Sr. Dr. Des. Santos Casalbuono; nas ocasiões formais, desembargador aposentado; para Carol, papai; ali na sala, o descontraído sogro com quem divide vinho do Porto. Porém, ainda que ele vivesse duzentos anos depois da aposentadoria, estava claro que a magistratura o definia.

Danilo reflete sobre a própria roupa, parecida com a que sempre usou, desde os dezessete — no banco, nas funerárias, na redação, no jantar com Carol, na sala com o sogro, sempre igual. Sua profissão mudou, seu estado civil mudou, sua posição na família mudou — e aquelas vestes, tão apropriadas até então, se tornavam inadequadas. O sogro é magro e não tão alto como ele, e Danilo já havia emprestado um terno dele num casamento da prima de Carol. Por isso pede de novo, quer usar nos velórios. Pode qualquer um, desde que escuro. O doutor Marco Antônio aprova a ideia e acrescenta que funerais exigiam alguma solenidade, e traz dois ternos quase novos e quatro ou cinco gravatas.

— Pode ficar.

Despedem-se com os indispensáveis "obrigado" e "boa noite". Danilo vai para sua casa, entra no banheiro, veste a calça recém-emprestada, faz um nó troncho na gravata sobre a camisa que usava — com o tempo aprenderia esses nós — e joga o paletó em cima. Ótimo! Encontra um pote de gel vencido no gabinete sob a pia e passa na cabeça. Os cabelos negros brilham no espelho, não ficou mal, combinam com a gravata também escura. Sem ter completado trinta anos, o terno lhe trouxe austeridade. Sai do banheiro e se exibe para a esposa.

— Para que isso?!

— Ficou bom?

— Ué, todo homem melhora de terno.

— A partir de agora será meu uniforme de trabalho.

— Precisa mesmo, Danilo?

Nem responde, decisão tomada. Na noite dos primeiros passos.

28

Últimas palavras

A pintura psicodélica como forma de viver.

Descobriu a verdadeira paixão somente aos sessenta. Dona Luíza nasceu em Guaxupé; aos sete, sua família se mudou para o Campolim, onde foi filha, esposa, mãe e avó, tendo exercido cada papel como convinha. Mas, quando enviuvou, por sugestão dos filhos e como combate à solidão, matriculou-se em cursos.

E se maravilhou com a pintura: no início, paisagens rurais, que lembravam a infância em Minas; depois, paisagens urbanas como memórias de cidades onde nunca morou; até se atreveu a pintar retratos, mas não se saiu bem: acometida de Parkinson nos últimos anos, voltou às paisagens. "Uma mistura de representação e realismo fantástico", conta o filho Bernardo em tom de brincadeira. Conseguiu vender alguns quadros, o que muito a orgulhava. Mesmo com o tremor cada vez mais forte, ainda segurava os pincéis com determinação. Aliás, era para a cuidadora Janete que explicava suas obras, usando a doença em seu favor: "Imagino o céu como os meus quadros: colorido e sem linhas retas. Paraísos sem um pingo de bagunça não têm graça". Dona Luíza Bravo morreu em 3 de agosto, aos setenta e dois anos, de insuficiência respiratória. Foi enterrada às quinze horas no Cemitério da Consolação, no dia 4. Apesar de não ter chovido, testemunhas dão conta de um arco-íris retorcido no céu. Danilo.

Ao chegar à funerária, Danilo pensava que, se a mulher da coluna de hoje tivesse morrido no lugar do marido, aos sessenta, sua história talvez fosse sem graça. Sem Parkinson, sem psicodelia, sem bagunça no céu. E, pela falta de peculiaridades, sem obituário também. Ao privilegiar o recente, desprezou os primeiros sessenta anos. E se, em vez de morrer aos setenta e dois, a senhora Luiza Bravo tivesse vivido mais vinte, tivesse desistido da pintura e se dedicado, por exemplo, a aulas para alfabetização de adultos? Quanto tempo é preciso para se chegar a quem se é?

— Doutor Funéreo?

Quem interrompia os seus pensamentos era um homem de cinquenta ou cinquenta e cinco anos.

— O senhor não é o escritor de obituários?

Danilo apenas concorda com a cabeça.

— O meu pai, na sala de velório n. 2, viveu até cento e três anos. Interessa?

Claro que interessava. Soube disso ontem, o ancião seria enterrado às dezesseis horas, viera à funerária com a finalidade específica de entrevistar os parentes, nem cogitou buscar outros nomes — longevidade é sempre digna de lembrança. E nem precisou procurar ninguém, tendo sido abordado justamente pelo caçula do defunto, que se apresentou como Nélson. Mas agora estava atento a outro assunto.

— Como me chamou?

— Funéreo. O Amílcar, da recepção, foi quem me indicou o senhor...

O obituarista dá sequência à conversa, colhendo os dados do falecido. O interlocutor não havia feito piada; ao contrário, o tratava de modo respeitoso. Então o filho da puta do Amílcar... Só ele? Ou também os outros funcionários, parentes e coveiros o apontavam como Funéreo? Já fazia duas ou três semanas que ia aos velórios com as roupas do sogro. Alguém da redação tem a ver com isso? Paulinho e Rui são gozadores, mas eles não visitam funerárias... O inverno contribuía, o paletó caiu bem e o destacou dos demais frequentadores. A bem da verdade, a evidência até havia lhe trazido certa satisfação. Não previu, porém, a chacota.

— Meu nome vai aparecer no jornal?

29

— Exame de fezes?!

Era fim do expediente. Aborrecido, Danilo voltava da funerária, onde havia conversado com Nélson e dois outros filhos do centenário Agenor, e entrava na redação vestindo o paletó. A brincadeira de Dita não caiu bem.

— Estão me chamando de doutor Funéreo.

— Já soube...

— Aqui também?! Quem foi?

— Não sei, não sei quando ouvi, não lembro a circunstância...

Protegia alguém, sem dúvida.

Marina, sem sal para ser criativa. Rui e Paulinho, colegas gozadores, é provável. Stephânia e aquelas sobrancelhas malvadas... Funéreo é foda. Zé Carlos! Foi o Zé, só pode, não consegue descolar anúncios para o jornal e arruma apelidos para quem tem sucesso. Mas o pessoal não se encontrava com ele com a roupa completa... Deixava o paletó e a gravata no armário; só antes de sair para o almoço vestia ambos — acabou por desistir do gel, dava trabalho, e descobriu que ganhava tempo se deixasse pronto o nó da gravata. Danilo-funéreo. Talvez tenha se encontrado com alguém no elevador, no *hall* de entrada. Dona Marlene! Não, fora de cogitação, séria demais. Os estagiários, como se chamavam mesmo? O tal Netinho nem estava mais na redação, arrumou coisa melhor. Faltava o outro, cujo nome agora não vinha. E Borba? Até conseguia vê-lo testando os epítetos às gargalhadas: "Dom Funesto I", "Senhor Boa Morte", "Fidalgo do Mau Agouro", "Doutor Funéreo". Esse ficou bom! Todos se divertem enquanto Danilo trabalha. E Dita? Ela poderia tê-lo defendido, tinha autoridade para isso, mas preferiu dizer que não faz ideia, não sabe quem foi, não se lembra das circunstâncias... Danilo-agourento. Não só não o defendeu como foi ela quem inventou isso aí, é boa nisso. Funéreo. Quem mais poderia conhecer essa palavra senão a mulher especialista em disparar conselhos moralistas para perguntas que não foram realmente feitas? Quis se apresentar solene para a morte, só isso! No entanto o Amílcar resolveu apelidá-lo de Doutor Funéreo. Falaram que foi o Amílcar, mas deve ter sido o Zé. Ou o Rui. Dita, a principal suspeita. O estagiário! Todos, todos filhos da puta.

Arranca o terno, puxa a gravata desfazendo o nó, paciência, amanhã terá que fazer outro, atira tudo na cadeira, nem se senta — poderia terminar o obituário do tal Agenor em casa ou amanhã cedo, foda-se. Então enxerga a miniestátua do Fernando Pessoa. Pelo menos o Pessoa inventou os próprios apelidos. Claro, coisa de poeta. Nas pessoas simples, apelidos são como juros bancários em conta negativa, se acumulam a despeito da anuência do homenageado.

Então Danilo, vulgo Doutor Funéreo, deixa a redação com cara de velório.

30

— "Doutor Funéreo", o guri ficou puto, né?

— Verdade... E falando em nomes, você deixou a matéria sair apenas com o "Danilo"?

— Não percebi na hora. Já corrigi.

31

Pro gol! Amante das palhetas e das bolinhas de feltro.

Seu Zezu nasceu humilde e morreu só menos pobre. Lavrador na infância, vendedor de carros na vida adulta, aposentado nos últimos anos. E sua verdadeira paixão era o futebol de mesa. Tanto que, aos dezesseis, foi campeão paulista da sua categoria, em 1969. Exibia o troféu na estante da sala no Parque São Bento. Quando chegavam visitas, antes de apresentar a família, ele mostrava o valioso prêmio. "O troféu era mais importante do que a televisão", conta Ademário, filho do meio. Apesar dos protestos da família, era comum comprar estrelões novos para a coleção. E, nas partidas contra os netos, exigia bolinhas de feltro. "A chata é para amadores." Até recentemente ainda disputava partidas com os netos, e antes de tentar o gol sempre avisava com um "pro gol", como um bordão de radialista, enquanto o adversário arrumava o próprio goleiro, narrou a neta Malu, que morava com o avô. José Fortunato morreu em 12 de agosto, aos sessenta e nove anos, de complicações após uma cirurgia no coração. O enterro se deu ao meio-dia no Cemitério Santo Antônio em 14 de agosto. Com a ajuda dos filhos, ele havia comprado o lugar no cemitério justamente porque o seu *gramado o remetia a um grande estrelão. Agora participa das partidas de corpo presente. Danilo Paiva.*

Poderia ter destacado a infância na lavoura, a superação das dificuldades, a ascensão como vendedor de carros (afinal, o homem havia sustentado os três filhos, dois deles engenheiros), o relacionamento com os colegas no trabalho, com os filhos, os netos etc., mas os parentes mencionaram o título de campeonato de botão, do qual seu Zezu se orgulhava. Não era crível que o homem vivesse de futebol de mesa, como o perfil poderia sugerir, mas não tinha dúvidas de que esse fato era digno de registro. Uma peculiaridade, como exigia Borba. E a selecionou dentre tantas outras. Assim, esse trecho, que poderia ser nada mais que uma pequena rua por onde o seu Zezu gostava de caminhar vez ou outra em dias de folga, corporifica-se, por escrito, em estrada inteira. Afinal, é ele, Danilo Paiva, o responsável pelas "Últimas palavras". Danilo *Paiva*?

— Aqui não se tem independência total de pauta?

— Não mexi no texto.

— Mexeu na assinatura, muito pior!

— Danilo de quê? Colunistas têm nome e sobrenome, a não ser que você ache que esteja no seu jornalzinho de escola. Paiva não é o seu sobrenome?

Desde que nasceu. Ao contrário do Livoretto, que deveria também estar com ele desde o nascimento, mas só chegará quando a retificação acabar. Quando não nos definimos, os outros se encarregam disso. Mesmo quando pretendemos nos mostrar de um modo, os outros nos veem como querem. Funéreo é muito foda. Agora o Paiva ganhou registro. Vamos ganhando forma sem controle. Danilo Paiva, obituarista. Não lutou por nada disso.

Sai da sala de Borba sem se despedir, precisava comer alguma coisa.

32

Chega à lanchonete perto do Cemitério da Saudade, senta-se numa das banquetas redondas grudadas no chão por uma base de ferro de dez centímetros de diâmetro e pede um bauru e uma soda gelada. Dois homens mais velhos que Danilo se acomodam ao lado, um deles com a *Gazeta* na mão, e chegaram falando sobre a inexperiência do chefe novo. Empresa de TV a cabo, pelo menos era o que os crachás indicavam. Um deles pede coxinha, o outro, enroladinho de salsicha. Folheando a *Gazeta*, os dois exaltam a vitória do São Bento e duvidam das promessas do prefeito.

Quando o bauru lhe é servido, a irritação de Danilo quanto ao Doutor Funéreo (inventado sabe-se lá por quem) e ao sobrenome Paiva imposto (sabe bem por quem) já havia diminuído. Sim, a *Gazeta* era para o sorocabano, para gente de classe média que luta para pagar a conta de luz, a de água, a escola dos filhos. Orgulhoso por integrar o cotidiano dos conterrâneos, dá a primeira mordida no saboroso bauru.

— Campeão de botão, essa é boa!

— Quê?

— Esse tal de Zezu aqui do jornal, ó!

Danilo para imediatamente de mastigar.

— Comprei meu primeiro carro com esse safado, e em duas semanas o motor fundiu. Fui reclamar e o cara me veio com uma história de risco do negócio, que o carro havia sido revisado, enfim, papo de vendedor.

— Por que não botou no pau?

— Não tinha dinheiro para advogados, custas, essas coisas. Depois soube que esse mesmo safado vendeu um carro roubado para um vizinho da minha prima. Esse Danilo Paiva não sabe de nada...

Ei, só reproduzi o que ouvi no velório, quis retrucar, você consegue provar o que está falando, seu cretino? Mas ficou quieto, claro. Tem dificuldade para continuar o sanduíche, desconfiado de que talvez não tivesse sido preparado com o capricho habitual.

Os vizinhos de balcão mudam de assunto, esquecendo-se do seu Zezu, do São Bento, do chefe inexperiente. Em pouco tempo eles se levantam e vão embora, deixando o contestado Danilo Paiva sozinho no balcão.

Não havia sido aquilo que os filhos e netos lhe contaram?! Amante das bolinhas de feltro, e não de golpes! Campeão de botão ou de vigarices? Binômio verdade-confiança. Com certeza o pai de família não contou aos filhos que enganava pessoas no trabalho — se fosse verdadeira a história que acabara de ouvir. Quantos clientes o campeão de botão em 1967 teria tapeado para reforçar o orçamento?

Deixa o horrível bauru pela metade.

33

— Quer namorar comigo?

— Não, não quero, não.

Resposta clara, objetiva e na ordem direta, mas com repetição excessiva e indevida de uma palavra.

Aos quinze se apaixonou por Priscila, que também tinha quinze, época em que as meninas de quinze gostam de rapazes de dezoito. De nada adiantou ter se apressado para ler Fernando Pessoa, intensificado as leituras ao ponto de gostar da sua poesia, só porque a loira comentou, nos primeiros dias de aula, que amava o Pessoa. Tratava com intimidade o poeta. No ano anterior, Sepultura e Iron Maiden por influência do primo; agora, Pessoa e heterônimos por influência de Priscila. Já naquele tempo ninguém mais pedia ninguém em namoro, mas o órfão de pai se considerava maduro para tanto. *Todos os pedidos de namoro são ridículos. Não seriam pedidos de namoro se não fossem ridículos.* Pois bem, recebeu em troca uma clara e expressiva recusa, ponto final.

Por isso se surpreendeu quando reencontrou Priscila, no *campus* da universidade, anos depois do "não quero, não", e ela não só se lembrou dele como foi simpática. Assim como Danilo, ela havia ingressado na faculdade mais tarde — o casamento e os dois filhos atrasaram o início da faculdade, explicou; fazia Direito e pretendia trabalhar com contratos. Roupas um pouco descuidadas, devia ser por conta dos filhos. Mas agora com os cabelos negros. Pintura? Talvez os cabelos tenham se acinzentado antes da hora e a moça sentiu necessidade da tinta, talvez tenha se cansado de ser loira ou quem sabe tenha sido apenas um teste passageiro e temporário que logo abandonaria. O fato é que a Priscila-casada-dois-filhos-roupas-descuidadas-futura-advogada substituía, para pior, a Priscila-loira-quinze-anos. Que não deu bola para o Danilo-quinze-anos. Teria se interessado pelo Danilo-Metal, se o tivesse conhecido com cabelos compridos e camisetas pretas? De jeito nenhum. Meninas de catorze preferem os de dezessete. E se tivessem se conhecido aos dezoito? Decerto ela desprezaria Danilo-dezoito-um-ano-de-banco para focar num rapaz de vinte e dois. Mas no reencontro, nenhum lampejo, nenhuma vontade de pedi-la em namoro — apenas mais uma menina, como tantas por ali, mais velha que as outras, é verdade. Priscila-vinte-e-quatro-morena. Se, anos atrás, sua resposta tivesse sido "sim, quero sim", poderiam ter namorado, poderiam ter casado, Danilo seria o pai dos filhos de Priscila, e dividiriam agora os bancos da faculdade como marido e mulher — tanto faz o curso, desde que não fosse longe de casa porque a babá estaria com as crianças. Não aconteceu, o "não, não quero" abortou qualquer possibilidade de história entre eles.

— Você está igualzinho!

Se ele estava igualzinho, Priscila teria respondido "não, não quero, não" a qualquer convite seu. Aliás, deve estar casada com um cara de vinte e sete ou vinte e oito. Danilo solta um "você também não mudou nada" tão previsível quanto mentiroso.

— Ainda lê Fernando Pessoa?

— Agora só leio códigos!

E, assim como havia acontecido aos quinze, não conversaram mais.

34

Passou o final de semana entre contrariado e aborrecido. Ah, não seja bobo, apelido é assim mesmo, logo esquecem, consolou a esposa, quase indiferente. Mas não era só o apelido, o Borba também havia "escolhido" seu sobrenome na coluna. Claro, você assinou só "Danilo"! Ele fez muito bem. Quando disse para Carol que saiu pisando duro da sala de Borba, a esposa o censurou. Não se esqueça de que ele é seu chefe.

Por isso preferiu não compartilhar o que havia ouvido na lanchonete. Como ser fiel ao binômio se não lhe contavam tudo? Não fosse o acaso, jamais saberia que o campeão de botão enganava clientes. E se conhecesse essa parte, teria publicado? Óbvio que não! O mais fácil seria descartar o tal Zezu, não faltavam mortos com atributos mais simpáticos.

Quis assinar a coluna apenas como Danilo, recebeu o Paiva. Quis fazer-se respeitoso nos velórios, recebeu o Funéreo. Quis mostrar uma faceta interessante do seu Zezu, recebeu questionamento.

Ao chegar à redação na segunda-feira, se depara com um *post-it* colado à tela de seu computador com um recado de dona Marlene: *Sr. Danilo o Borba o aguarda na sala dele.* Secretária que não usa pontuação é de lascar.

A intimação era incomum.

Liga o computador, digita nãosoujornalista28, deixa o paletó no espaldar da cadeira e caminha para a sala do chefe. Sem pressa, pois poderiam ser seus últimos momentos por ali. Ou Borba estava puto com a reação de sexta ou descobriu a verdade sobre seu Zezu. Chega à antessala onde dona Marlene digitava no teclado. Se o chefe me mandar embora, na volta eu xingo essa mulher. Ninguém te apresentou às vírgulas, não? E sua voz é chata! Porém, faz um rápido aceno de cabeça e sorri com simpatia. Então bate de leve na porta de vidro, entra, o editor indica a cadeira com um gesto de mão, o obituarista se senta. Bronca ou demissão? Você feriu de morte o binômio, diria Borba. Imperdoável! Danilo concordaria, mas também se defenderia: mostrou o que os parentes trouxeram, escolheu a peculiaridade de interesse dos leitores. Tudo como você mandou, chefe. Não quero saber, seu cru-que-não-sabe-nada. Incrível como o perceptível cheiro de cigarro não o incomodava naquela situação.

Então o chefe comunica que a partir de domingo a coluna será diária.

— E você terá um aumento.

Borba faz o anúncio, se levanta e já veste um paletó, estava de saída para São Paulo, por isso o chamara logo de manhã.

De volta à antessala, a voz monocórdia da secretária chega a Danilo como um vibrato afinado, seus tímpanos chacoalham de prazer ao escutar o número do salário — quase o mesmo de Carol! — e já percebe os aborrecimentos com o ridículo Funéreo, com o Paiva imposto, com o enganador seu Zezu se afastarem. Agradecidíssimo, não só aperta a mão direita de dona Marlene como também lhe estala dois beijos no rosto, um de cada lado. O vil metal dissolve qualquer dissabor.

De volta ao computador, altera sua senha: agorasimjornalista29.

35

Quando Borba entrega ao anfitrião a garrafa de vinho, o sogro retribui com um "esse é top". A ideia do jantar partiu do próprio doutor Marco Antônio, para agradecer a oportunidade de trabalho oferecida ao genro. Sem contar que Carol estava ansiosa para conhecer Dita, a segunda convidada. E em poucos minutos ela chegou, trazendo uma mousse de maracujá numa travessa de vidro coberta por papel-alumínio, que foi deixada aos cuidados de dona Inês. A iguaria gerou uma discussão sobre "a" mousse ou "o" mousse. O feminino venceu, como sempre.

— Sou sua fã desde novinha!

— Só espero que não tenha sido um conselho meu que a aproximou desse traste aí!

— Não, por isso sou a única culpada!

Se já havia digerido o Doutor Funéreo, por que não rir também do "esse traste aí"?

Enquanto dona Inês se dividia entre a cozinha para conferir o fogo e a sala de estar para servir torradas com patê, o sogro abriu um espumante. Com todos em pé, o brinde foi erguido "ao reencontro". Na sequência, o doutor Marco Antônio e Borba, já sentados no sofá, trocavam lembranças da época de faculdade, perguntando sobre esse ou aquele conhecido comum. Como um leão fora de seu território, no sofá Borba não parecia nada intimidador.

No início, Carol vigiava Dita com a admiração; mas, ao perceber que a jornalista era simpática (pediu para ser tratada por "você" e se interessou por seu trabalho no cartório), a esposa de Danilo petiscou indiscrições — algum leitor já apareceu para tirar satisfações? Ou para agradecer? Os casos que você publica são histórias reais? Danilo também tinha essa curiosidade. Porém, frustrou-se ao ouvir que a profissão de conselheira sentimental tinha lá os seus segredos. Carismática, Laurinha encantava com passos já firmes. Quase um ano e meio já! Todos riram quando a filha recusou o colo de Borba — crianças têm medo de leões, ainda que momentaneamente mansos.

Tudo isso durou cerca de quinze minutos, o jantar seria servido. A anfitriã havia preparado um *capeletti* com molho de tomate, muçarela de búfala e manjericão, acompanhado por filés à milanesa sem molho e uma salada verde. Por sorte, ninguém ali sofria restrições. Aprecio boa comida, havia dito Borba quando Danilo o consultou a pedido de dona Inês.

O doutor Marco se sentou à cabeceira da mesa retangular, próximo da sala de estar; à sogra restou a outra ponta, mais perto da cozinha. Borba e Dita se acomodaram frente a frente, perto do sogro, o que obrigou Danilo e Carol a também se sentarem um de frente para o outro — em regra preferiam lado a lado, mas não naquela noite. Laurinha ficou no cadeirão entre Carol e dona Inês; até aquele instante, comportada.

Então o sogro abriu o primeiro tinto, um pinot noir californiano. Diferente do francês, vocês vão ver. Ele e o amigo falaram sobre Napa, barricas de carvalho, *terroir* — Danilo aprendeu uma palavra nova. Novo brinde, agora ao sucesso dos obituários e à refeição que acabava de ser servida. Apesar de todos elogiarem o vinho, o jovem jornalista gostou mesmo de ouvir a palavra sucesso sair da boca do doutor Marco Antônio.

Sempre simpática e agradável, a sogra falou pouco durante o jantar, como, aliás, era sua conduta quase sempre; casada com o desembargador, devia estar mais habituada a aplaudir do que a brilhar. Nem por isso, porém, seria difícil escrever seu obituário. Danilo admirava pessoas como ela, que fazia o que deveria ser feito sem autopromoção. Personagem não midiática, como dizem por aí, mas repleta de facetas dignas de nota. Na travessa do mundo talvez não caibam tantos pratos principais. Como esposa, destaca o marido. Como mãe, aparece a filha; na posição de sogra, emerge o genro. Papéis secundários cozidos com o esmero de um protagonista. Ela aceita e agradece os elogios dos glutões com a placidez de quem sabia que havia acertado.

O pinozinho acabou rápido. Por isso o anfitrião buscou a garrafa que o amigo havia trazido. Malbec, bem potente — na voz de Borba o vinho se impunha mais robusto. Enquanto servia o vinho, o doutor Marco perguntou por que, afinal, Borba tivera a ideia de destacar a morte, as minibiografias de gente morta.

— Aproximar o jornal das pessoas comuns — responde Borba. — Quero que o eletricista que toma pingado na padaria bata o olho no "Últimas palavras" e pense "o Sandoval era assim mesmo" ou "esse aqui parece com meu primo". Identificação gera interesse!

Atento, Danilo se lembra do que havia acontecido há o quê, dois, três meses atrás? Esse é o seu Zezu que eu *não* conheci. Nas páginas da *Gazeta*, o rei do trambique se passou por campeão. Porém... E se o cara da lanchonete estivesse mentindo? Calhordices há em todo lugar. Ou se confundiu. A menos que investigasse, o que não estava disposto a fazer, Danilo jamais saberia a história completa. Não comenta nada, afinal, era ao seu sucesso que brindavam. Sobrou o malbec?

— Às vezes, sou abordado pelo parente do morto antes mesmo de entrar na sala do velório! — comenta Danilo, orgulhoso.

— Claro, um menino com paletó preto perambulando pelos corredores... O Doutor Funéreo chama a atenção! — Dita está afiada.

Sim, meses antes ele se ofendeu com o apelido. No entanto, não se arrepende de ter insistido na roupa formal. Médicos vestem jalecos, oficiais, fardas, juízes, togas. E obituaristas obviamente vestem paletós escuros — ao menos o obituarista da *Gazeta Sorocabana*. Com o aumento do salário, não só passou a comprar seus próprios paletós como também havia se conformado com o "Funéreo".

— Mas parece, para alguns parentes, que o interesse em ver o nome no jornal é maior do que o de homenagear o falecido.

— Aparecer seduz — Dita concorda.

— Tem isso, os já batidos quinze minutos de fama... — Borba terminava o filé quando começou a falar. — Mas tem também a credibilidade do jornal, a sensação de que não é qualquer bobagem que merece ser publicada. Num jantar como este, dizer que "a praça do bairro é bonita" seria só um comentário banal; mas se uma matéria a respeito for publicada, com certeza no domingo seguinte a praça terá mais frequentadores. Um mendigo sem abrigo, uma viúva que pintava quadros, um campeão de botão... São histórias que, quando muito, seriam esquentadas em banho-maria na esfera privada de quem os conheceu. Porém, quando elas aparecem no jornal da cidade, recebem o tempero do diferente.

Com a cautela, claro, de não dar exemplos concretos, Danilo desembucha aquilo que o atormentava: não sabia se era capaz de captar os atributos mais significativos dos homenageados.

— É a tinta preta no papel quem decide. Só o texto imortaliza o corriqueiro — e Borba, com uma pompa certamente estimulada pelos goles de vinho, cita um tal de Mallarmé. — "A eternidade o transforma, enfim, naquilo que ele era".

— Mas não devemos respeitar os fatos?

— No nosso trabalho, o real não é o bastante — Dita interfere. — Obituários e conselhos amorosos não se limitam à mera transcrição.

O que ela publica não é verdade, não é! Eu sim, eu reproduzo, respeito o binômio. Pelo menos, tento. Se bem que a tinta preta imortaliza. Sou eu quem transformo o defunto em quem ele era? Eu, Danilo, escolho o que vai ser publicado; eu, Doutor Funéreo, torno valioso o irrelevante; sim, o Danilo-Metal é o senhor das últimas palavras. Transformo, na minha coluna, o passageiro em eterno.

— Mais vinho? — O sogro está com a garrafa do malbec levantada contra o lustre, constatando que aquela já estava morta e enterrada.

Apesar de tímidos protestos de Dita e de dona Inês, o doutor Marco Antônio se dirige à pequena adega. Laurinha começa a demonstrar cansaço; por isso, Carol a pega no colo, ninando-a, de pé, ao lado da mesa.

— Um bom português — justifica-se o sogro, desarrolhando a garrafa.

O encontro vive o momento em que todos, satisfeitos, sabem que haverá sobremesa; o natural, portanto, é que alguns minutos se passem antes que o doce seja servido.

— Nunca faltará assunto para vocês dois — comenta o sogro, enquanto preenche as taças de Borba e de Danilo, além da própria. — Amor e morte fascinam e amedrontam todo mundo.

— É verdade... — concorda Dita. — Mas, ao contrário da morte, o amor não chega para todo mundo.

— Como assim? — Carol realmente estava interessada em Dita.

— Posso fumar aqui dentro?

— Claro, claro — o sogro e a sogra se apressam para deixar a convidada à vontade.

Aceitando o isqueiro oferecido por Borba, Dita acende seu finíssimo cigarro e caminha até a janela.

— Assim incomodo pouco — diz.

Então souberam que ela se casou aos vinte e seis anos e que, algum tempo depois, o marido foi diagnosticado com uma doença degenerativa que lhe retirava a consciência e os movimentos do corpo. Uma infelicidade tremenda. Os cuidados de que ele necessitava com alimentação, vestuário, higiene obrigaram a então recém-formada em Psicologia a cuidar só do marido, o que durou muitos anos, até que, enfim...

— Obrigaram, não — Borba intervém. — Vocês sempre tiveram muito dinheiro... Você quis assumir todos os cuidados.

Dita termina o cigarro em silêncio, o que foi respeitado pelos demais.

Faltavam informações. De quem era o dinheiro, de Dita ou do marido? Danilo sabia que Dita não tinha filhos, de ouvir dizer na redação, mas o trabalho como jornalista, como começou? Nem sabia que ela tinha diploma em outra área. Menos psicologia e mais literatura. Certamente Carol estava com essas e outras dúvidas também, mas todos percebiam que não era o caso de verbalizá-las. O momento era de concluir que Dita havia se dedicado ao marido em razão do que ela considerava amor.

E o que seria destaque em um obituário? Dedicação ao moribundo ou o sucesso com os conselhos amorosos? Embora a resposta fosse quase óbvia — a admiração de Carol pela colunista dava a segurança de que os leitores prefeririam o trecho Dita-conselheira-sentimental a qualquer outro —, Danilo tem a sensação de que a fase enfermeira, com certeza enfadonha, repetitiva e triste, talvez tenha sido, para ela, muito mais importante.

— E você, chefe? — assim que perguntou, Danilo já se arrependeu da impertinência.

Não fosse a língua solta convocada por Baco, talvez Borba tivesse ralhado com ele, mandado sair da sala de jantar, ameaçado demissão. Mas o jantar estava descontraído e Dita havia revelado uma intimidade, e então Borba contou que o convite para dirigir a Gazeta havia acontecido numa fase decisiva da sua vida, meses depois de seu divórcio; com o custo de vida para alguém sozinho menor em Sorocaba e com salário suficiente para pagar a pensão dos filhos, aceitou na hora.

Só isso? É claro que Danilo e o sogro já conversaram antes sobre o Borba, mas nem o doutor Marco Antônio conhecia detalhes mais recentes da vida do amigo. A ex-esposa era jornalista, tiveram dois filhos e agora morava sozinho, era o que sabia. Danilo pensa que até seria aceitável um obituário com esses dados, mas faltava uma peculiaridade digna de nota. Às vezes, o principal não aparece.

E, não fosse o anúncio da sogra de que todo mundo estava precisando de glicose, Danilo talvez continuasse se atormentando com as dúvidas de saber se as matérias de Dita eram inventadas, se Borba tinha algum segredo inconfessável, se respeitava ou não a história dos mortos nos obituários.

A mousse o salvou.

Aproveitando a distração dos outros, o sogro, ágil como um sóbrio, escapuliu da mesa para retornar com um vinho de sobremesa. No momento em que todos, sorridentes, brindaram pela última vez, agora à saborosa mousse, e sorveram a bebida alcoólica amarelada com gostinho de maracujá, Danilo gargalhou, causando algum constrangimento.

Por sorte ou por culpa da risada do pai, Laurinha, até ali tão comportada, começou a chorar.

— É sono — sentenciou a mãe.

O jantar havia terminado.

36

Nos corredores da funerária, sapatos pretos novos, calça preta nova, camisa branca nova, paletó preto novo, cinto preto novo, meias pretas novas, tudo comprado com o salário novo, tira os óculos escuros de armação preta, lá fora o sol asfixia, ali dentro não, claridade de hospital, paredes de cor de canos de PVC, um caixão, tenta ir até ele, são poucos metros, mas não consegue se aproximar, o que o impede? Ninguém, nada; suas pernas que, desobedientes, não saem do lugar. Quem vai ser enterrado? Ah, agora sim, do lado do corpo — nem percebeu, chegou num salto. Mas ele não tem rosto, o caixão está aberto, o caixão está fechado, aberto de novo, não consegue fixar o olhar, o ocupante não veste roupas normais, uma túnica, um lençol, uma coberta qualquer, flores? Estaria ficando cego? Pelo menos já tem óculos escuros! Não sabe se é homem ou mulher, novo ou velho, careca ou cabeludo, nenhuma peculiaridade. Nem as roupas consegue ver, puta merda! Cadê os atributos do *de cujus*? *Plurima mortis imago* levada às últimas consequências. Precisa entrevistar alguém, ninguém se aproxima, ao contrário, as pessoas se afastam, de costas, não vê seus rostos, será que elas não sabem o que é *deadline*? Escrever é inadiável. Últimas palavras. Tenta correr atrás das pessoas, não consegue, pernas desobedientes. Milhares toques de nada. "Ninguém sabe quem morreu", "ninguém sabe quem morreu", "ninguém sabe quem morreu" repetidos cinquenta vezes lhe garantirão mil e duzentos toques. Prazo fatal é todo dia. E todo dia morre alguém. É fatal. Todo mundo tem seu *deadline*. Cadê a turma que gosta de aparecer no jornal? Danilo Paiva, filho do Mecânico das Famílias. O Doutor Funéreo está aqui, sapatos pretos, calça preta, camisa nova, paletó preto, cinto preto novo, meias pretas. Velho e cansado. Está aqui e vai fingir que vela o corpo do ente querido, simula respeito e pesar, mas seu objetivo é vampirizar. Depois que consegue os dados, vai embora saltitante com mais uma ideia engraçadinha — gosta de elogios. O seu *post mortem* é a fama. Ajudem, canalhas! Todos saíram, fugiram, sonegaram informações, foram embora ocupados com as respectivas distrações, sérias ou infames, pouco importa: horário-consulta, boletim-escola, filho-problema, tanque-vazio — viver é inadiável. Com as pernas cimentadas no chão, como âncoras, está sozinho com o cadáver desconhecido na túnica incolor e no ataúde disforme. Melhor deixar a coluna em branco. Borba vai matá-lo. Dita, Carol, a sogra e o sogro vão matá-lo. Justo agora que conseguiu um emprego tão bom! Então Danilo seria empurrado para o caixão. Sua carreira estava morta. Mas alguém escreveria seu obituário. Stephânia, Dita, Borba? O que destacariam? Outra coluna em branco — não vê nenhuma peculiaridade. O que Carol viu nele? Nada digno de nota. Sem texto, sem emprego. E se o defunto fosse Borba, o indecifrável? Tomara! Chefe-morto não demite ninguém. Danilo e Dita assumem a redação. Danilo, Dita e Stephânia assumem a Gazeta. E se forem a sogra e o sogro no caixão? Casaram-se, viraram um. Corpos fundidos, por isso não os vê. Daí teria que se mudar de casa. Herança. Danilo e Carol tomariam conta da casa grande. Por isso não lhe dão informações, para que não more na casa grande. Não, não é nada disso, coluna em branco amanhã. Quem é o morto, cacete? Sexo, altura, idade, peso, profissão, distração, signo, time do coração, cor favorita, racional, visceral, doador de órgãos ou de sangue, avaro ou perdulário, água ou cimento? *Causa mortis*. Deixou bens, filhos, testamento, qual o seu legado, o seu pecado, gostava de filé ou *capeletti*, de malbec ou pinozinho?

Então não há mais ninguém, nem parentes, nem funcionários, nem conhecidos, só Danilo e o suposto cadáver sem rosto. Não há corredores, não há divisórias, as paredes brancas somem, a luz amarela vira sol, cadê os óculos, não enxerga bem, está com sede, num deserto, não reconhece o entorno; sol e sede na areia, não, não pisa em grãos, pisa em letras, são mil toques misturados, mil letras negras sob seus pés, já não mais cimentados, mas, pesados, afundam, as letras se movem, trocam de lugar, como cadeiras num bar ou papéis sociais, hoje sou "A", amanhã eu sou "Z", a margem que nunca é acariciada pela mesma gota, a praia que nunca é beijada pela mesma onda, um abecedário de hipóteses, letras combinadas em infinitas versões, e não identifica palavras, letras que não formam nenhum conjunto harmônico; sapatos, meias, calça, cinto, camisa mergulhados nas letras. Os óculos escuros sumiram. Procura as palavras filho, Danilo, Metal, Paiva, Funéreo, pai, marido, obituarista. Não encontra. Outro alfabeto, outra língua, não entende. Mas sua respiração é um tufão, as letras se embaralham com o sopro inconsciente e permanente — respirar é inadiável. Sede. Puxa e solta o ar, puxa e solta o ar, puxa e solta o ar, nem se lembra mais do caixão ou do defunto desconhecido, no caos do vernáculo se diverte, o seu sopro chacoalha as letras, reconhece o "A" e o "Z", o "alpha" e o "ômega", o "sim" e o "não", o "ser" e o "nada", reconhece-se no "A" e no "Z", no "alpha" e no "ômega", no "sim" e no "não", no "ser" e no "nada", sente-se um furacão, o seu sopro derrubaria qualquer muro, sente-se "tudo". Agora o seu hálito intencional molda as palavras com coerência e harmonia, e conclui os mais belos obituários, com peculiaridades tocantes, atributos definitivos, vicissitudes edificantes, sem erros ou hesitações, uma obra concluída. Cadê o bloquinho de anotações? Tem fôlego para mais, muito mais, para quantos forem precisos, para amanhã, depois de amanhã, uma edição inteira, um livro, uma biblioteca de obituários. E verdadeiros, precisos, essenciais.

Mas, que merda, o caixão está de volta, não larga do seu pé, bem à sua frente, atrapalhando a diversão, a criação dos necrológios profícuos e perfeitos. Agora descobre quem morreu; salvará o obituário de amanhã, últimas palavras tão perfeitas quanto as de agora; olha no interior e só enxerga letras, não há corpo nenhum — são as mesmas letras, só que essas não lhe obedecem, indiferentes aos seus desígnios eólicos e criativos. E, sem que se dê conta, sem que tenha desejado, sem nenhum sopro, as letras, autonomamente, se compõem e se deixam ler coerentes.

No caixão aberto jaz um "talvez".

Vela o talvez. Investiga o talvez. Entrevista parentes e amigos do talvez e se enfurece com a falta de precisão. Danilo, Metal ou Doutor Funéreo, bancário ou jornalista, Paiva ou Livoretto, sozinho, é abandonado pela certeza, tão bela, tão confortável, e se torna, de novo e para sempre, um corpo vivo de dúvidas.

— Danilo, para de roncar!

Entre assustado e aliviado, diz "desculpa".

Levanta-se, sai do quarto, chega à cozinha e toma dois copos d'água. A sede era real. Já fora de casa, se senta numa cadeira de plástico ao lado da piscina nos fundos da casa grande, a noite continua agradável, estrelada. Ainda se lembra do sonho, em breve lembrará *flashes*, para então se recordar só da sensação que o pesadelo causou. Como a lembrança da vida, *flashes* e sensações imprecisas — quando muito. Então sim uma certeza: absoluta e definitivamente arrependido por tanto vinho.

37

À sua previsível rotina, diferentes compromissos foram sendo encaixados em razão de novos convites. Danilo frequentava jantares, bailes, homenagens a pessoas importantes no Rotary, no Lions, na Casa de Portugal, na Câmara, amalgamando na mesma alma dever e vaidade. Não que a *Gazeta* fosse o *The New York Times* e Danilo, um *popstar* das mortalhas, mas a pouco ambiciosa vocação do jornal em atender ao público local e o pouco ambicioso povo local por grandes notícias era uma boa combinação para que o rapaz de vida e texto simples angariasse interesse e simpatia em toda a Sorocaba e região.

Redação pela manhã, texto para a revisão (que também poderia ser chamada de "Borba", mas ele interferia cada vez menos nas suas matérias), almoço, funerárias, velórios. E convites.

Quase nunca Carol o acompanhava, nem sempre Danilo acompanhava o crescimento de Laurinha, nem sempre Danilo atendia aos convites, mas quase sempre topava com Stephânia nos eventos. Tinham boa relação, os dois, comentavam sobre os colegas, sobre Borba, sobre as outras pessoas que estavam no salão. As sobrancelhas da colega-quase-amiga deixam de ser más e passam a ser instigantes. Não só as sobrancelhas o instigavam.

— Tira uma foto minha! Sugestão para a manchete: *Famoso obituarista prestigia jantar beneficente.*

— Eu procuro pessoas interessantes.

Quase nunca Danilo comentava com Carol que, quase sempre, ele e Stephânia faziam graça um com o outro. Ou melhor, nunca.

Com o apoio de Stephânia, chegou a sugerir a Borba que a *Gazeta* publicasse também as fotos dos colunistas, mas Borba não aprovou. Grandes jornais veiculam fotos, argumentou. E Borba foi mais claro: "jornalista que vira *outdoor* não merece confiança". Não insistiu.

E foi numa das conversas na redação — não foi na sala do chefe nem na reunião de pauta — que Borba lhe comunicou, como quem diz que o posto da esquina está vendendo gasolina em promoção, que havia saído a sentença da ação de retificação. Danilo Livoretto Paiva era o seu nome.

— Agora é só mudar os documentos.

38

O razoável salário e a razoável fama em um círculo específico em Sorocaba (como se fosse possível falar em círculos específicos numa cidade de interior com inevitável vocação para cidade de interior) instigaram no obituarista o desejo de coroar tal fase com uma festa. Nada melhor, portanto, do que o aniversário de três anos de Laura — seria bem razoável se exibir sob a fachada de que exibia a filha.

Mas fatalidades acontecem e, quando Danilo e Carol já haviam escolhido o *buffet*, assinado contrato e, sobretudo, quitado a primeira das três prestações, foi a hora de a avó de Danilo morrer. Coração. Coração que para de bater mata. Não participaria do aniversário de três anos da bisneta, nem dos seguintes. Exatamente a cinco dias da festa, a morte foi o justo e aceitável motivo para o cancelamento, não havia clima. Em conversa com o pessoal do *buffet*, combinaram de realizar a festa de quatro anos da filha no local, o valor já pago serviria como crédito — se nenhum parente morresse às vésperas da comemoração, evidentemente.

Dessa vez quem assumiu as questões burocráticas do velório e do enterro foi Danilo. A liberdade de horários, a necessidade de amparar a mãe — que passaria a viver sozinha na casa construída pelo avô — e, principalmente, a vivência no mundo sepulcral lhe ensinaram como resolver com eficiência os protocolos de transporte, adornos, funerária e cemitério — seria enterrada na mesma campa que o avô, de propriedade dos tios, os Rodrigues, no Cemitério da Lapa em São Paulo.

Sentiu, inclusive, prazer por viajar sozinho a São Paulo com o carro recém-comprado. Se bem que, em ocasião tão triste, melhor nem externar a satisfação. Sedan, completo, ar-condicionado, kit multimídia, ótima estabilidade nas curvas. E preto, claro, como deveria ser o meio de transporte do Doutor Funéreo. O curioso é que alguns agora o chamam de doutor Danilo, como se fosse médico ou advogado, talvez o nome na coluna tenha feito o apelido perder a força — nem precisava ter ficado tão chateado na época. No retorno a Sorocaba para buscar a mãe, Carol e o sogro para o velório, lembrava que, de diferente, abandonara as gravatas. O paletó, a calça e a camisa social resistiam, firmes, mas aqueles nós... nunca conseguia acertar.

Outra novidade: agora chama-se Danilo Livoretto Paiva. O avô teria gostado? A avó nem ficou sabendo... Provavelmente diria que isso não pagava contas. Verdade. A concessionária que lhe vendeu o carro também não estava nem aí se o pagador se chamava Danilo Paiva ou Danilo Livoretto Paiva. Curioso que, quando Borba o avisou dos homônimos maus pagadores, o obituarista pensou que talvez sofresse algum impacto pelo acréscimo do sobrenome, mas agora que saiu a sentença e Carol o ajudava a retificar os documentos de todo mundo — a certidão de casamento, nascimento e RG de Danilo, até os documentos de Laurinha terão que ser alterados —, não se enxergava em nada diferente do Danilo Paiva de duas semanas atrás. Não foi homenagem ao avô — que já estava morto e nem túmulo com o sobrenome ganhou — e não foram os homônimos que lhe causaram transtorno — nunca recebeu intimação para pagar qualquer dívida que não fosse sua. Nem o alívio de não ser incomodado por um homônimo chegou a usufruir. Tivesse recebido o Livoretto assim que nasceu, talvez fosse uma pessoa diferente. Mais próximo do avô, se fosse possível. Em vez de Metal, quem sabe não teria sido conhecido como Livoretto na oitava série? Ou, ainda criança, algum colega maldoso inventasse alguma corruptela do sobrenome, definindo sua personalidade a partir daí. Ou continuaria a ser exatamente quem é. Nota um desapontamento pela indiferença com o novo sobrenome.

O certo é que a coluna continuaria sendo assinada por Danilo Paiva, não porque assim o quisesse, mas porque, ao indagar Borba a respeito, o chefe foi, como sempre, convincente:

— Sem mudanças. Você não é artista.

E, claro, a principal novidade: até pouco tempo, se dirigia às funerárias e cemitérios de ônibus; agora, de carro. Sedan, completo, ar-condicionado, kit multimídia, esterça bem nas manobras. Tudo bem que havia conseguido seu primeiro carro na casa dos trinta, mas, ora, conseguiu; se acaso cruzasse com Edu de novo, já não se sentiria diminuído. O impacto de comprar um carro desses é maior do que ganhar o Livoretto.

Primeiro, passou para pegar sua mãe na casa antiga, onde aproveitou para usar o banheiro. Em seguida, pegou Carol e o sogro, voltando à estrada. Olha, tem piloto automático, comentou com o doutor Marco Antônio. Não demoraram para chegar ao Cemitério da Lapa.

A avó havia ajudado a enterrar o Mecânico das Famílias e havia chorado a morte do marido; hoje Danilo enterra a avó. Velórios são como bares movimentados, interminável troca de cadeiras. E tudo foi tão fácil e rápido que Danilo, de novo, se envergonha por não estar se sentindo mais triste. Talvez seja a profissão, que, de um lado, se vem garantindo a comida da Laura, os convites para eventos e o kit multimídia, de outro, porém, talvez o esteja cobrindo com uma casca para assuntos fúnebres. O que protege também embrutece.

— Anda famosinho, hein, primo?

Conquanto roupas escuras fossem adequadas à ocasião, Ivan não vestia mais camisetas pretas de *heavy metal*. É claro que o primo mais velho se referia aos dois ou três programas de rádio e TV em que Danilo havia sido entrevistado — segundo Carol, o ponto alto da sua carreira. Laurinha era muito nova para entender, mas gostou de ver o pai na TV na hora do almoço. Sabe-se lá como Ivan ficou sabendo, programação local e de baixa audiência. Talvez a mãe tenha conversado com a tia, na família as notícias correm.

— Nem parece o menino que roubava meus Matchbox!

Danilo se espanta, mas nem tanto. Mesmo passado tanto tempo, ainda se lembrava. No entanto, iludido, imaginou que a história estivesse esquecida. Foram próximos, ele e o primo, sobretudo na infância e na adolescência. Os encontros quinzenais na casa dos avós em Sorocaba, as férias compartilhadas, parte em Sorocaba, parte em São Paulo, às vezes em Mongaguá. Como eram legais as férias em São Paulo, a tia preparava uma programação para as crianças, cinema na Avenida Faria Lima, Playcenter na Barra Funda, jogos de tabuleiro à noite, até o tio Artur participava do Detetive. E havia a coleção de carrinhos de ferro do Ivan. Da Matchbox. Os mais bem-feitos, dizia o tio. Admirava o primo, tanto que, mais tarde, comprou camisetas pretas com caveiras de estampa, o cabelo cresceu, virou Metal. E havia admiração também pelos carrinhos da Matchbox, que sua mãe não comprava por falta de dinheiro. Foi numa dessas férias com os primos em São Paulo, admitia, que tentou pegar dois ou três carrinhos de Ivan, colocando-os nos bolsos de sua blusa. Seis, na verdade, três de cada lado. Mais tarde concluiu que o erro talvez tenha sido justamente este: quis pegar logo meia dúzia! Estavam prestes a deixar o apartamento de três quartos no bairro de Perdizes, Danilo terminava de se vestir no quarto compartilhado com o primo, a mochila já havia sido arrumada pela tia na noite anterior, quase tudo pronto. Mas, ao chegar à sala, Ivan o revistou, atacando de modo preciso os bolsos do casaco. Férias de julho, frio, por isso o casaco. E Ivan apreendeu os seis carrinhos. Talvez conhecesse de cor a coleção e tenha dado pela falta, talvez o ladrão, incipiente, inábil, imperito, não tenha conseguido esconder o gesto furtivo, ou, mais provável, talvez os bolsos estivessem salientes demais... O fato é que o primo desconfiou, revistou

Danilo e localizou a *res furtiva*. Se fossem adultos, como agora, prisão em flagrante. Mas crianças fazem bobagens toda hora por inveja ou burrice. A tia viu, o tio Artur viu, Cristina viu o que o primo de Sorocaba havia aprontado. Vergonha incandescente. Como o bofete na cara na frente das outras crianças ao tragar a bituca na pensão em Mongaguá. O que passou pela minha cabeça? Na pensão, queria ser adulto; no quarto do primo, queria ser uma criança com seis Matchbox. Se chegasse a Sorocaba com os carrinhos do Ivan, a mãe teria feito devolver na hora, certamente. Qual o maior vexame? A tia puxa Danilo para o canto e adverte: *Não se pegam coisas dos outros, aprenda isso*. Lição já conhecida, que aprendeu de novo e para sempre. Era emprestado, disse, com voz baixa e mentirosa. Tio Artur interveio: *Da próxima vez, peça antes, combinado?* Não houve próxima vez. O tio fora generoso ao tocar em frente. Constrangido, entrar no carro com os quatro, mas a estrada distrai, as conversas normais distraem — está chegando?, olhem que árvore alta, falta muito?, quantas vaquinhas, ali!, pai, isso é plantação de quê? — e tudo volta ao normal. Assunto encerrado. Nunca mais tentou pegar nada de Ivan, e, ao que se lembrava, de ninguém. Embora tenha aprendido a lição, não pensava mais naquilo. "*Deixei atrás os erros do que fui, deixei atrás os erros do que quis*".

Mas Ivan pensava. E lembrou. E trouxe a vexaminosa memória de volta. Será que Ivan se refere a mim, aos amigos, à namorada, como o "primo que roubava seus carrinhos de ferro"? Pensou em dizer: eu não roubava seus Matchbox, eu peguei uma vez e você me flagrou, nunca mais peguei nada que fosse seu nem de ninguém, você sabe disso. Também nunca estive em Sobradinho, em Recife, em Guaxupé, era um homônimo, ou mais de um, agora sou Livoretto, me respeite! É claro que não disse nada, assimilou a imagem da tentativa do roubo como quem assimila uma piada sem graça e toca em frente, como o tio Artur havia feito.

Então os primos atualizam os detalhes da vida. O antigo dono da coleção de carrinhos de ferro, que trabalhava numa empresa de produtos químicos, agora se preparava para ficar dois anos na Alemanha. Já casou? Não, tem essa questão de morar fora... Leva a moça com você! Ela não pode, tem o trabalho dela... E sua filha, como está? Ótima, ficou com minha sogra. Precisamos nos ver mais. Vamos marcar um jantar um dia desses, antes da minha viagem? Você e Carol podem vir para cá, ficam na casa da minha mãe, ou eu e a Luciana — esse era o nome da namorada de Ivan — podemos ir para Sorocaba... (antes do jantar, Ivan talvez comentasse com a namorada: "Vamos jantar com aquele primo que roubava meus carrinhos"). Danilo menciona que iriam se encontrar na festa da filha se a morte da avó...

— Sempre achei a vó meio sacana... Sacana do bem, claro, mas sacana.

Essa era inédita. Danilo espera.

— Lembra que ela dava bombons pra gente depois do almoço?

Sim, dois para cada neto — não sabe até hoje onde a avó escondia os pacotões de bombons sonho de valsa.

— Para mim, ela me dava três. Um a mais. E disfarçava, a danada, você e a Cris nunca perceberam! Isso me fez acreditar que eu era o neto preferido.

E talvez fosse mesmo: mais velho, fama de inteligente, morava longe, só visitava os avós de quinze em quinze dias, enfim... Jamais Danilo havia desconfiado de um tratamento tão, tão... sacana! Inclusive, agora lembrava, ficava até chateado porque só recebia bombons quando também os primos os visitavam. Não era ele quem ajudava na louça? Se algum dos netos tinha o direito de receber bombons a mais no domingo, seria ele, e não Ivan! Será que Ivan contou para a avó a bobagem dos carrinhos de ferro e por isso ela privilegiava o neto de São Paulo? Provavelmente não, acho que nem sua mãe ficou sabendo dos Matchbox.

Neste momento Cristina se aproxima, e Danilo quase não a reconhece. Exagero, claro. Reconheceria a prima mesmo se o encontro se desse em outro local, mas exagerado de fato era o tamanho da prima — como engordou! Não se viam há o quê, dois anos? Um pouco mais, ela esteve em Sorocaba quando a Laurinha nasceu... O que teria acontecido? Abraçam-se — um tronco de árvore — e lamentam a perda da avó. A prima se aproxima do caixão, passa a mão no rosto do cadáver algumas vezes, perde-se ali por quatro ou cinco minutos, e se reúne de novo com o irmão e o primo do interior. Então diz que estava difícil suportar a perda, a vovó, tão querida, um pouco intrometida, mas engraçada...

— Você sabia que foi a vovó quem me mandou romper o noivado com o Carlinhos?! Séria, ela disse que não iria à cerimônia se eu me casasse com ele; um homem com trinta e cinco anos que nunca trabalhou não devia ser boa bisca, dizia. Eu rompi mesmo, não por isso, claro, descobri coisas dele, mas o conselho da vovó nunca saiu da minha cabeça! — E chora abraçada no primo.

Curioso saber de conversas entre as duas, Cristina pouco visitava a avó, menos ainda nos últimos anos.

Vovó sacana, vovó intrometida, vovó severa. Fraudulentamente entregava três bombons para o neto mais velho, quando as próprias regras ditavam que seriam dois para cada um; sem se importar em ser enxerida, aconselhava a neta por telefone; toda tarde preparava chá com bolacha de maisena para o neto-hóspede-permanente — e desde a demissão do banco dizia para Danilo encontrar um serviço de verdade. Nem os programas de rádio e TV foram suficientes para convencê-la de que seu trabalho era aceitável. Você chama meia dúzia de palavras sobre gente morta de emprego? Vai levantar parede, dizia, entre indignada e debochada.

Justiça não foi o forte da avó de três netos. Ou *Uma "Dita e Dora" caseira: aconselhava a neta sobre seus namoros.* Quem sabe: *Preferia o neto de longe ao neto que a ajudava na cozinha.* Melhor: *Para uns, bombons saborosos, para outros, bolachas sem recheio.* Ainda, *a neta que mais chorou em seu enterro foi a que não a visitava há anos e é justamente a que engordou vertiginosamente após romper o noivado a conselho da própria falecida.* Por sorte obituários de parentes eram proibidos na Gazeta.

Danilo sai da sala de velório e encontra a mãe sentada num banco de madeira.

— Você sabia que a vovó dava mais bombons para o Ivan?

A mãe nem responde; como se a informação, de tão deslocada, fosse uma buzina de ônibus do lado de fora, indigna de atenção.

— Você viu como a Cristina está diferente? Remédios, depressão. Sua tia vai me contar depois o que houve.

Outra informação deslocada — estão todos atordoados.

Calado, se afasta e caminha pelas quadras das sepulturas. Esse lembra mais o da Consolação, túmulos menores — só que mais empilhados, como um pátio de carros abandonados. Sozinho, suspira, cogita voltar, desiste — o silêncio reconforta. Nas suas andanças por cemitérios o que mais lhe agradava era a quietude; não que reinasse por ali silêncio absoluto; mas pássaros, vento, folhas, passos e murmúrios de grupos que acompanham o último capítulo do ente querido combinavam com a introspecção que a morte às vezes exige. Lugar de ouvir outras vozes. O mundo externo como trilha sonora para o desfile do mundo interno. A avó sacana, a avó intrometida e a avó severa poderiam dar a vez, dependendo da boa vontade de quem avalia, à avó gentil e justa (afinal Ivan era o neto mais velho, se viam pouco, e ele não vivia o carinho diário da hortelã do próprio quintal... O que eram dois bombons a mais por mês? — *compensava a distância com bombons*), à avó interessada e parceira (é claro que, mesmo sem visitas recentes, a mulher mais experiente da família poderia telefonar para a neta, perguntar das novidades e, com delicadeza ou não (provavelmente não), aconselhar a menina a romper com o noivo, que todo mundo dizia ser tranqueira mesmo — *não se omitiu quando viu que a neta faria um péssimo casamento*), à avó preocupada e firme (para quem foi casada com o lavrador, pedreiro e faz-tudo, era natural que insistisse para Danilo seguir os passos daquele que, para ela, sempre foi modelo para tudo — *desejava um neto tão forte quanto o homem que amou por toda a vida*). Três netos, três vovós. E a depender do humor do julgador, as sentenças se multiplicam. Três netos, nove vovós. Privilégio ou compensação, intromissão ou carinho, rudeza ou cuidado — todas complementares e contraditórias características e, simultaneamente, verdadeiras. E se entrevistasse as duas filhas da falecida com certeza angariaria novas histórias, novos adjetivos, novas facetas. Os capítulos que nos compõem deveriam ser encadeados e coerentes, mas não são. Além de ser lembrado de um capítulo da infância que gostaria de apagar, hoje também soube de algumas notas de rodapé da avó que preferiria não ter lido.

Meus sentimentos, meus pêsames, paciência, não tem outro jeito; é triste, mas o que se pode fazer? Continuou ativa até o fim, não sofreu numa cama nem jogada num asilo; se precisar de alguma coisa, por favor, é só pedir. Ouviram e repetiram tais consolos sem grande emoção. Carrinhos, bombons e prima gorda chocam mais do que morte de gente idosa.

Tudo aconteceu mesmo. Assim como aconteceu de a avó ter morrido como sempre quis: dormindo. O médico fez constar ataque cardíaco, sua mãe estava lá, ficou nervosa quando descobriu, quem não ficaria? Os rapazes da ambulância só constataram o que já era sabido. No enterro, a mãe e a tia choraram de modo comedido. Só Cristina exagerou, a um passo do escândalo. Ainda bem que Laurinha não veio, ia se assustar com a dramática prima de segundo grau. Devem ser os tais remédios que, além de tê-la engordado, a enlouqueciam.

Como no enterro do avô, Danilo ajuda a carregar o caixão, só que esse lhe pareceu mais pesado. Claro, quantas mulheres ali dentro? Fora as que lhe foram apresentadas naquele dia, tantas outras que sua preguiça não permitiu conhecer.

Se tivesse essa opção, como ela gostaria de ser lembrada? Em grandes jornais, obituários de celebridades já ficam preparados. Quando acontece o óbito, basta o acréscimo de uma ou duas frases, e *voilá!*, obituário pronto. Quanto a famosos, deve ser fácil, agora que a vida privada deixou de ser valor. Mas e os anônimos? Poderia ter pensado nisso antes. Não pelo obituário que não vai ser escrito, mas para que o neto soubesse quem era a mulher cujo caixão carregava com algum esforço — na visão dela própria. A senhora se enxerga sacana?! Se bem que, se tivesse mesmo lhe feito essas perguntas, receberia um "não enche o saco, menino". Direta e objetiva, teria sido uma boa jornalista, ótimo poder de síntese. Como a senhora gostaria de ser adjetivada na nota fúnebre que publicarei a seu respeito? Tétrico, mas interessante. Se estava em dúvida sobre a avó com quem conviveu por anos e anos, o que não dizer de estranhos que não conheceu? Entrevistar o homenageado só ajudaria.

O caixão é guardado na gaveta com precisão. Sem ter certeza, parece que a avó ficou num patamar acima do ocupado pelo avô. Placas de concreto são encaixadas na gaveta, vão virar parede. Agora o cimento fresco é chapiscado; os coveiros, com a colher de pedreiro, assentam a massa disforme sobre as placas, em instantes o cimento vai se enrijecer, como o corpo que ali acabou de ser guardado deve estar rígido, como gostaríamos que fossem coesos os capítulos que contam a nossa história.

Meus sentimentos, meus pêsames, paciência, é triste, não tem jeito, pena que só nos encontramos nestas situações, descansou, pelo menos não terminou num asilo, se precisar de alguma coisa é só pedir. Tenho que ir, minha filha sai da escola em dez minutos, deixei uma panela no fogo, vai começar o jogo, a consulta está marcada há semanas, já passou da hora, preciso encher o tanque, viajamos amanhã... Os ruídos do mundo cobram atenção — são buzinas que azucrinam, mas distraem e confortam, convocando todos de volta à linearidade ilusória das próprias vidas.

Hora de voltar a Sorocaba.

39

— Duas vidas.

Danilo acompanha o velório do advogado benemérito como se fosse um colega do defunto, pois grande parte dos presentes também vestia paletós, camisas sociais, gravatas. Como em exéquias de filmes americanos. Mas não só: era um tal de "doutor" para cá e "doutor" para lá que o próprio Danilo cogitou se apresentar como Doutor Funéreo. Não foi preciso, porém, nenhuma apresentação, na medida em que alguns já o conheciam, seja Doutor Funéreo, seja doutor Danilo. A roupa cobrava esse tratamento. Talvez nos encontros do sogro com antigos colegas fosse igual.

Conversou com a viúva, com um dos filhos, com um sócio e com outro advogado que colaborava com o defunto na sua causa social, estava fácil anotar elogios — é provável que Stephânia conhecesse a tal obra social, depois conversaria com ela.

Por isso se espantou quando foi abordado por uma senhora, com roupas tão elegantes quanto as dos familiares e conhecidos, de cabelos escuros e presos, porte altivo, com algumas rugas que sugeriam pelo menos cinquenta anos. E segura.

— Todos fingem que não me conhecem.

— Quem é a senhora?

— Marta. A outra mulher do Cláudio — disse, como quem traz uma informação banal.

Outra mulher?! Mas justo naquele instante o caixão era fechado. Danilo apontou para que saíssem da sala, como se quisesse evitar um mal-estar. Tanto tempo frequentando velórios e não havia testemunhado discussões entre esposas do morto (com a longevidade, casamentos únicos se tornavam cada vez mais raros), entre filhos do primeiro casamento e os do segundo, muito menos entre viúva e amante. Logo hoje que a história parecia tão edificante...

O caixão deixa a sala reservada para o velório e é depositado no carro fúnebre. Todos os doutores e doutoras que se encontravam no recinto acompanham o féretro, e os filhos do doutor Azevedo notam que há conversa, mas não se aproximam, sequer cumprimentam a mulher. Nesse intervalo, Marta e Danilo conversaram, quando o obituarista ouviu que ela foi secretária do escritório de advocacia há de mais vinte anos, se envolveu com o chefe, tiveram um filho.

Um clássico.

— Rodrigo, dezenove anos já; o Cláudio assumiu, claro, pagava as contas do menino, mas pai e filho nunca tiveram um relacionamento de verdade, meu filho se sentia rejeitado, não aceitava não poder participar da vida do pai. Não quis vir hoje. Aposto que os filhos oficiais preferem assim!

— Mas a senhora e o doutor Azevedo... até hoje?

— Sim. Todos sabiam, até a esposa.

A funerária está praticamente vazia. Danilo não entra em detalhes — como ele dividia os dias da semana, com quem ele comemorava o aniversário, passava o Natal? Não, melhor não invadir tanto.

— Vou esperar o testamento, o Cláudio prometeu contemplar Rodrigo com um imóvel, além da herança a que tem direito, claro. Se não acontecer, irei atrás dos meus direitos; se a promessa foi cumprida, deixo a história morrer.

Não havia mais a perguntar; até havia, mas ele não queria, por isso diz que vai ao enterro, e se separam. Já no cemitério, percebe que Marta acompanha o cortejo a uma distância segura. Chorava, sem escândalo e sem confrontos.

— Tudo o que aquela lá falou é mentira, viu?

— Uma aproveitadora.

— Quer dinheiro, só isso.

É claro que, guardado o caixão num dos mais imponentes mausoléus do Saudade, uma verdadeira capela em miniatura, os parentes do doutor Azevedo o procuraram, possivelmente preocupados com o que sairia no obituário, tentando desqualificar a Marta. Não houve pressão, não houve ameaça, apenas exercício do legítimo direito de apresentar a própria versão.

Como um juiz, Danilo ouviu os dois lados, mas deixou o cemitério sem convencimento formado.

40

Advogado de boa banca e de boas ações.

O doutor Cláudio Ortega de Azevedo Sampaio nasceu em família conhecida em Sorocaba, estudou em boas escolas, formou-se em Direito na capital e, no retorno ao município, deu sequência ao escritório de advocacia fundado pelo avô. Dentre as privilegiadas, uma vida como tantas outras, não fosse o doutor Cláudio o idealizador do projeto "Direitos Cidadãos": sob sua supervisão, reunia, uma vez por mês, alguns dos principais juristas da cidade para consultas jurídicas à população carente. "Prestadores de serviços, divórcios, pensões e questões trabalhistas são campeões de audiência", contou o irmão Júlio, promotor de Justiça de Jundiaí; mas "disputas entre vizinhos, pendências com pedreiros e lojas que entregam produtos com defeitos também sempre aparecem", mencionou o cofundador do projeto e amigo da família, doutor Correa Jr. O trabalho foi precursor do "Selo Cidadão", conferido pela Prefeitura às empresas e lojas com menor número de reclamações. O enterro se deu em 27 de agosto, no Cemitério da Saudade, às dezessete horas. Se existir fila para entrar no céu, no que este colunista não crê, o doutor Azevedo estará ajudando almas com necessidades especiais a usarem o portão preferencial. Danilo Paiva.

Poderia ter escolhido outro morto, em seus obituários não cabiam polêmicas. Pela natureza da função, sempre narrou os passos retos do homenageado, nada de bifurcações. Aliás, raramente ouvia informações desencontradas — em regra lhe chegavam elogios e peculiaridades simpáticas, com nuances apenas de tons ora exaltados, ora pesarosos, já que a essência do defunto quase sempre era consenso. Sob o choque da perda, os parentes não têm tempo — nem coragem — para pipocarem contradições.

Foi a primeira vez em que se viu obrigado a esconder alguma coisa. Deliberada e descaradamente. Fatos que deveriam ser mantidos em segredo, segundo o desejo da família oficial. Fatos que deveriam ser revelados para toda Sorocaba, segundo o desejo da concubina. *Sob a fachada de benemérito e homem de família, levava uma vida dupla.* Esse seria o título maldoso. De outro lado, *Pulou a cerca, mas compensava com caridade aos necessitados*, o condescendente. Mas escolheu o óbvio trabalho social — a faceta digna de nota, como dizia Borba —, sem resvalar na outra faceta, tão verdadeira, tão real, mas que podia também não passar de mexerico. Os filhos e a viúva não haviam questionado o que a tal Marta dizia? E rotularam a mulher de interesseira. Só faltava essa, ele, renomado obituarista, dando ouvidos, letras e espaço no jornal a sandices de uma difamadora.

Mas que era difícil ser mentira tudo aquilo, era...

Será que alguém do trio amoroso já havia consultado Dita por escrito? Esposa traída pergunta se deve perdoar o marido. Marido pergunta se deve abandonar a esposa — apaixonei-me pela secretária! Amante pergunta se deve acreditar em homem casado que promete largar a esposa para se dedicar a ela e ao filho fruto do amor bandido. E qual conselho Dita teria dado? Abandone o marido safado, mulher! Respeite o casamento, homem! Secretária, entregue-se ao amor! Dita que se virasse, a especialista nessas questões era ela; um obituarista só quer saber de peculiaridades. Faltava-lhe disposição para investigar a história, o testamento, o filho. Marta ficará quieta ou, ao contrário, buscará os seus direitos? Nem cogitou a ética da profissão, de cuja aula nem se lembrava, mas mantinha firme no horizonte o binômio verdade-confiança. Mesmo que fosse verdadeira, não podia publicar a história de Marta. Será que o tal doutor Azevedo manteve relacionamentos simultâneos? Ou foi apenas um deslize de décadas atrás e, escrupuloso, assumiu e sustentou o filho sem dar sequência ao envolvimento com Marta? Vida dupla. Os mais próximos sabiam. Até Danilo sabia. Mas a população de Sorocaba não ficou sabendo. Binômio. Não é fácil transitar por estradas paralelas, sem vicinal que ligue uma à outra. A vicinal sou eu, sou eu quem une as paralelas, andando sobre pontes mambembes que eu mesmo construí. Mas Danilo não estava acostumado a vidas duplas e, no obituário, optou pela via de mão única, relegando a contramão ao esquecimento eterno. Conscientemente. Binômio arranhado.

É a tinta preta no papel quem decide — ao ler a matéria ninguém diria que o tal doutor Azevedo pudesse ter outra família. Mas o fato é que o obituário de 3 de maio da *Gazeta Sorocabana* tornou a vida do advogado uma estrada reta e florida, uma paisagem pela qual todos gostariam de caminhar. Se no do campeão de botão Danilo poderia alegar ignorância em sua defesa — só soube depois que o homenageado talvez fosse um trambiqueiro —, neste aqui o argumento não o socorria: omitiu intencionalmente fatos importantíssimos da vida do advogado, pintando um quadro de caridade e profissionalismo, quando sabia, porque prévia e expressamente avisado, que sob as tintas coloridas existiam tons mais escuros e nem tão laudatórios assim.

E mais: omitir de propósito a informação "deixa viúva e filhos" lhe trouxe satisfação. Claro, teria que mencionar quantas viúvas e quantos filhos. Na opção conservadora, teria tomado partido da família oficial, mas poderia perpetuar um erro. Na opção ousada, poderia disseminar uma fofoca. Ou a verdade. Pelo visto, ninguém deu pela falta. Talvez um "deixa famílias" no plural; se alguém reclamasse, era só alegar erro de digitação.

"A eternidade o transforma, enfim, naquilo que ele era." No caso, não era a eternidade, mas sim ele, Danilo Paiva, o redator das "Últimas palavras", quem colou os adjetivos de caridoso e impoluto à figura do advogado. Mas, ao mesmo tempo que a

vaidade o deleita, tem consciência do arranhão que ele próprio provocou no binômio. Mas como a imagem de si é sempre mais vívida do que essa ou aquela lesãozinha, com o texto nas mãos, percebe a própria força.

Passados alguns dias, dona Marlene o avisa que o senhor Borba precisava falar com ele, de um jeito tão enfadonho que chega a ser irritante; o seu tom de voz nunca deixava antever o que estava por vir. Da última vez em que foi convocado fora de hora, foi aumento de salário. Mas agora temia que o assunto talvez não fosse tão alvissareiro. Marta; o testamento omisso; Marta botava para quebrar. Deve ter procurado o jornal, no mínimo enviou uma carta, apresentou o filho rejeitado a Borba. O chefe ficou sabendo. Do obituário incompleto e mentiroso. Não foi mentira propriamente dita, mas uma lacuna que, se preenchida, alteraria o sentido do texto e atiraria o benemérito para outra categoria.

Borba fuma, com um exemplar da *Gazeta* na mão esquerda.

— Queria falar sobre esse obituário aqui, do advogado.

Sabia, sabia que daria merda. Já antevendo a catracada, a suspensão, o desconto no salário, ou, no mínimo, vinte minutos de enaltecimento ao binômio verdade-confiança, Danilo se senta.

— Esse ficou no limite entre o nosso objetivo e o culto a celebridades, hein? O tal benemérito era famoso...

Era esse o problema? Sim, Borba estava certo, até Stephânia conhecia o projeto social do homem, o doutor Azevedo gozava de fama na cidade, era benquisto por todos.

— Mas se eu não puder fazer o perfil de gente famosa em Sorocaba fica difícil...

Borba novamente traga o cigarro, engole a fumaça e fica um instante em silêncio. Já Danilo se recosta na cadeira, completamente relaxado, a conversa não tinha relação com a vida dupla do morto. Até agora ninguém reclamou do arranhão.

— Uma vez ou outra, tudo bem, mas que não vire a regra.

41

— Fábio Selinger Vieira.

— Presente.

— Fábio Roscóvitch Souza.

— Presente.

— É Roscóvitch mesmo?

— Roscovitch, professora

— Fábio Junqueira Lima Santos.

— Presunto.

A 5ª B ri, sem estardalhaço, só o suficiente para a professora Sônia colocar o engraçadinho para fora da sala.

Quem montou a 5ª B não percebeu — ou percebeu e fez de propósito: três "Fábios" na mesma sala. Situação que exigiu atuação firme do grupo. Que veio rápida, talvez nem duas semanas. O Selinger virou Selumba; o Roscovitch, com a sílaba tônica no "vi", virou Rosquinha, pelo sobrenome e pelos cabelos encaracolados que correspondiam à imagem fonética; já o autor da piada virou Fabinho Presunto.

É provável que os pais dos três, uma década antes da chamada da professora Sônia, tenham pensado, pesquisado, conversado e até sofrido em razão da dificuldade de escolha entre as opções, para finalmente decidir o nome dos filhos. Como Danilo e a futura esposa faziam naquele momento, na sala de espera do exame de ultrassom.

— Primeiro é saber se será menino ou menina.

— Já, já saberemos.

— Só não quero Fábio...

— Por quê?! — parece que Carol mostrou algum espanto.

— É um nome muito comum.

— Tudo bem, também não gosto de Fábio — agora ela falou tranquilamente.

Os pais dos colegas de Danilo da 5ª B jamais imaginaram que os filhos seriam conhecidos por Selumba, Rosquinha e Presunto.

— E se for menina?

— Diga você...

— Gostava de Cristina, mas hoje, como eu o associo à minha prima, acho melhor não... E você?

— Laura. Meu preferido.

O futuro pai não encontra objeção ao nome, e Carol continua:

— Nome da minha avó, mãe do meu pai, que você não conheceu. Uma mulher sensacional, tocava a farmácia com meu avô. Não fosse por ela, meu pai nem teria feito faculdade; contam que o vovô não queria que meu pai fosse estudar em São Paulo de jeito nenhum, para tocar o negócio da família em Itapetininga. Mas ela foi firme e o resto da história você conhece... Significa "vitoriosa". Não é lindo?

Foram chamados para a sala do ultrassom, e, durante o exame, Danilo se lembra de que, nos anos que se seguiram à 5ª B, a turma foi se embaralhando, e os "Fábios" nunca mais estiveram reunidos na mesma sala. Na sétima série, por exemplo, Selumba dividiu classe com Danilo, e era o único Fábio da 7ª C, mas permanecia Selumba. Assim como os outros carregaram o Presunto e o Rosquinha pelo ginásio inteiro. Provavelmente até hoje exista quem não saiba os seus nomes.

— Menina, com certeza!

Danilo beijou o rosto de Carol, que legal! Talvez preferisse mesmo menina.

Laura. Laurinha estava ganhando corpo, logo chegaria. Sua Laurinha. A vitoriosa. Vai ser Laura sim, lindo nome. Nascer é vencer. Tomara que seja a única Laura da classe, sempre.

42

As reuniões de pauta eram rápidas, aconteciam quinzenalmente na sala da redação e serviam para Borba ajustar detalhes da edição e distribuir tarefas. E eram úteis também para que os repórteres trocassem ideias sobre uma matéria ou outra. Assim como Danilo recebia dicas dos colegas sobre esse ou aquele defunto, ele às vezes os ajudava, com pesquisa, revisão ou mesmo escrevendo uma ou outra matéria.

E foi numa dessas reuniões que Stephânia pediu ajuda, tinha recebido um *e-mail* do Asilão em que eles pediam divulgação, mas como estava ocupada com as eleições em outubro...

Danilo se prontificou a ajudar de imediato.

Dias depois, já tinha se esquecido dessa história quando Stephânia lhe reencaminhou o *"e-mail"*, a tal "Cidade da Melhor Idade". Queria conhecê-lo melhor. Boa ideia: eles pretendiam que o repórter conhecesse o lugar, mas falaram o contrário, que queriam conhecer o jornalista. Curioso que quando as pessoas precisavam de publicidade procuravam a imprensa. Queriam me conhecer melhor. Aliás, como obituarista, sentia que esse modo de trabalhar se tornava cada vez mais frequente, tanto que precisou dedicar um tempo maior só para a filtragem das mensagens que recebia. Com o sucesso da coluna, parentes e amigos de defuntos frescos, julgando que o "seu" finado merecia publicação, o procuravam também por mensagens eletrônicas. De um lado, obituários interessantes e exóticos chegavam a ele às vezes sem esforço, mas de outro, bobagens e invencionices abarrotavam sua caixa virtual. A notícia deve chegar ao leitor; mas, no seu caso, às vezes as histórias se ofereciam despudoradas.

Amanhã ou depois visitaria o Asilão.

43

Queridas Dita e Dora,

Todo dia ele faz tudo sempre igual... Conhecem a música? Pois bem, sou eu: casei-me, tenho dois filhos, meu marido é um bom homem, vendedor de móveis, jantamos juntos, conversamos, colocamos as crianças para dormir, vemos TV, e, cerca de uma ou duas vezes por semana, até transamos. De quarta-feira vamos ao cinema ou ao restaurante, as crianças ficam na minha mãe. Casei-me superapaixonada, mas a rotina chegou e agora sinto que preciso de emoção, sabe? O que faço? Ass. Deinha do centro.

— Às vezes as pessoas têm problemas de menos!

— Como assim, Dora?

— A nossa entediada aí, onde já se viu?! Casou, tem dois filhos que são aparentemente saudáveis — se fossem doentes não teria tempo de mandar cartinhas aborrecidas ao jornal da cidade —, um marido que trabalha, com quem conversa, vai ao cinema, janta fora — e ainda transam! Aposto que a Deinha nos consultou para fazer inveja às amigas!

— Discordo da inveja, mas concordo com a ausência de problema. A palavra "rotina" simboliza o fim da paixão, o que *é uma injustiça: se o cotidiano é bom, aproveite, Deinha! Você já tem o que quase todo mundo quer, a repetição de momentos agradáveis, e a vida — a de todo mundo — é feita de rotinas, que nos protegem do caos. Gosta de sensações, abalos e sustos? Continue ouvindo Chico e procure filmes mais emocionantes!*

Durante o almoço, Danilo lê a coluna e ri sozinho. É como se Dita estivesse ali do lado, com o estreitíssimo cigarro entre os dedos, enunciando os conselhos; consegue imaginar, inclusive, as entonações de algumas frases. Antes mesmo de terminar a leitura da dúvida já era capaz de adivinhar se o conselho que viria seria um tapa ou um afago.

E a vida da tal Deinha é parecida com a sua: hoje sem problemas financeiros, ninguém reclama dos obituários, uma filha cada vez mais linda, Danilo trabalha, Carol trabalha, assistem a filmes juntos, os sogros cuidam de Laura quando eles saem para jantar, e transam quando possível. Uma vida esfuziante seria muito mais do que isso? Mas a moça do jornal está infeliz. E ele, contente. Uma alegria suave. Não diria realizado, pois realizações pressupõem projetos e ele nunca foi dado a esquemas de longo prazo. Mas que a situação está satisfatória, está. Apesar de Carol reclamar dos *happy hours*, apesar de ainda não terem encontrado um apartamento que lhes agradasse, apesar da recente morte da avó e da preocupação com a mãe, agora sozinha na casa antiga, apesar de Stephânia — apesar não, também... Diferentes interpretações para situação semelhante. Foco, ângulo, filtro? Provavelmente a tal Deinha — se é que ela existe mesmo, ainda não descobriu se as dúvidas são reais ou inventadas — era casada há mais tempo do que eles, e vinha a público manifestar insatisfação. Consequência inevitável de casamentos longos? Danilo, não; casado há poucos anos. Outra situação. Borba foi casado e vive sozinho. Dita foi casada e é viúva. Rui nunca se casou, não pretende, mas vai saber. Dizem que Stephânia tem namorado, mas não o leva aos *happy hours*, quem sabe um dia estará também casada, primeiro com alegria, depois com enfado. Será que ele também causa tédio em Carol?

Toma o expresso após o almoço, como de costume; fica contrariado porque esqueceram o docinho que em regra acompanha o pires. Não reclama, paga a conta e pega uma bala de uva no caixa como compensação. Ao contrário da moça da carta, gostava de fazer todo dia quase tudo sempre igual. E, se obedecesse à sua rotina, o próximo paradeiro seria a funerária. Porém, com três obituários prontos, era hora de recolher material para outra reportagem, hora de ajudar Stephânia. Era hora, portanto, de mudar a rotina.

44

— Nossa única condição é que o ente querido queira integrar nosso projeto.

Danilo se identifica como jornalista, menciona o *e-mail* recebido, reitera que se trata da *Gazeta Sorocabana*, mas a moça da recepção passa a lhe exibir o asilo como a um interessado em abrigar um parente ali.

— Investimento que a família faz por afeto e gratidão a quem lhe deu a vida.

Não à toa o lugar tinha o nome de "Cidade", o terreno é enorme, calcula umas seis ou oito quadras, periférico e distante, mas ainda na cidade, bem próximo do Cemitério da Aparecida. Parece que foi um sítio, uma fazenda.

— Sanatório para tuberculosos fundado em 1938. Mas com a cura na década de 1960, sofremos adaptações.

Caminha, olha, escuta e faz anotações que poderiam ser úteis à provável reportagem. Cumprimenta com acenos discretos os idosos que sorriam para ele, os "cidadãos", como a moça insistia em designá-los. Kamylle Cristine era o nome insculpido no crachá de metal dourado preso ao uniforme marrom e branco.

Viu outros funcionários com a mesma roupa, o mesmo crachá, a mesma simpatia que parecia forçada. Entram numa sala grande, de piso frio claro e paredes brancas.

— Nosso memorial. Nesta parede, galeria dos beneméritos, naquela, dos fundadores, e na maior ali do lado, dos prefeitos. Quem conhece o projeto, se encanta e se envolve.

Apesar de já ter ouvido falar da sua existência, visitava o "Asilão" pela primeira vez.

— Enfermagem durante vinte e quatro horas, médico três vezes por semana, socorristas e funcionários treinados para emergências, dois carros para transporte a consultas ou exames, nossa ambulância está em manutenção.

De fato, no interior do bairro murado havia de tudo, desde casas independentes que abrigariam uma família de mais de quatro pessoas a quartos coletivos para seis internos. Essas casas-residências eram as melhores acomodações; segundo Kamylle Cristine explicou, os interessados adquiriam o imóvel por um preço bem abaixo de um similar fora das fronteiras do asilo, com a condição de, ocorrendo a passagem, a casa retornar à propriedade do Lar, "temos fila de espera para as casas-residências". Já os quartos coletivos ficavam nos chamados pavilhões inferiores.

— Quem pode contribuir, contribui, quem não pode, recebe; temos muitos cidadãos que vivem da ajuda de anjos da guarda.

O Asilão era arborizado e as ruas internas, asfaltadas. Além dos funcionários uniformizados, havia outros prestadores de serviço, cuidadores de idosos, enfermeiras. Danilo vê dois ou três jardineiros, um pedreiro e duas freiras que caminhavam tão lentamente que pareciam não desejar ir a lugar nenhum.

— Contamos também com o trabalho voluntário dos nossos anjos operários, que dedicam um ou dois dias da semana para atender nossos cidadãos, são eletricistas, manicures, cabeleireiras, há de tudo.

O discurso pronto de Kamylle Cristine era cauteloso: conheciam uma cidade, não um asilo; que não era solução para famílias aflitas e atarefadas, mas desejo do futuro morador; mensalidade é investimento e caridade, gesto de anjos.

— Fundado pela Ordem das Irmãs Mercedárias; atualmente estamos vinculados à Diocese de Sorocaba, mas a ligação é apenas formal, somos praticamente autônomos.

Entre as casas independentes e os quartos de seis lugares havia categorias intermediárias de moradias. Num pavilhão, as acomodações com quarto, banheiro, sala e cozinha americana foram identificadas por Kamylle como "flats"; outro pavilhão era composto por suítes individuais de trinta metros quadrados cada; havia suítes menores, claro, e quartos compartilhados por dois ou três idosos. Danilo visitou dois ou três deles; em outros, bisbilhotou pelas portas abertas, sem entrar para não incomodar. Tudo dependia do tamanho do investimento que o parente, ou o próprio cidadão, poderia fazer.

— Quantos vivem aqui?

— Somos quase quatrocentos cidadãos.

Os avós viveram em casa simples na zona norte, os sogros vivem numa boa casa no Campolim. Carol, Danilo e Laurinha, na edícula adaptada; e, mais dia menos dia, estarão no apartamento próprio. Entre os beneméritos do asilo havia os com foto e os sem foto. Uma cidade. Tão estratificada quanto qualquer outro agrupamento de pessoas em qualquer tempo e em qualquer lugar do mundo. Até depois da morte há a turma da vala comum e a turma dos mausoléus.

— Já mudamos de nome algumas vezes, mas desde a década de 1990 decidimos que Cidade da Melhor Idade responde às expectativas do projeto.

Sanatório que vira asilo. Cimento, areia e água que viram concreto. Psicóloga que vira cuidadora. Asilo que vira cidade. Um bancário-obituarista. A bebezinha que vira criança, que será adolescente e virará mulher. O mecânico-cadáver, o filho-órfão, a uva-vinho. Casa-independente-flat-suíte-quarto-coletivo. Tudo se adapta, eis a lição de Kamylle Cristine. Para o cadáver sem rosto, Danilo Paiva encontra contornos.

— Capela. Centro comunitário. Espaço de eventos, festas, convivência. Ali mais para cima, o bosque; onde acabamos de passar, a horta; e eis nosso lago, com carpas e patos.

Asilo ou casa de repouso. Clínica. Depósito de velhos. Refúgio para longevos ou condomínio de decrépitos? Lar dos já entrados em anos. Abrigo dos maduros, amparo aos idosos. *"O que nós vemos das coisas são as coisas. Por que veríamos nós uma coisa se houvesse outra?"* Bem-vindo ao que é antigo, vetusto, caduco. O último quartel da vida.

Nada disso, Cidade da Melhor Idade.

— Faltou o refeitório, por aqui, por favor.

Em seguida, entram num salão limpo e claro de trezentos metros quadrados, com mesas retangulares coladas umas às outras formando duas compridas fileiras, com cadeiras de ambos os lados. Porém, só mais perto do balcão metálico onde está servido lanche há alguns cidadãos.

Na companhia de Kamylle Cristine, Danilo se aproxima do balcão e se depara com garrafas térmicas etiquetadas: água, leite e café; caixinhas de sachês de chás, dessas que se compram em mercado, bolacha de maisena, bolacha de água e sal, pão francês, bolo de abacaxi ou laranja já fatiado, manteiga em pote, presunto e queijo prato; servem-se à vontade e depois se ajeitam no meio da mesa, mas distante dos idosos. Danilo, que havia se servido apenas de chá e bolacha de maisena, mergulha o biscoito no líquido quente, para depois deixar dissolvê-lo na boca, numa homenagem íntima e silenciosa aos avós que não conheceram aquele lugar. Talvez por isso Kamylle tenha ficado à vontade para também mergulhar o seu pão com manteiga no café com leite, está no meu intervalo para o lanche, explicou, também gosto de molhar o pão, você também? Um breve momento de descontração na profissional das frases decoradas. Ele poderia ter respondido que sua história era parecida, que umedece a bolacha no chá por influência da avó e que essa minicerimônia lhe traz aconchego, mas se calou, porque a avó havia morrido há pouco tempo, porque no seu enterro lamentou não ter perguntado, quando teve chance, como a avó de tantas facetas gostaria de ser lembrada. Tenho vinte e quatro anos, trabalho aqui há três, sou noiva, me caso no fim do ano. Agora não, Kamylle Cristine, você, como eu, tem toda a vida pela frente, agora só quem tem mais de oitenta me interessa. Meu nome vai aparecer na reportagem? A moça não era tão parva quanto demonstrava. Danilo responde com um "claro que sim" convincente, pois neste exato momento, tendo invocado os próprios avós com o chá-maisena, sente-se um representante do *Times*. Tudo se transformará, o fim é o começo, a última morada onde alguns poucos cidadãos agora fazem um lanchinho bem razoável é um armazém de novidades pulsantes, a decrepitude como fonte viva de relatos. Penúltima morada. Comprará mais cadernos, mais lapiseiras grafite 0.7 e entrevistará todo mundo. Histórias para o resto dos dias da *Gazeta Sorocabana*, como no sonho de obituários infinitos.

Vai embora com um exemplar do livro de aniversário dos sessenta anos da Cidade da Melhor Idade, cedido por Kamylle. Quando chegar à redação, dará um beijo em Stephânia — ela bem que merecia.

45

Pedro andava na linha, mas ninguém sabia disso.

Nasceu em 1968 na zona rural e veio trabalhar na praça central como engraxate, até que obteve um emprego num lava--rápido e sua vida mudou. "Bonito e carismático. Pena que foi cedo demais!", lamentou a esposa Márcia, manicure. Pena também que, assim que completou dezoito anos, quando lavava um carrão último tipo, encontrou no porta-luvas um talão de cheques e viu uma oportunidade. Infelizmente repassou onze folhas, em onze lojas diferentes: móveis novos para os pais e irmãos, roupas de grife para ele e a esposa, enxoval para a filhinha que estava para nascer; conta-se até que conseguiu almoçar num restaurante chique. Mas foi preso em flagrante quando tentava comprar um carro. E devolveu tudo o que havia "comprado". Só não conseguiu devolver o apelido. Um ano e oito meses depois que saiu da cadeia, Pedrinho do Embuste teve dificuldades para encontrar emprego, mas acabou virando mecânico, que ironia, justamente na concessionária em que a tentativa do crime se frustrou. "Depois daquele dia de fúria, meu pai foi mais reto do que régua, mas as pessoas não esqueciam seu vulgo", conta Marina, advogada criminalista. Pedro José Macedo sofreu um AVC fatal no domingo e não resistiu. O enterro aconteceu há dois dias, no Cemitério da Aparecida, às dezessete horas. Na *lápide consta apenas o seu nome, quem sabe agora se veja livre do apelido. Danilo Paiva.*

— Você estourou de novo! Vou ter que começar a cortar frases...

— Tá difícil, Borba, preciso de mais toques...

— Mil e cem?

— Duzentos!

— Fechado.

Talvez o envolvimento com o último obituário tenha sido o responsável pelo estouro do espaço. Não que conhecesse o tal Pedrinho do Embuste ou que frequentasse cadeias públicas. Apenas sabia o que era morar na cela dos apelidos. "Metal" tudo bem, mas Doutor Funéreo é dose... Pedro cometeu um erro, quer dizer, onze; todos no mesmo dia. E mostrou arrependimento, os bens foram devolvidos, os cheques, sustados. Ninguém sofreu prejuízo. Acusado, processado, condenado, cumpriu a pena exemplar e integralmente, casou-se, e, regenerado, tornou-se mecânico exímio, criou bem a filha, hoje doutora. Nunca mais se envolveu em delito nenhum, ao contrário, ameaçou até gestos de caridade na igreja evangélica que a família frequentava — pena que essa parte não coube no obituário, mais uma faceta de um homenageado relegada ao silêncio eterno. Erro bobo de juventude que deveria estar esquecido. Para a Justiça, sim, o senhor Pedro voltara a ser primário; mas para a sociedade, não: se manteve acorrentado aos fatos de um sábado de junho de 1986. Imagine um cliente conversando com o gerente da concessionária, que aciona o funcionário Pedro: "Embuste, vem cá, o cliente quer tirar uma dúvida!". O que esperar do profissional embusteiro? Talvez o AVC tenha vindo por desgosto. Quanto a Danilo, sua carreira de ladrão havia se encerrado na infância, quando o primo o revistou. Mas Pedrinho teve azar, cometeu crimes aos dezoito anos e recebeu o "Embuste". E, além de cativo do apelido, o homem era também mecânico, como seu pai. Mas o Mecânico das Famílias tinha um vulgo que transmitia imagem positiva. Estarei condenado ao "Doutor Funéreo" pelo resto da vida? Se um dia se tornasse mágico em *buffets* infantis, arqueólogo ou, mais provável, se voltasse a ser bancário, ainda seria identificado como "Funéreo"? Não sabe. Pedro do Embuste morreu algemado ao estelionato. Mas justamente ele, Danilo Paiva, que não apreciava o Doutor Funéreo e reconhecia a injustiça de identificar o homenageado pelo nome de guerra conquistado na prisão, no texto publicado e assinado de anteontem, com as tintas que Borba lhe pagava para usar, acabou por amarrar para sempre o bom senhor Pedro ao embuste.

Saiu da sala do editor-chefe satisfeito com a conquista dos duzentos toques.

46

— Nem para o casamento você chamou tanta gente!

Carol andava irritada, e Danilo ponderou que, para o aniversário de quatro anos da filha, talvez tivesse exagerado mesmo.

Pena que a irritação da esposa não se limitava ao grande número de convidados que agora ocupa os três salões do *buffet*, nem era resultado apenas (e também) da ansiedade típica de mãe de aniversariante em festinhas infantis — Carol planejara cada detalhe (vestido e sapatinhos de Laura, salgados e bebidas, bolo e docinhos, música e enfeites de mesa, decoração completa e painel atrás da mesa de doces de acordo com o motivo da festa) e os fiscalizava como um caixa controla o fluxo de dinheiro num dia de trabalho. Não, o aborrecimento de Carol já aparecia em algumas conversas com o marido (Precisa beber toda semana? Até meus pais estão reparando. Por que desligou o celular? A Laura teve uma crise de bronquite e não consegui falar com você!). Porém, além de ele não concordar com ela (preciso ter vida social; por conta do trabalho, não posso faltar a todos os eventos; juro que não desliguei o celular; não é verdade que chego bêbado), supunha que tais desavenças fossem corriqueiras na vida de qualquer casal.

Se não fosse um jornalista preocupado em evitar clichês, Danilo até poderia concordar que andava embriagado, mas pelo sucesso, e não da maneira mencionada por Carol. Sua dificuldade, no entanto, não era apenas fugir desse lugar-comum; era sobretudo não enxergar que ele se encaixava perfeitamente ao caso. Por isso, não só não deixou de se deleitar um só instante com o suposto sucesso como não riscou ninguém da lista de convidados.

O dono do jornal, o radialista que o havia entrevistado tempos atrás, dois ou três vereadores que conheceu em velórios de políticos, os presidentes do Rotary e do Lions, e tantas outras celebridades do quintal sorocabano — pessoas que encontrara de passagem poucas vezes — amigos de adolescência, o pessoal da Gazeta, o pessoal do banco, enfim... Aliás, lamentou profundamente que, da turma da antiga agência, somente Eliseu conseguiu aparecer, trazendo esposa e filhos. Não pelo Eliseu, coitado, de quem gostava, tiveram uma ótima parceria quando trabalhavam no caixa, mas porque não seria dessa vez que Danilo conseguiria esfregar na cara do ex-gerente sua intimidade com os poderes político e econômico de Sorocaba e sua desenvoltura como integrante do quarto poder.

No decorrer da festa, o obituarista dava atenção justamente àqueles convidados; afinal, não seria de bom-tom deixá-los deslocados. Os colegas da Gazeta, por exemplo, se reuniram em duas mesas próximas uma da outra e pareciam à vontade, sendo desnecessário gastar muito tempo com eles. Foi um olá, como estão sendo servidos?, obrigado pela presença; desculpem, preciso dar uma circulada.

Uma criança que vomitou, uma fornada de salgados que queimou e algumas mães que largaram os filhos sem supervisão (o Enzo pulou no espelho d'água e está todo molhado...) aparentemente deixaram Carol exasperada — ela nunca trabalhou em banco, mas temia que, se tudo continuasse assim, no final do dia o caixa exibiria saldo negativo. Por sorte dona Inês e a mãe de Danilo interferiram aqui e acolá, cobrindo esse e aquele rombos.

Durante o almoço, Danilo se instalou na mesa do apresentador do programa de rádio, de um vereador e do presidente do Lions, todos com as esposas. Verdade seja dita: tentou acompanhar a conversa sobre quem apoiava quem na Câmara Municipal e sobre quais as reivindicações que os clubes da cidade tradicionalmente faziam. Aprovou, com ênfase, a ideia do radialista para uma série de entrevistas com os presidentes dos partidos de maior expressão. Mas, ao cabo de dez minutos, desconfiou que talvez a própria contribuição àqueles assuntos não era tão decisiva assim. Preciso dar uma circulada, justificou assim que terminou a massa.

Foi quando Borba lhe apontou quem era o Alberto, o dono do jornal. Danilo não teve dúvidas de que era preciso dar atenção ao homem. Na mesma mesa estavam um outro vereador, provavelmente solteiro, e um terceiro rapaz, seu assistente. A moça que completava o grupo era a namorada do assistente. Depois das apresentações típicas, Danilo se sentou com eles — que terminavam de almoçar naquele instante — e a conversa seguiu para o tema que ele conhecia melhor: obituários.

— Minha maior dificuldade é encontrar características notáveis em pessoas banais — gabou-se.

Sem se impressionar, Alberto menciona que, naquele tipo de matéria que ele escrevia, pelo menos era possível incutir uma ou outra conotação lírica.

Ah, é verdade! Alberto escrevia poemas. Delirantes, segundo Borba, mas tudo bem, decerto conhecia um pouco de poesia. Por isso Danilo percebeu aquela como a deixa perfeita para exibir seus dotes também quando o assunto girava em torno de elementos líricos:

— *"O essencial é enxergar sem pensar".*

Alberto escuta, espera um ou dois segundos, e finalmente corrige:

— *"O essencial é saber ver, saber ver sem estar a pensar"*. Conheço bem o Pessoa.

Pelo visto Danilo conhecia um pouco só. E, desse pouco, bem mais ou menos...

Participou menos da conversa — até porque naquela mesa o lirismo também cedeu lugar à política —, e nesse momento um telão branco se deslocou do teto. Viu o presidente do Rotary duas mesas ao lado, ainda não havia conversado com ele, mas não quis ser indelicado com o dono do jornal e não saiu do lugar.

Então teve início a exibição de um filme em que se sucediam fotografias, com a música "Como é grande o meu amor por você" ao fundo, na voz do Rei. De início, Carol grávida, roupinhas de enxoval, o enfeite que penduraram na porta da maternidade onde Laura nasceu. Aliás, praticamente nem vi minha filha durante a festa! Agora uma sequência de Laurinha recém-nascida, no berço, no carrinho de bebê, tomando ducha na banheira. Também nem conversei com a minha mãe... Em seguida, a filha com o rosto lambuzado de chocolate, com macacãozinho do Santos Futebol Clube, com um vestidinho da Branca de Neve. Por que fui me meter a citar versos do Pessoa?! Laura abraçada com o gatinho de pelúcia — essa fui eu que tirei! Não sei bosta nenhuma da política local, será que perceberam? O primeiro dia de aula, o quintal de casa, as aulas de natação. Na mesa mais próxima do telão estão sua mãe, Carol, Laura, dona Inês, o sogro. Mesa em que eu também deveria estar. O Borba já foi embora? Deu só uma passada... Nem conversei direito com o Eliseu também. Stephânia não apareceu. Melhor. Quem fez a seleção? Só os registros felizes, claro. Ninguém retratou a recém-nascida na UTI ou os pais insones ou as crises de bronquite; são momentos que não cabem em sequências de filmes projetados num *buffet* infantil num domingo à tarde em Sorocaba. Por que será que Stephânia não veio? Enquanto eu seleciono os atributos dignos de nota para interessar nossos leitores, Carol escolhe as fotos dignas de interessar nossos convidados.

Interesse que ele próprio não conseguiu proporcionar com suas conversas nessa festinha. Pessoas banais geram conversas banais. Se estivesse na frente de um espelho, não encontraria nenhuma característica digna de nota.

Após os aplausos ao final do filme, saiu da mesa dizendo que precisava dar uma circulada.

Mas não demorou para que chegasse a hora de cantar os "Parabéns". Então Danilo interrompeu uma conversa com um conselheiro tutelar e correu para se posicionar atrás da mesa do bolo, junto de Carol e da filha. Finalmente você vai ficar um tempo perto da gente — nossa, Carol andava muito irritada! Ao obedecer ao protocolo, batendo palmas, ajudando a filha a soprar as velinhas, posando para fotos, sorrindo com falsa alegria, pôde ver de frente os diversos rostos dos eminentes convidados. Então quase se deu conta do ridículo de celebrar o aniversário da filha entre tantos desconhecidos.

47

— Preciso da sua ajuda!

Já era a terceira visita ao Asilão. Depois da primeira conversa com Kamylle Cristine, da outra vez teve que se apresentar ao prefeito do lugar e revelar, claro, sua intenção — entrevistar cidadãos da Cidade da Melhor Idade para futuros obituários. Com toda transparência. Só conversaria com quem se dispusesse a tanto. E Danilo não era um total estranho de todos — não é preciso ser muito astuto para deduzir que boa parte dos moradores do Asilão já havia frequentado velórios. O Doutor Funéreo não havia passado despercebido.

Haroldo André — era assim que o "prefeito" era identificado, com o nome composto mencionado por completo, como no crachá de Kamylle Cristine — foi gentil ao oferecer uma sala para as entrevistas, se Danilo quisesse. Não, obrigado. Preferia caminhar e se misturar com os cidadãos.

Por isso não esperava que logo num dos primeiros passeios em busca de entrevistas já fosse abordado por aquela moradora, entre aflita e enérgica. Tinha o que, setenta e cinco?

— Como?

— Com o meu velório! Tentei convencer o Haroldo André, mas ele ainda não cedeu.

— Seu velório?

— Um ensaio, ora.

Dona Izildinha, conhecida como "Diretora", ganhou o epíteto em razão de ter sido, durante muitos anos, a diretora do SESI-Mangal. Parece que o apelido foi reforçado em razão de seu fascínio pelo teatro — todo fim de ano, os adolescentes prestes a concluir ginásio eram obrigados a encenar uma peça, como um rito de passagem, e, óbvio, a apresentação era dirigida com mão de ferro pela hoje quase octogenária vivaz que estava a sua frente.

Ideia esdrúxula, mas Danilo só viu razões para apoiá-la. Após conversar com Haroldo André — o prestígio como colunista da *Gazeta* foi fundamental —, obteve não só permissão como também uma boa sala para o velório-ensaio. Não foi fácil convencer a funerária a emprestar um caixão novo. "É como roupa íntima, não pode experimentar", disseram. Mas acabou convencendo o gerente ao mencionar que o caixão poderia exibir um adesivo com o logotipo da funerária.

— Mais de quatrocentos clientes — esse argumento foi decisivo.

De outro lado, apesar de Izildinha ter acolhido uma ou duas ideias de Danilo — que, depois de tanto tempo, conhecia como poucos os detalhes de velórios e enterros —, fez questão de dirigir o ensaio com firmeza, respeitando cenário e roteiro previamente elaborados com vagar: rosas brancas, só brancas, entremeadas de folhagem verde. Quatro coroas de flores com mensagens de alunos, de professores, da família e dos amigos. Também exigiu candelabros prateados com velas altas, em seis pedestais em torno do caixão — os quais também foram cedidos pela funerária. Izildinha queria um ataúde que lembrasse mais cerejeira, mas só conseguiram um escuro, tipo imbuia, paciência, e a combinação madeira escura-rosas brancas até que ficou boa. Um dos cidadãos, Alfredo, incorporou o padre e sua encenada benção não fez feio — o texto fora escrito pela Diretora. Algumas carpideiras canastronas fingiram chorar ao lado do corpo. A parte mais difícil, segundo a própria Diretora, foi permanecer no caixão por quase uma hora e meia com as mãos entrelaçadas sem se mover.

Sucesso de público, diante da presença maciça dos cidadãos; muitos ali, mesmo que não conhecessem Izildinha em vida, passaram pelo local por curiosidade. Enquanto a Diretora representava seu papel no interior do caixão, Valquíria, a filha mais velha (o outro filho, Valter, se recusou a participar do que chamou de "palhaçada ridícula"), orientava duas funcionárias do Asilão, cedidas gentilmente pelo prefeito, no eficiente serviço de cafezinho com bolinhos de chuva.

O ponto alto do velório deveria ter sido a leitura de um trecho da peça *Os deuses de casaca*, de Machado — soube depois que uma das frustrações da Diretora foi não ter conseguido fazer com que os alunos de catorze anos decorassem as falas dos deuses romanos. Manuel Guedes, ex-locutor de anúncios de rádio AM, ficou responsável por recitar os versos:

"Farei o que puder; e creio que me é dado

Fazer muito: o caso é que eu seja utilizado.

O dom de transformar-me, à vontade, a meu gosto

Torna-me neste mundo um singular composto.

Vou ter segura a vida e o futuro. O talento

Está em não mostrar a mesma cara ao vento.

Vermelho de manhã, sou de tarde amarelo.

Se convier, sou bigorna, e se não, sou martelo.

A forma é essencial, vale de pouco o fundo."

Porém, o inesperado ápice aconteceu quando Izildinha, após consultar o relógio e verificar que já eram onze e vinte, anuncia o final do ensaio com um "é isso, gente, gostei, hora do almoço", e se levanta do caixão espalhando rosas brancas e folhas verdes pelo chão. Porque Gertrudes, nova cidadã do Asilão e que passava por ali sem saber que estava diante de uma encenação, desmaiou no meio da sala do velório fajuto, sendo carregada à enfermaria pelas funcionárias que antes serviam bolinhos de chuva.

Quedas em assoalho duro são mais catárticas que versos clássicos.

Apesar de Haroldo André ter bronqueado com o ocorrido, com um "avisei que ia dar problema", o saldo do ensaio, na visão da principal interessada e dos outros envolvidos, havia sido positivo — nada grave com a novata Gertrudes.

Mas nem tudo são flores. Se, por um lado, os preparativos, a execução (o incidente com a cidadã desmaiada só intensificou a repercussão do evento) e, principalmente, os comentários que se seguiram após a realização do velório fictício contribuíram para que o Doutor Funéreo conquistasse mais fama no Asilão e mais simpatia dos moradores, por outro lado, Danilo enxerga, como um jornalista tarimbado, o ponto negativo: Izildinha acabava de definir o que constaria no futuro necrológio — nenhum obituarista decente ignoraria o evento. Era peculiar demais, curioso demais, esquisito demais para que outros fatos da vida de Izildinha fossem lembrados. Diretora de escola por mais de trinta anos, admiradora de teatro que formou centenas de alunos, mãe de boa relação com a filha Valquíria e nem tão boa assim com o filho Valter, avó de três netos, agitadora cultural do Asilão — tudo cede lugar ao velório ensaiado. Justo ou injusto, não importa: o padre postiço, o texto do Machado e o desmaio clichê, mas verdadeiro, de Gertrudes, preencheriam os mil e duzentos toques da matéria na *Gazeta* e transformariam Izildinha em alguém diferente do que ela foi.

Sai a Diretora, entra a que encenou a própria morte.

48

Baluarte dos barbeiros se adianta e deixa a cidade mais tranquila.

Eduardo Gouveia Oliveira nasceu em família rica, mas, ao tentar dirigir as lojas de móveis que herdou do pai, errou o caminho e as conduziu à bancarrota. De favor acabou estacionando como funcionário do irmão mais velho. Também na vida pessoal trafegava com frequência na contramão: não soube conduzir o próprio casamento e agora tromba na Justiça com a ex-mulher e o filho pequeno. Fanático por bicicletas na infância, skates na adolescência e carros na juventude, o seu maior orgulho, mais até do que a falência das lojas, era a coleção de carrinhos de ferro da "Matchbox", cuja quantidade só não superava a de pontos na sua CNH. Apesar da paixão, até hoje não sabe guiar um veículo automotor. Por excesso de velocidade, capotou uma SUV Prata na Castelo Branco, no último sábado, desrespeitando faixas, placas e radares. Foi fatal. Além do próprio motorista, ninguém se feriu. Apressado em vida, com certeza encontrará o semáforo fechado na porta do céu. Danilo Paiva.

— Não acredito que teve coragem de fazer isso.

— Se fosse um erro, vá lá, mas barrigada intencional não dá para tolerar.

— Não teve coragem de me passar esse para conferir, né?

Borba esbravejava, constrangedoramente, na reunião de pauta, na frente dos colegas. Não retrucou — não havia o que contestar.

— O cara veio para cima da Gazeta. E logo irá para cima de você também.

O tal Eduardo Gouveia Oliveira processava o jornal. Danos morais. Um oficial de justiça esteve no prédio naquela manhã, conversou com dona Marlene, que o mandou esperar. Quando Borba chegou, pouco antes do almoço, foi citado e intimado pelo representante da Justiça para responder à ação de indenização por danos morais em nome da Gazeta.

Por isso o justíssimo destempero.

Declarar como morta uma pessoa viva e, pior, com definições pejorativas, constitui grave ofensa — pelo menos era o que estava escrito na petição do advogado. Borba fez questão de ler, em voz alta, trechos do documento que espanava em sua mão: alteração no bem-estar psicofísico, dano que gera angústia, ataque injustificável às honras objetiva e subjetiva.

Porém, o que causou susto maior em Danilo e nos colegas foi o valor do pedido da indenização: cem mil reais.

— Sai daqui, não apareça mais na semana, volte segunda que vem, duas da tarde. Conversaremos.

— Eu mando os obituários por *e-mail*?

— Escreva o *seu* obituário!

Entre arrependido, envergonhado e apavorado, Danilo deixa a sala com os gritos de Borba ainda a ricochetearem seus ouvidos, sem coragem de perguntar se estava demitido ou o quê. *Conversaremos.* Cruza com dona Marlene sem sequer um aceno, pega o elevador e sai do prédio. *O cara veio pra cima.* Cem mil reais. Se a Gazeta for condenada, não vou conseguir pagar nunca esse valor. Ao que parecia, seria demitido de novo. Justo agora que começamos a procurar apartamento... Usou o jornal e seu espaço para ofender. *Logo irá para cima de você também.* Se de fato fosse demitido, um preço alto demais por uma vingança. E tinha também a viagem para a Disney... Desde que Carol havia escolhido o tema princesas para a festinha, Laura não tinha outro assunto. Pediria desculpas a Borba, aos colegas, conversaria com o sogro, com Carol. Que merda que fui fazer! Coluna assinada. Danilo Paiva — e dessa vez não poderia culpar nenhum homônimo. Ele também teria que responder ou apenas o jornal? Não se lembrava dessa aula na faculdade. Mas o tal motorista não tinha merecido? *Volte segunda que vem.* Me fodi.

49

Os fatos aconteceram há mais ou menos três semanas.

Saía da funerária sem nenhum morto interessante, o que não o preocupava, pois contava com obituários prontos para dias assim. Logo no primeiro semáforo rumo para casa liga o rádio do carro. Música conhecida. O sinal está vermelho. Canta junto, era uma canção que o remetia à época em que ele e Carol se conheceram e começaram a se encontrar. Agora, o verde. Nem mexe no câmbio, só substitui o pé direito do pedal do freio para o do acelerador. Automático é outro papo. O namoro. Tempo tão bom e nem tão diferente de hoje. Aliás, com certeza hoje estava melhor: sucesso no trabalho, salário razoável, a chegada da Laurinha que havia precipitado os fatos, mas graças a Deus tudo dera certo, um confortável sedã, entrevistas em programas de rádio e TV, festinha da Laura para duzentos convidados. Até a irritação de Carol havia passado — com certeza era ansiedade pela festa. Logo, logo viria o apartamento. Tendo arrancado de modo suave, em velocidade compatível com a via pública, seu pensamento salta de novo para Kamylle Cristine, Izildinha, Haroldo André... Baita sorte ter aparecido esse Asilão, renderia boas histórias. Assim que pisar em casa vai propor de saírem para jantar fora, só os dois: Carol e ele. Para comemorar. Nada em especial. Tudo, na verdade. Sucesso-salário-carro-esposa-filha-asilão.

A vida.

Espantosamente, é atingido no cruzamento — o outro carro, um SUV prata, grande, o abalroa na lateral traseira, num solavanco de tamanho tal que ele demora alguns instantes para perceber que havia sido vítima de um motorista que desrespeitara de modo fragoroso o sinal vermelho. A música na central multimídia do confortável sedã é a mesma, mas, nervoso, nem a nota mais. Como costuma acontecer nesses casos, Danilo desce do carro para coletar os dados do outro motorista, perguntar se tinha seguro, tomara que sim, porque ele próprio ainda não havia feito o seu. Mas não houve a conversa rápida e sempre tensa que se segue a todas as batidas de carro. Porque o outro motorista não desceu do veículo, não se apresentou, não pediu desculpas, não forneceu os dados e não informou se tinha ou não seguro. Danilo olha rapidamente o estrago na lataria preta de seu carro — estrago grande, do tamanho do impacto —, e, quando tenta se aproximar do outro carro, não vê com nenhuma nitidez o rosto do infrator, tem a certeza de que é um homem porque usa barba, mais nada. O barbudo esconde o rosto, dá marcha à ré, contorce o volante e inacreditavelmente abandona o lugar. Fugiu, o filho da puta! Não me reconheceu, um desrespeito. Trêmulo, Danilo consegue anotar no caderno, ao lado de nomes de gente morta, a placa da SUV prata agressora. EGT3765.

Nem cogita procurar a polícia, uma autoridade de trânsito, nada. Não busca testemunhas; carros e pessoas seguem no seu ritmo. Chega em casa possesso, conta como foi, o sinal abriu, acelerou e no meio do cruzamento o cara o acertou em cheio! Come qualquer porcaria em silêncio, não está com paciência para a filha, pede que a menina e Carol fiquem na casa dos sogros, pois precisava concluir um trabalho importante, mentira, é claro, só queria ficar sozinho, já com um embrião de ideia sobre como castigar o covarde.

O período em que o carro ficou na concessionária para reparos — doze dias — foi maior do que o necessário para descobrir bastante coisa sobre o fugitivo. No início, Rui tomou à frente das pesquisas e, jornalista de contatos, em dois dias lhe trouxe os dados básico:

— Chama-se Eduardo Gouveia Oliveira e mora num baita condomínio de casas em Itu, logo depois da Castelo, divisa com Sorocaba. Deve ser um filhinho de papai...

A colisão, a fuga, o comentário de Rui são peças que montam a personalidade do agressor: rico, filhinho de papai, covarde. O que mais descobriria?

Danilo pede o carro de Paulinho emprestado e vai até o tal condomínio.

— Estou procurando imóvel para comprar, é possível conhecer o interior?

— Só com corretor.

— Sou da Gazeta, não vou invadir nenhuma casa, não. Só quero anotar placas de vende-se. — E exibiu a identificação.

— Conheço você: Doutor Funéreo, né?

Danilo sorri, humildemente.

E, infringindo as normas do condomínio, o porteiro lhe entrega o cartão de visitante que deve permanecer pendurado próximo ao para-brisa.

— Meia hora, tudo bem?

A fama abre portas — e portarias.

Não procura a esmo; dirige-se diretamente para a rua de nome de pássaro e não demora a encontrar a casa que procurava. Quase uma mansão, maior que a do sogro, térrea e sem portões, gramado à frente. Mora bem o filhinho de papai. Fim de tarde, algumas pessoas caminham com roupas de ginástica e tênis coloridos nas ruas arborizadas e tranquilas. Passa pela casa e estaciona o carro a uma distância segura, desce com seu caderno e com a lapiseira 0.7 mm e aborda alguns condôminos.

— Desculpe incomodar, sou jornalista e pesquiso a história da família Oliveira. Uma matéria sobre empreendedorismo em Sorocaba, sabe?

"O velho Oliveira começou com uma madeireira, depois montou um fábrica de móveis, até que decidiu virar só revendedor, e deu muito certo."

"A esposa era dona de casa."

"Hoje são os dois filhos que tocam as lojas."

"O mais velho, engenheiro; o mais novo, administrador ou publicitário."

"O caçula? Não, é boa gente, simpático, bom vizinho."

"Voltou a morar aqui faz pouco tempo. Parece que se separou da mulher."

"Tiveram um filho, o pessoal comentou que tem ações no fórum por conta de guarda, de pensão, esses rolos aí."

"Somos amigos de infância, gostávamos das mesmas coisas: carrinhos de ferro, bicicletas, *skates*."

Apesar de experiente em entrevistas curtas e rápidas, meia hora não foi o suficiente para ouvir todo mundo, teve que disfarçar sua curiosidade sobre o caçula com perguntas também sobre o patriarca já falecido, sobre a mãe, sobre o mais velho etc. Mas nenhum vigilante do condomínio o incomodou, tendo pesquisado à vontade. Dois moradores reconheceram o Doutor Funéreo; os outros, não. Não gostou de ouvir boas referências do tal Eduardo. A vingança seria mais fácil se o tal caçula fosse um inútil, um sanguessuga, um encostado.

Havia chegado na frente da casa dos "Oliveira" com uma ideia pronta a respeito do pesquisado, e as palavras dos que o conheciam não a confirmaram cem por cento. Paciência. Obituários admitem uma ou outra conotação lírica.

Volta ao carro e ali termina as anotações.

"O velho Oliveira começou com uma madeireira, depois montou uma fábrica de móveis, até que decidiu virar só revendedor, e deu muito certo." Nasceu em família rica = antipatia imediata.

"Hoje são os dois filhos que tocam as lojas." O caçula trabalha de favor para o irmão mais velho. Por que não dizer que faliu uma das lojas?

"O mais velho, engenheiro; o mais novo, administrador ou publicitário." Detesto publicitários.

"É boa gente, simpático, bom vizinho." Não serve.

"Voltou a morar aqui faz pouco tempo, depois que seu casamento não deu certo."   Mulheres não gostam de covardes (Dita concordaria).

"Tiveram um filho, o pessoal comentou que tem ações no fórum por conta de guarda, de pensão, esses rolos aí." Negar pensão ao filho?! Isso dá cadeia.

"Gostávamos das mesmas coisas: carrinhos de ferro, bicicletas, *skates*." Carrinhos de ferro até hoje = infantilidade.

Devolve o cartão de visitantes na portaria. Na verdade, saía dali com o especial obituário praticamente pronto. Qual a morte mais legal para o caçula-covarde-rico-infantil?

50

— Chegaram!

Danilo, com pressa e destrambelhado, descia as escadas do sobrado assim que a mãe acabava de anunciar da chegada dos primos.

Nas visitas quinzenais, tios e primos chegavam depois do almoço no sábado e ficavam até o dia seguinte, à noite. Finais de semana especiais. No primeiro dia, enquanto ainda estava claro, as crianças brincavam ou no quintal ou na rua, com vizinhos, enquanto os adultos tomavam café ou cerveja, e comiam bolo de fubá feito pela avó na mesa da cozinha. Quase nunca jantavam, preferiam um lanche com pães e frios, que o avô ia buscar na padaria. Os três primos o acompanhavam e ele, quando estava sorridente, comprava um picolé para cada um. De fruta, mais barato e mais saudável, só não contem para as mães de vocês. Todos têm os seus segredos.

À noite as crianças se distraíam com algum jogo de tabuleiro, que foram sendo substituídos à medida que a idade de Danilo, Ivan e Cristina avançava: quebra-cabeças, jogo da memória, Banco Imobiliário, Jogo da Vida, War. Já os adultos tomavam conta da cozinha: a toalha branca com migalhas de pão francês era substituída por outra limpa, quadriculada verde-clara. Hora do baralho. O tio Artur fazia questão do buraquinho no sábado à noite. Como seus avós não sabiam mexer com cartas, nem se interessavam, algum vizinho era convocado para completar a mesa, quase sempre o Rubinho, primo do tio e que morava algumas casas para baixo, taxista. Talvez sua mãe se ressentisse de não ter um marido para contribuir na formação das duplas, homens contra mulheres, mas Danilo, naquela época, não percebia nada disso, satisfeito com o modo pelo qual a vida ajeitara as coisas para ele: mãe, vó e vô na mesma casa, com os primos e tios os visitando de quinze em quinze dias. Como moscas em volta da comida, as crianças às vezes importunavam os adultos durante a partida. Mãe, um curinga! Para receber em troca um olhar repreensivo pela revelação do que deveria ser segredo. Ah, o Artur sempre pega a mesa, não deixa passar nada! Sem pai, é verdade, mas plenamente adaptado com os avós e a mãe vendedora de roupas. É claro que se lembrava do formalismo do locutor Anselmo e o anúncio da morte do "Mecânico das Famílias", da rigidez das lápides do Cemitério de Pilar, da indiferença dos passos crocantes no cortejo fúnebre que acompanhou o corpo do pai, do garfo na casa da tia Lu. Porém, nada disso compunha seu dia a dia. O foco da ansiedade era crescer o mais rápido possível para tomar o lugar do Rubinho na mesa e fazer dupla com o tio Artur; se bem que, pela idade, Ivan seria o primeiro a alcançar o objetivo, lamentavelmente. Qual a ordem, tio? Valete-dama-rei, respondia, sem tirar os olhos do maço de cartas abertas na mão direita, ao mesmo tempo que apontava, com o indicador esquerdo, as letras respectivas. Um dia o seu momento de "bater e pegar o morto" chegaria. Livrar-se completamente das cartas que tinha à mão para em seguida recheá-la novamente com onze novas cartas parecia capital — a aprovação do parceiro e a inveja dos adversários eram evidentes. Ensina a gente? Vão brincar na sala, vão! Quando vamos poder jogar? Quando souberem resolver equações de terceiro grau, respondia o tio, inventando um critério objetivo-científico para afastar a criançada. A técnica da avó era mais eficiente, porém: após preparar a pipoca numa panela amassada, convocava todos para o filme, hora do "Supercine". O principal da formação cinematográfica de Danilo e dos primos veio de filmes dublados a que assistiam sábado à noite, sobretudo para garantir paz à jogatina na cozinha.

Depois do filme, dormiam, ora em colchões jogados pela sala, ora nas camas das visitas no andar de cima. Nunca soube exatamente o horário em que o jogo de baralho terminava. Mas acabava tarde, porque, no dia seguinte, a mãe e os tios conseguiam acordar depois das crianças.

O almoço de domingo não ficava pronto antes das duas, e era demorado, quase sempre massa com carne — a casa dos "Livoretto". E, como em toda casa italiana, as três mulheres permaneciam na cozinha enquanto os homens, agora resumidos ao avô e ao tio, conversavam ou do lado de fora, no quintal, ou na sala. A sensação que Danilo gozava durante o dia era formidável, até porque os primos ficavam até o anoitecer, as brincadeiras pareciam ter muito tempo para acontecer. No comecinho do *Fantástico*, os Rodrigues partiam para a atraente e empolgante vida que deveriam ter na capital. Uma pequena amostra de angústia tomava conta de Danilo na despedida: agora só dali a duas semanas. Contato curto e espaçado, mas constante e intenso.

Por isso a empolgação de Danilo, com dez ou onze anos, naquele final de semana específico: era Natal. Uma data aguardadíssima, não só porque os primos lhe fariam companhia pelos dias seguintes, o começo das férias juntos, mas porque sempre ganhava dos tios um presente caro na passagem do dia 24 para o 25.

Mas nem o Danilo mais otimista poderia supor que seria justamente naquele Natal que ganharia o seu Atari. Ao contrário, se a alegria de receber a família para mais um Natal era sincera e espontânea, estava apreensivo quanto ao presente que receberia — ou não. Porque, por culpa sua, recebeu nota "E" numa prova de inglês — a primeira vermelha da vida. Ou não anotou ou se esqueceu da prova, e não estudou nada. "E". A mãe ficou decepcionada, com razão. Depois recuperou, passou de ano, tudo bem, mas o "E" assustou. Apesar disso, o Atari chegou! Com atraso de dois ou três anos se comparado aos amigos da escola, mas não importava. Presente decisivo para que se tornasse grato, por toda a vida, aos tios-padrinhos, os responsáveis pelo melhor presente da noite que abriu com olhos de incredulidade. E chegou também com três cartuchos!

Na tarde seguinte, nem quis saber de jogos de tabuleiro ou do quintal com o avô — ocupou meio metro quadrado da sala por horas e horas, divertindo-se com "Enduro", "Pitfal" e "River Raid", seu preferido. Soube depois, por comentários da mãe, que o tio Artur havia sido decisivo para o presente, já que a tia não queria passar por cima da autoridade da irmã. É estudioso, percalços acontecem, teria dito o tio. Pontos para o tio Artur.

51

— O menino pisou na bola.

— Sem dúvida.

— Você chegou a ler?

— Depois que soube, sim. Inacreditável.

— Estou puto.

— E o processo, o que vai fazer?

— Não é o primeiro que eu sofro. Já entrei em contato com o advogado do Alberto, ele fará a defesa. A diferença é que, nos outros, eu tinha razão. Já agora...

52

Notícias ruins são como cartas de baralho, quase nunca estão sozinhas.

Pois não demorou mais do que quarenta e oito horas desde o esculacho e a suspensão sofridos na reunião de pauta para que Danilo recebesse em casa, e em dias diferentes, dois oficiais de justiça: o primeiro apareceu logo de manhã e usava uns óculos cujas lentes espessas aumentavam o tamanho dos olhos, transformando-os em duas limas da pérsia, e lhe entregou a citação para responder ao processo de danos morais — não só a Gazeta teria que pagar a indenização, também o autor do texto, Danilo Paiva. Litisconsórcio; depois perguntaria ao sogro o que era aquilo. Danilo Livoretto Paiva é o senhor? Sim, sou eu. Assine aqui. Já o outro usava uma roupa tão amassada e rota que o intimado chegou a duvidar de que se tratava de um representante da Justiça, mas ao fim lhe entregou a cópia de uma intimidadora "queixa-crime". Danilo Livoretto Paiva? Sim. Assine aqui. Duas citações, duas ações. Vara Cível e Vara Criminal.

A esposa, a família, a Gazeta, a Justiça e toda Sorocaba exigiam explicações.

— É grave, pai?

Quando se vive no quintal dos sogros, segredos são almas penadas, atravessam paredes. A família estava reunida na cozinha da casa maior e discutia a situação do difamador. Se bem que naquele caso e momento específicos, seja porque não conseguiria impedir que todos soubessem — foi o próprio sogro quem atendeu o oficial roto —, seja porque precisava mesmo de orientação jurídica, a presença do desembargador aposentado de larga experiência na área criminal parecia aceitável.

— Crimes contra a honra — o doutor Marco Antônio, sério, falava enquanto lia a queixa-crime.

— O Danilo pode ser preso? — dona Inês perguntou o que todos se angustiavam em saber.

— Não é para tanto. Todavia, penso não ser possível contestar que houve injúria e difamação aqui — e fixou os olhos no obituário do motorista-barbeiro-que-estava-mais-vivo-do-que-nunca.

— Audiência preliminar em um mês e meio no Fórum Criminal... Nessa eu mesmo defendo você, como advogado. Embora esteja inativo, tenho número da ordem; amanhã vou atrás disso, tentar regularizar.

Danilo balbucia um obrigado.

— Mais perto eu explico como funcionam essas audiências. No entanto — faz um silêncio típico de quem quer causar suspense —, na ação indenizatória não poderei ajudá-lo. Já sabe o que vai fazer? Quinze dias para defesa...

— Borba acionou o advogado do Alberto, o dono do jornal, o mesmo que conseguiu colocar o Livoretto no meu nome, ele vai nos defender.

— *Omnis difinitio periculosa est* — o sogro não desiste do latim, nem num momento como esse... E, voltando a olhar o obituário mentiroso, traduz:

— Definições são sempre perigosas...

Já de volta para a casa dos fundos, nota decepção na esposa. Por isso pergunta se estava tudo bem, e então escuta:

— Claro que não, bebendo toda semana, celular desligado, batida de carro...

— Não tive culpa!

— Isso eu não sei, não estava lá. Faltou na competição de natação da Laurinha, agora essa palhaçada de ofender pessoas no jornal... Que irresponsável! E se o Borba te manda embora?! Esses processos... Você sabe o que é isso?! Que vergonha... Meu pai tentou não demonstrar, mas ficou puto com essa história dos oficiais de justiça aqui em casa, no que ele tem toda razão. Vamos gastar o dinheiro do apartamento nessas ações?

Melhor tomar banho, a sequência da conversa não parecia aconselhável, todo mundo nervoso. Às quintas, depois que Laurinha pegava no sono, era comum que o casal assistisse a um filme, mas naquela noite não havia clima. Sim, um banho, o mais demorado possível. Quando terminasse, com sorte as duas já estariam dormindo. Confere se a toalha está no banheiro — está —, entra e tranca a porta. Descalça os chinelos, tira a bermuda, a camiseta, a cueca, liga o chuveiro elétrico e aguarda por poucos segundos a água esquentar.

Agiu sem pensar.

Mentira.

53

Foi desejado e elaborado. Talvez muito desejado, mas pouco elaborado. Havia contado com a ajuda dos colegas, que o apoiaram, os comparsas. Por que ninguém avisou que daria merda? Talvez porque tenha feito quase tudo sozinho. Quando lhe entregou o nome e o endereço, Rui nem imaginava o que se passava na cabeça de Danilo. Não avisou ninguém de propósito. Um sexto sentido de que, se titubeasse, a vingança não se concretizaria. Tanto esforço para ser convencido de que não deveria publicar?! De jeito nenhum. E o tal filhinho de papai merecia uma punição, isso era claríssimo. Sim, o obituário era distorcido, mas o covarde havia abusado: desrespeitou o semáforo, danificou seu carro (o reparo foi uma grana!), colocou em risco sua vida, foi sorte ninguém ter se machucado (e se Laurinha estivesse na cadeirinha no banco de trás?! Foi exatamente ali, teria acertado em cheio), e o deixou sem carro por duas semanas! O cara não arcou com o prejuízo. Simples assim, fugiu, convicto da impunidade.

O baluarte dos barbeiros teve o que merecia. Definições são sempre perigosas — e Danilo não previu as consequências.

Não esperava uma reação, não cogitava os processos. Nem a de Borba. *O cara veio pra cima*. Estúpido. Não prestei atenção nas aulas da responsabilidade jornalística? Se é que em Sorocaba se ensinam esses troços. Ora, é quase certo que a Dita inventava quase tudo que escrevia. Danilo pensou que, nas suas matérias, pelo menos era possível incutir uma ou outra conotação lírica. É isso aí, Alberto, caí na tentação. Agora, vergonha, medo e remorso. Medo dos processos. Vergonha de Carol, da filha, dos sogros, de Dita, de Stephânia e, claro, de Borba, com seu discurso e prática afinados com o patrimônio do jornal. Binômio. Medo de perder o emprego. Agora o inventivo obituário ia acabar com a própria carreira. Mais, com sua reputação... Logo Danilo, preocupado com honra.

Pedrinho do Embuste foi rotulado para o resto da vida após um dia de fúria. Já a imagem do advogado de duas mulheres resiste impoluta, graças ao obituarista, também. Tentei roubar carrinhos de ferro e fui flagrado, vergonha, até hoje Ivan se lembra disso, mas não houve consequência grave. Tirei zero na prova de inglês e assim mesmo ganhei o Atari. Ivan nunca foi carinhoso com a avó e assim mesmo recebia um bombom a mais. Nem sempre condutas geram consequências, nem sempre se vê com clareza qual conduta pode determinar qual consequência, porque a vida é pródiga em marretadas na causa e efeito, porque nunca se sabe de que materiais os outros são feitos. A piada do Fabinho na 5ª B o obrigou a carregar o Presunto por anos. Selumba e Rosquinha não fizeram nada e assim mesmo carregaram seus apelidos.

Pena nenhuma, pena proporcional ou pena demais.

Provocar colisão automobilística com outro não exige punição? Sem dúvida. E o fujão recebeu a dele em vinte dias. Nada melhor que um anúncio funerário assinado por um obituarista em ascensão para colocá-lo em seu lugar. O lugar do medo, da vergonha, do remorso. Tudo o que o obituarista em decadência agora sentia.

Ação que gera rancor, rancor que gera vingança, vingança que exige punição. Não esperava. Um único gol contra pode comprometer um campeonato inteiro? Embora se orgulhasse dos comentários acerca dos necrológios que escrevia, no fundo tinha uma secreta e indefinida esperança de que aquele específico passasse despercebido, vingança sem sequelas. Ninguém reclamou do texto do campeão de botão, do advogado benemérito, nem de nenhum outro no qual a essência do morto foi deixada de lado porque alguma peculiaridade mais interessante, engraçada ou chamativa tomou o lugar do que importava. Licença poética. Um ou outro *e-mail* indicativo de que às vezes tenha desviado o foco, nada além. Por que esse obituário traria repercussão? Porque era uma punição ao baluarte dos barbeiros. Punição que gera nova punição ao baluarte dos obituaristas. A ignorância da lei não o escusará, Danilo, havia dito o sogro em latim, o que o apavorou mais. O seu objetivo fora alcançado, o homenageado leu o texto, se identificou (identificação é tudo!) e se enfureceu. Agora ele só se acalmará quando o objetivo dele for alcançado, prisão e indenização. O cara veio para cima, não é possível saber se sentiu medo, vergonha ou remorso, mas seu desejo de vingança era evidente.

Obituário-cagada, com repercussões em casa, na Gazeta, no fórum. Talvez devesse ter buscado testemunhas, lavrado um BO, acionado a polícia, a Justiça, enfim, exigido reparação pelos meios corretos. Pelo menos a matéria enfureceu o covarde. Ação cível, ação criminal, emprego na corda bamba, obituarista em queda livre. Mil e duzentos toques lhe custarão cem mil reais. Injúria e difamação. Queixa-crime. Mil e duzentos toques lhe custarão encarceramento. Não exageremos, o sogro havia dito, em português mesmo. O repórter que usa o jornal que lhe garante o carro sedã com kit multimídia, a festinha da filha para duzentos convidados, o futuro apartamento (teria que adiar, e Carol também se aborrecia com ele, só espero que ela também não queira se vingar), a viagem para a Disney, sim, esse jornalista que se aproveita da função para escrever mentiras, ofender pessoas e trair leitores será punido.

Mecânico-das-famílias, Benemérito-vida-dupla, Vovó-sacana, Eduardo-mau-caráter. Nada disso, o desprezível, o ardiloso, o ordinário era ele, só ele, obituarista-demolidor-de-reputações. Danilo-das-famílias? Não, Danilo-sacana-vilipendiador. Danilo-Funéreo? Também não, Danilo-maledicente. Obituarista-de-

-respeito? Muito menos, Funéreo-de-língua-viperina-e-de-pena-mergulhada-em-fel. É um carro batido sem valor de mercado.

Com o chuveiro desligado, se ensaboa.

Deveria existir proporção exata entre erro e consequência. Se não exata, ao menos equivalente. Nem insignificante, nem excessiva. Justa, enfim. Cem mil reais, detenção de três meses a um ano, demissão, rótulo de mentiroso e divórcio são fragorosamente desproporcionais à conduta. Nunca há simetria entre falha e castigo.

Aciona a torneira.

A água sai do chuveiro, passa pelo corpo, carrega sujeira e espuma que estavam nele grudadas e cai no azulejo; em seguida, a massa entre líquida e pastosa é abocanhada pelo ralo e, embora não seja possível ver, sabe que a água que continua a cair da ducha, que continua a passar pelo corpo, que continua a cair no azulejo e que é engolida pelo ralo empurra a massa cada vez mais líquida pelo cano interno, esse bolo encontra o bolo do vizinho, invade a tubulação pública e tudo ruma ao esgoto.

Previsibilidade é benção.

Seria tranquilizador saber que o motorista que causa injusta colisão vai ser condenado a indenizar o prejuízo. Como seria útil saber que o aluno que responde "presunto" à chamada vai receber um apelido que o acompanhará pelo resto da vida. Também ajudaria saber que o obituarista que se exibe em velórios com paletó e gravata vai ganhar uma etiqueta com "Doutor Funéreo" estampado. Mas, no seu caso, seria imprescindível saber que a assinatura de um obituário falso desaguaria em processos cível e criminal. Adão e Eva foram avisados da possibilidade da queda. E escolheram.

O que o angustiava quando fecha o chuveiro para jogar xampu no cabelo era justamente não ter concebido as consequências que, agora conhecidas, lhe pareciam óbvias. Quem entrou pelo cano fui eu.

O problema é que ninguém sabe, prevê ou cogita com precisão; nunca se tem plena ciência sobre o mundo de coisas que acontece entre conduta e resultado. É um mundo de coisas, meu Deus do céu! Marretadas, material desconhecido. A proximidade da faculdade definiu seu ganha-pão atual? Tomara ainda fosse... Os elogios que recebeu no banco não garantiram aquele emprego. O que trouxe o cano do vizinho? O encadeamento linear entre conduta e resultado sou eu que invento.

Se há o mundo intermediário, há outro que precede à conduta. E, como o poeta, tem vários nomes: motivo, causa, desculpa, pretexto. O tal Eduardo fugia de ladrões, os freios falharam ou qualquer situação que tenha compelido o baluarte dos barbeiros a ultrapassar o semáforo vermelho. Circunstâncias prévias que poderiam justificar, explicar ou atenuar a imprudência. Se elas existissem, e há um mundo delas, ele seria o Danilo-intolerante--equivocado. Publicou a mentira no jornal, inegável, e agora ninguém liga para seus motivos, suas causas, suas desculpas. Para Danilo não há atenuantes. Se tivesse sido avisado por alguém de que o falso obituário se esparramaria por todos os lados, como água em ralo entupido, é claro que não teria recuado.

E se fosse o exato contrário? Se, daqui a algum tempo, ele for o Danilo-demitido-condenado-divorciado, aquele texto não poderia ser considerado o estopim de realizações empolgantes? Morar em São Paulo, trabalhar com assessoria, ganhar dinheiro e dormir com várias mulheres. Sua vidinha de velórios e filmes na TV às quintas-feiras com a esposa cartorária na edícula da casa de um sogro aposentado que agora se irritava com os oficiais de justiça rondando o portão estaria lá longe...

Causar colisão num cruzamento movimentado e mentir na Gazeta são erros. Mas há motivos para um e outro, há sujeiras e até águas limpas que vêm de outras casas. Um mundo de ações e consequências, de vinganças e de perdões. Pedrinho do Embuste teve azar, o doutor Azevedo teve sorte. Se ninguém lesse obituários, nada disso estaria acontecendo; se soubessem da batida do carro e da fuga, talvez entendessem a vingança.

Espuma, sujeira e água fogem ralo abaixo, previsivelmente.

Embora sem roupa e com a ducha quente sobre a cabeça mais quente ainda, sente um aperto — não deseja morar em São Paulo, trabalhar com assessoria, ganhar dinheiro e dormir com várias mulheres. Sua vidinha de velórios e filmes na TV às quintas-feiras com a esposa cartorária na edícula da casa de um sogro aposentado que agora se irritava com os oficiais de justiça rondando o portão estava tão boa...

Burro.

Borba teria razão em demiti-lo? Não, por favor, não. Sua mãe não deveria saber, não agora, sozinha na casa dos avós. O sogro iria ajudar, um alento. Borba também deveria ajudar, não é possível. Só a suspensão já seria suficiente — já que não foi possível prever a pena, que seja ao menos proporcional. Ou na segunda-feira ouviria de dona Marlene que ele havia sido desligado do quadro de repórteres por desrespeito e afronta ao binômio verdade-confiança?

Apesar do xampu e do sabonete de boa qualidade — que não sabia se continuaria conseguindo pagar —, sentia um cheiro ruim, que não vinha do ralo, mas da cagada que fez. Reza uma ave-maria em encomenda da própria alma que ainda não desencarnou. Para passar incólume. Se sua pena fosse a mínima, não reclamaria de desproporção.

Tão-covarde-quanto-o-baluarte-dos-barbeiros.

Termina o banho e suas mais imediatas e otimistas previsões haviam se concretizado, Carol e a filha já dormiam. Laurinha, com certeza, não tem idade para simulações, mas provavelmente Carol apenas esteja fingindo, para não encarar o marido, para não conversar, para não discutir, para não acusar. Deixou para pedir o divórcio amanhã cedo. Laurinha-filha-de-um-mentiroso. Carol-decepcionada-com-razão.

Às vezes canos estouram.

Dirige-se até a cozinha, senta-se à pequena mesa, abre o *notebook* — quase sempre trabalhava quando a casa dormia, mas como está suspenso, não sabe bem por que repete o hábito. Enquanto o computador carrega, prepara o chá, separa as bolachas de maisena. Hoje seria melhor uma cerveja, um vinho, uma cachaça. Morfina. Mas, vá lá, chá com maisena.

Ao acessar o *e-mail*, surpreende-se com a mensagem:

Fiquei chateada com o que aconteceu. Se precisar de apoio, qualquer um, conte comigo. Bj.

Antes que a água quente absorvesse o sabor do sachê, responde.

Obrigado! Baita cagada. Será que ainda estou empregado? Podemos almoçar qualquer dia? Bj

Demorou mesmo entre concluir com um "bj" ou não. O "bj" no final da mensagem que recebeu de Stephânia pode ter sido despretensioso, forma com que termina todos os *e-mails* que encaminha para todas as pessoas. De todo modo, além de parecer cordial, o seu "bj" também deixava aberta qualquer porta que pudesse existir entre eles.

Continuou com os *e-mails*, apagando uns, salvando outros. Comeu as bolachas, ora secas, oras úmidas de chá. E não aguardou três minutos para saltar a resposta, Stephânia devia estar também com o *e-mail* aberto.

Sexta-feira, no restaurante em que você almoça sempre. Onze e meia?

Respondeu imediatamente: *onze e meia*.

Apagou as mensagens imediatamente.

Não estava com cabeça para obituários, reportagens etc., só para um *e-mail* específico. Deita, mas demora a pegar no sono. Sexta-feira, às onze e meia.

54

Funerais são tristes. Roupas escuras, gestos comedidos, vozes baixas, pêsames sinceros ou protocolares. No intervalo entre os olhares dos familiares cabem todos os sentimentos, perfeitamente conciliáveis: desespero e fé, dor e alívio, tristeza e saudade, raiva e amor. Há a náusea provocada pelo odor das coroas de flores e da terra úmida sobre caixão de madeira com a expectativa de vida eterna. E a constatação de que as flores vão apodrecer, as roupas pretas vão apodrecer, a madeira vai apodrecer — a natureza não para, no instransponível curso, no fim da matéria. O velório do avô foi triste, o da avó foi triste, e o do Tio Artur estava sendo triste também.

Principalmente porque Danilo não sabia se ainda trabalhava na Gazeta. Erro inacreditável, que merecia punição, mas ainda não sabia o que estava por vir. A tristeza coletiva, sem dúvida mais séria porque definitiva, nunca se equipara à dor particular, mesquinha e provisória. Ninguém precisava saber que ele tinha outros motivos para aflição além da morte do tio. Que pensassem que o seu pesar era decorrência da perda do parente. Nem comentei com a mãe do obituário falso, da suspensão, dos processos, não vou falar hoje de jeito nenhum — respeito ao defunto. Aliás, cadê ela?

Souberam de madrugada, a mãe não quis esperar, chamou um táxi naquela hora mesmo e se dirigiu para São Paulo para ajudar a irmã. Pelo visto se enrolou com outra tarefa para não estar ainda aqui... O tio era o dono da campa no Cemitério da Lapa, mas, talvez em razão da sua privilegiada condição financeira, o velório ocorria numa sala chique perto da Paulista. Flores bonitas e ar-condicionado. Do lado de fora, a casa lembrava mansões de novela da Globo. Não se paramentou como Doutor Funéreo, não porque não soubesse se ainda era o Doutor Funéreo, mas por considerar ridículo usar paletós em funerais de familiares. De todo modo, vestiu preto. Roupas tão escuras quanto o Atari que ganhou do defunto vinte anos antes. Danilo tinha motivos de sobra para o luto.

Ivan, que já vivia na Alemanha, não chegaria a tempo; o aneurisma surpreendeu a todos. Já Cristina, da última vez emotiva demais, parece ter feito eficaz dieta e se exibia mais magra, com saia comprida, camisa cinza, sóbria, quase masculina, cabelos compridos e presos. A Cris caminhava pela sala bem resolvida, séria, madura, como se a morte do pai fosse um fato corriqueiro; triste sim, mas que devia enfrentar. Não via frieza, mas compostura. Cumprimentaram-se sem manifestação de emoção — tão diferente do enterro da avó... E agora era o pai dela quem ocupava o caixão!

— Meu namorado logo chega para a benção.

Nesse instante a mãe de Danilo entra na sala, cumprimenta os presentes — aperto de mão nos homens, dois beijos no rosto das mulheres; os abraços na irmã-viúva e na sobrinha-órfã foram mais demorados —, e se aproxima do caixão, onde se instala, em pé. Mãe e filho se cumprimentam também com dois beijos e um abraço breve. Carol não pôde vir, não conseguiu dispensa do trabalho, desculpa-se o filho. Tudo bem, responde a mãe.

O Atari não estava mais na casa antiga, isso era certo. Depois da morte da avó, fizeram uma "limpa" em tudo, nem sinal do jogo. Ah, sim, encontraram baralhos de maços diferentes, tiveram, ele e a mãe, uma conversa agradável na mesa da cozinha sobre os tempos antigos enquanto juntavam cartas do mesmo maço. A tentativa de reunir as cartas não deu certo — origem e idade diferentes não se misturam —, mas foi gostoso não só lembrar o jogo de buraco quinzenal exatamente naquela mesa, mas também confirmar que, para a mãe, os momentos em família eram do mesmo modo especiais.

Agora só vinha à mente o Atari, o brinquedo de destino misterioso. Talvez tenha doado a um vizinho (mas teria se esquecido disso?), talvez tenha se quebrado e a avó, prática, o atirou no lixo (é provável que a avó o tenha jogado no lixo mesmo se estivesse funcionando — *sempre achei a vó meio sacana*), talvez tenha partido para outra dimensão como às vezes acontece com chaves, canetas e guarda-chuvas. Sem aviso. Pessoas partem sem aviso.

Por mais treinado que fosse, foi difícil imaginar o obituário do tio. Para que isso se serei demitido? Quais fatos, gestos ou características relevantes do tio Artur? Trabalhou em empresas até que montou a própria, de logística, seja lá o que isso significava, ganhava bom dinheiro. O requinte do velório não deixava dúvidas, uma mesa com pães de queijo num armário de vidro climatizado para manter a temperatura quente, duas garrafas de metal de café, xícaras à vontade, e dois tipos de suco em jarras de cristal. Esses refinamentos não chegaram a Sorocaba... Mas, profissional bem-sucedido, bom marido ou pai de dois filhos é genérico e não distingue. Porque presos ao seu pensamento estavam os finais de semana em Sorocaba, o tio com o maço de cartas na mão, valete-dama-rei, valete-dama-rei. Se a Gazeta continuar a publicar seus obituários, se Carol permanecer sua esposa, se Borba preservar seu emprego, se o salário persistir mês a mês, se puder mencionar parentes, ao tio Artur dedicaria uma única linha: foi quem me deu o Atari no Natal de 87.

Olha para a mãe e vê lágrimas. Danilo se surpreende. Choro comedido, mas também doído, isso era evidente. Fossem Cristina ou tia Marina, tudo bem, era o esperado. É que as lágrimas da mãe, para Danilo, surgiam deslocadas. Em pé a dois ou três metros do caixão, dos olhos da mãe saltavam lágrimas, nem discretas nem escandalosas — só visíveis. E tristes. Tio Artur. Marido da tia Marina. Cunhado da mãe. Sem laço sanguíneo, portanto. Sim, a morte havia sido um choque, aneurisma sem socorro. Não reconhecia olhos de ressaca na mãe, nenhuma desconfiança dessa ordem.

Mas chorava daquele jeito por quê?

Os almoços e o carteado com a mãe, os tios, Rubinho ou outro vizinho duraram mais de uma década, quase duas. Hora do buraquinho, diziam. Homens contra mulheres, quatro adultos na mesa da cozinha que, no resto da semana, era exclusiva para Danilo e seu chá. O baralho "Copag", os negros suportes de cartas com os adesivos dos quatro naipes, copas e ouro, paus e espadas, tão negros quanto o Atari e as roupas certas para um velório, as agendas de anos passados para anotar a pontuação, quase sempre de capas duras e bege, que imitavam couro, o saco de balas de leite Butter Toffees que trocava de mãos como cartas que não servem. Sem dúvida o tio Artur era o maior entusiasta, conhecia diferentes formas de embaralhar, tentavam imitá-lo, em vão — suas mãos ainda são miudinhas, dizia — valete-dama-rei. Valete-dama-rei. Mas isso é no buraco, criançada, no truco, jogo de homem, a dama vale menos, mas deixa isso para lá. Gravem valete-dama-rei e deixem a gente jogar em paz, vão assistir à televisão, vão! Algumas vezes, antes de o jogo começar, antes de as mulheres terminarem a arrumação da cozinha, ele ensinava ao sobrinho caipira o jeito certo de distribuir as cartas. Tem gente que conta um, um, um, um até completar uma rodada, mas isso é coisa de criança, dizia. O certo é contar até quarenta e quatro, onze para cada jogador. E o morto, tio? Até vinte e dois, ora, onze em cada monte. Quando era sua a vez de distribuir as cartas, o tio se ajeitava na cadeira de fórmica verde, endireitava a coluna e, antes de iniciar a distribuição, dava um suspiro, tal qual jogadores de basquete antes do lance livre. Dar as cartas era por si só solene. Quando responsável pelo "morto", não havia tanto formalismo. O protagonista dá as cartas; o coadjuvante, o morto.

Agora o morto à sua frente era outro.

O novo namorado de Cris chega, entoa uma oração, bonita a benção, falava bem o rapaz, com a sala do velório repleta de gente, a maioria desconhecida de Danilo, da mãe. Os Rodrigues viviam em São Paulo há muitos anos, fizeram a vida aqui, separada do povo de Sorocaba, unidos pelo carteado caseiro.

Os primos conhecem juntos as balas de leite (de que Danilo tem ojeriza até hoje), pipas, piões, bolas de gude — quando criança Cristina não era fresca, brincava com a gente —, bombons sonho de valsa (a mágoa de ter recebido menos bombons do que Ivan reaparece), bicicletas com rodinhas, a fratura do braço da Cris logo depois do almoço de Páscoa justo quando começou a pedalar sem rodinhas, carrinhos de ferro "Matchbox", que o motorista-barbeiro também colecionava — por culpa de quem, agora, não sabia se ainda tinha emprego ou não. Não, não podia culpar o tal filhinho de papai por isso... O tio foi tão legal naquele dia, *da próxima vez, peça antes, combinado?* No final de semana em que Ivan apareceu com a primeira medalha de ouro de judô foi um orgulho! Não se falou de outra coisa, Cristina até reclamou: e eu, e eu?! Cristina era a preferida do tio, diziam. No domingo da medalha, Ivan deve ter recebido quatro bombons sonho de valsa! Pequenos triunfos infantis que duram o tempo de uma partidinha de buraco. Depois os quebra-cabeças, os jogos de tabuleiro, o Ferrorama, o Genius, já nessa época Cris se recusava a brincar de autorama, brinquedo de meninos, dizia. Conversavam sobre as novelas das sete, com certeza as melhores, *Sassaricando, Que rei sou eu?.* E, finalmente, o Atari. Não fosse o tio, o zero na prova de inglês teria atrapalhado. Aquele *video game* era seu, só seu, e só com sua autorização os primos podiam jogá-lo. A noção incipiente de propriedade e, com ela, o poder de conceder ou negar diversão aos suplicantes súditos... Pequenos triunfos infantis duram o tempo de uma vida inteira. Depois se seguiram outros jogos, outros interesses, novelas dão lugar à música entre o final de infância e a adolescência. Os CDs eram a prova prateada da superioridade da nova geração — a juventude é arrogante. Tão modernos os CDs, humilhavam os LPs bolachões, pretos, bem pretos, completamente pretos, representantes escuros de um mundo que morria.

A benção acaba, o caixão é fechado e todos devem se dirigir ao Cemitério da Lapa. Nesse momento há dispersão, e o grupo, tão numeroso na sala de velório, com certeza será menor no cemitério.

No carro, estão apenas Danilo e sua mãe.

— Muito triste?

— Lembra a conversa que tivemos na mesa da cozinha, das cartas, dos finais de semana?

— Claro, não faz tanto tempo.

— Pois é, filho, minha geração... Minha geração está indo embora.

Num momento em que deveriam prevalecer pensamentos etéreos e diáfanos, a matéria não lhe sai da cabeça: a lataria do seu sedã preto amassada, o Atari preto, as cartas de baralho com os suportes pretos enfeitados com quatro naipes, a medalha de ouro do primo, receberia salário no final deste mês?, bombons sonho de valsa de cor lilás, discos pretos de vinil, CDs prateados, onze-vinte-e-dois-quarenta-e-quatro. Valete-dama-rei na mesa da cozinha.

A mãe não chorava pelos sobrinhos que perderam o pai, não chorava pela irmã que perdeu o marido, não chorava pelo defunto que perdeu a vida.

Chorava por ela.

Talvez a mãe tenha vivido os momentos com mais intensidade do que Danilo-criança. O luto, a vinda para Sorocaba, a irmã, o cunhado, os pais, os sobrinhos e filho; a alegria do filho pequeno em tantos natais em que ganhava presentes que ela própria não tinha condições de comprar, o baralho, o lanche de sábado à noite, os vinis com que os adultos se presenteavam uns aos outros no divertido amigo secreto de fim de ano, tudo aliviou, confortou, protegeu, estabilizou.

Já no Cemitério da Lapa, o rabecão chega com o caixão, que não é mais aberto. Acompanham o cortejo, Danilo não consegue vaga para ajudar a carregá-lo, o tio tinha dois irmãos e muitos amigos. Finalmente chegam à campa dos Rodrigues. Onde o Rodrigues original seria guardado.

Na cova, aquele vão ou buraco em que o corpo do tio seria deixado, a mãe não enxergava a gaveta ou as placas de concreto ou o cimento. Enxergava as balas de leite, as agendas de capa bege, as cartas "Copag", a *Sassaricando*, a medalha de ouro, o Atari preto, o gesso branco no braço da Cris, o valete, a dama e o rei. E o morto. Tudo enterrado no buraco negro que a consciência da cunhada ainda apreendia. A tristeza coletiva nunca se equiparaà dor particular.

Enterros são tristes, escuros, pesados.

É quando a matéria dá as cartas.

55

Enquanto Danilo abraçava a mãe no enterro do tio Artur, seu sogro vestia um terno azul-marinho risca de giz para se encaminhar ao prédio da Gazeta. Não era um encontro com o amigo que não via desde o aniversário da neta, mas uma reunião formal, com hora marcada com a secretária que se identificou como Marlene e tudo.

— Ele está arrependido, Borba.

O editor acende o cigarro e traga forte.

— De propósito, Marquinhos. Um texto malicioso que nos acarretou um processo. Cem mil reais!

— Não vai chegar a tanto...

— Tá vendo! Você que é da Justiça sabe que é causa perdida...

— Mas não acho plausível um valor tão alto.

Nesse instante Dita entra na sala e o desembargador aposentado se levanta para cumprimentá-la com três beijos no rosto.

— Queria ouvir a sua opinião.

— Sobre o quê? — Dita pergunta enquanto se senta na cadeira ao lado do doutor Marco Antônio, ambos voltados para Borba.

— Demito ou não o Danilo?

Dita fica em silêncio e esboça um sorriso.

— Não quero passar a mão na cabeça, não é do meu feitio fazer esse tipo de interferência — o desembargador começa a falar. — Mas faço questão de atestar sua honestidade.

— Desrespeitou as mais comezinhas regras do jornalismo profissional, uma barbaridade, noticiar a morte falsa de um homem!

— Não há justificativa para a conduta, Borba. Sei lá o que deu nele, mas é um moço correto — enquanto defendia o genro, o doutor Marco Antônio olhava para Dita como quem pede apoio.

— Se fosse só uma imprudência, um erro, vá lá, mas foi intencional; isso não consigo engolir. E a confiança do leitorado?

— Continua intacta — Dita finalmente intervém em favor do jovem colega. — O texto não trouxe cartas indignadas ou reação negativa. Diria até que o tal obituário passou despercebido...

— Não pelo "morto", né?

— Acontece.

Nem Borba mostra firmeza suficiente para demitir o obituarista difamador, nem seus defensores parecem convencê-lo do contrário. Borba acende mais um cigarro, se levanta da cadeira e vai à janela, ficando de costas para Marco Antônio e Dita.

— Já vai responder a dois processos...

— Será punido pela Justiça...

— Tem filha pequena...

Borba se vira e encara o amigo.

— Mas não era ele quem deveria ter pensado nisso?! A culpa é dele, não minha!

— Dá para superar essa parte com a qual estamos todos de acordo? Que inferno! A demissão seria um exagero, só isso. Passe um sabão nele, troque de seção, mande cobrir fábrica de esterco, qualquer punição, não sei como as coisas funcionam por aqui... Mas demissão...

E o desembargador aposentado, mostrando pouca intimidade em mendigar, tão mais acostumado a dar ordens, se levanta. Os dois velhos jornalistas nada fazem. Então Marco Antônio deixa a sala, mas não bate a porta, apesar de explícito o desapontamento com o insucesso da visita.

Passados alguns instantes, o suficiente para que Dita também acendesse o seu cigarro, a conversa é retomada.

— Não reclamaram da ausência dos obituários?

— Sim, vários *e-mails*.

— Então, Fernando... A coluna deu certo, sua aposta deu certo, os obituários são uma realidade, e só aconteceram porque o rapazinho tem algum talento, não é? Coloque outro para escrevê-los e a barca afunda em menos de um mês! Dê uma chance; afinal, é cria sua.

— Quem me aconselha é a Dita ou a Dora? — Borba se recosta na cadeira e, pela primeira vez na tarde, sorri. — Engraçado, né? No começo, o Danilo me aparece apalermado, tímido, exalando inexperiência... Mas os textos têm uma ironiazinha que eu não desconfiava que pudesse sair dele.

— Nem sempre o autor coincide com a produção.

— E agora ele me apronta essa...

— E o seu amigo?

— Ficou bravo, né?

— Nem se despediu...

56

Quinta-feira, às 11h37min:

Preciso desmarcar o almoço, meu tio faleceu.

Às 12h11min:

Tudo bem. Quando quiser, é só chamar. Meus sentimentos.

Na sexta-feira seguinte, chamou.

57

— Obrigado pelo apoio.

— Imagina. Como foi o enterro?

Enterros são tristes e pesados, é quando a matéria dá as cartas, Danilo quis dizer, mas apenas responde:

— Inesperado, aneurisma. Minha tia está mal. Minha mãe ficou por lá.

— Meus sentimentos, de novo.

Dividiam uma mesa quadrada para dois, colada à parede, onde Danilo almoçava quase sempre sozinho. Naquele dia, acompanhado. Acompanhado por Stephânia.

— Nem sei se ainda estou na Gazeta...

— Seu sogro passou lá, ele e Borba conversaram.

— Meu sogro?!

— De gravata e tudo... Dita disse que ele saiu nervoso da conversa.

— Ela não comentou o que o chefe vai fazer comigo?

— Nada, a Dita garantiu que o Borba não abriu o jogo nem com ela. Mas todo mundo está torcendo por você.

— Se eu for demitido, estou ferrado. E essa incerteza é foda...

Nesse instante, Stephânia desliza a mão esquerda pela parte superior da mesa e seu dedo indicador alcança a mão direita de Danilo e, por três vezes, a acaricia.

— Vamos pegar a comida?

Não era nem meio-dia, o restaurante ainda estava vazio — pouca fila, comida fresca. Levantam-se e se servem sem conversar. Na volta, Stephânia puxa assunto:

— Você disse que queria conversar sobre o Asilão...

Danilo se sente incomodado por agir como se ainda trabalhasse na Gazeta, como se aquela realidade não fosse mais a sua — agora deveria estar enviando currículos para bancos —, mas, de todo modo, a conversa precisava seguir.

— Fui ao lugar. Bem interessante.

— Você sabe que, depois que te mandei aquele *e-mail* do asilo, eu também estive lá...

— A trabalho?

— Não, meu namorado, quase "ex", na verdade, procura um lugar para a avó, fui junto. Grande, arborizado, né?

Quase "ex", na verdade.

Stephânia e o "quase ex" também foram atendidos por Kamylle Cristine, e por isso o papo ganhou tons engraçados quando imitaram a funcionária do Asilão e suas frases feitas.

— Quer assumir a reportagem?

— Não, ando ocupada com as eleições...

Então Danilo conta que, de início, quis fazer uma matéria de gaveta, grande, sobre o lugar, e que exigiria três ou quatro publicações. No entanto, depois de visitar o asilo duas ou três vezes, mudou de ideia, e agora pretendia colher a versão dos próprios homenageados para futuros obituários. Mas uma coisa não exclui a outra, retruca Stephânia, você pode fazer a reportagem e, em paralelo, continuar com as entrevistas.

Em paralelo.

Porém, à medida que conversam, de novo Danilo se sente distante da realidade das entrevistas, como se não fossem mais acontecer, como um passageiro no ônibus errado sem saber onde saltar. Melhor esperar. Melhor esperar o motorista anunciar que chegaram ao ponto final. O motorista chama-se Borba. Tudo por conta de uma merda de uma batida de carro.

Mas a colega nada percebe e continua a falar enquanto termina o suco de laranja com acerola:

— Daí, desde que você tenha aprendido a lição com esse obituário — e lança um olhar malicioso a Danilo, com um movimento característico das sobrancelhas —, você deixará de ser o senhor das últimas palavras...

Danilo absorve a ironia sem se ofender, até porque a beleza da moça exigia atenção exclusiva. Sobrancelhas insinuantes.

— A ideia é essa, coautoria, retratar a pessoa de modo mais fiel à imagem que ela própria tinha de si...

— Conte comigo para o que der e vier.

Estou contando, Stephânia, estou contando.

58

— Mais uma semana?

— Foi o que entendi.

— Mas não deu nenhuma dica?

— Nenhuma. Nem olhou na minha cara. Entrei na sala e ele já falou "Volte segunda que vem, não tomei nenhuma decisão". Não insisti. Saí e pronto.

— E os obituários?

— Sei lá, também nada.

Enquanto Carol prepara Laurinha para dormir, depois de terminarem o lanche da noite, Danilo toma a *Gazeta* que estava por ali. Nas edições de segunda os textos de Dita eram melhores, desconhecia a razão.

Queridas Dita e Dora,

Estou casada há dez anos e amo meu marido. Nunca dediquei olhos nem qualquer parte do corpo para outro homem além dele, apesar de saber que sou desejável. Mas há algum tempo, passei a desconfiar de traição — e não tive surpresa ao flagrá-lo em conversas de internet com outra. Fiz as malas. Ele chorou, pediu perdão, implorou. Ainda não saí de casa. Devo abandoná-lo sem dizer palavra ou procuro vingança com um amigo dele? Ass. Alessandra.

— Nenhuma das hipóteses.

— Mas o homem não merece uma punição?

— Merece, mas as opções da leitora punem mais a ela do que ao infiel.

— Por quê?

— A própria Alessandra nos deu a resposta, logo no início: ela ama o marido. Por isso não acredito que consiga deitar-se com outro homem sem consequências nefastas para a alma — *se a fidelidade é importante, deve manter-se firme. E deixá-lo também não seria boa alternativa, pois estaria corrigindo um erro com outro (abrir mão do amor da vida).*

— Então o safado sairá impune?

— Claro que não. Represente, Alessandra, represente. Faça uma mala de roupas — pequena — e saia de casa. Espere que ele te procure, corra atrás. Em uma semana, volte, mas ofendida ainda. Duas semanas talvez seja melhor. Faça greve de sexo, dizendo-se incapaz em razão da sujeira que ele fez. Repita a palavra "imundície", usufrua da condição de vítima. Não demonstre apenas raiva, mas principalmente dor. Não só indignação; mágoa, sobretudo. E chore sempre que possível, fingindo esconder as lágrimas dele. E depois perdoe. Perdoe sinceramente, do fundo do coração, e sejam felizes.

A Dita é foda, que saco, cheia de lições de moral.

Como Carol reagiria a uma traição? Pediria o divórcio, procuraria alguém da redação para uma vingança na mesma moeda, ou perdoaria, ainda que depois de uma indignação sincera e justificável? Sem dúvida que haveria consequências. Perdão? Duvido! Estriparia seu estômago com lentidão, cortaria fora o pinto com faca quente, lhe daria um tiro na testa? Existe um mundo inteiro entre conduta e consequência. Inteiro e desconhecido.

59

— Moça nova, Funéreo, mais ou menos a sua idade.

— *Causa mortis?*

— Câncer nos ossos.

Em regra, Amílcar já recebia Danilo na funerária com fofocas sobre os que estavam sendo velados como quem comenta o futebol da véspera. De seu lado, o obituarista não se sensibilizava mais nem com o modo da morte nem com os parentes chorosos. Por isso, naquele momento registrou apenas que uma jovem que parte deixando marido e filhos talvez pudesse render um obituário. Nada empolgante, daqueles que usava quando não encontrava nenhuma história melhor. Ridículo trabalhar sem saber-se empregado, mas seguia o hábito.

No entanto, ao descobrir o nome da finada já sente romper a indiferença forjada pela profissão. Priscila Castro Schmith. Mais ou menos, nada: exatamente a sua idade. *Quer namorar comigo? Não, não quero, não.* Ficou triste quando ouviu o "não" aos quinze e aliviado ao reencontrar a moça na faculdade. Agora, atônito.

O marido, que depois soube se chamar Bernardo, declarou ter quarenta anos — ela sempre gostou de caras mais velhos — e que Priscila havia sofrido com o câncer por dois anos, internações, coitada, ultimamente vivia à base de morfina. Recusava-se a falar que "lutava contra a doença"; achava melhor "apanhava". Nocauteada ao final. Danilo contou ter sido colega de colégio, e então Bernardo o abraça e chora. Não tinha o menor cabimento comentar sobre o pedido de namoro, claro, nem sobre Fernando Pessoa.

A esposa do Bernardo havia sido importante não só pelo "fora" traumático — talvez trauma seja exagero, frustração. Pessoa havia ficado. Leu para impressionar, acabou gostando. A miniatura que enfeitava sua mesa de trabalho às vezes lhe lembrava Priscila. Três filhos. Tiveram mais um? Na época da faculdade, eram dois. Ah, adotamos uma menininha, nosso xodó, Isabela, vem aqui! A guriazinha de cinco ou seis anos era linda, e, talvez por sugestão da ocasião, parecida com a mãe adotiva na fase da adolescência, incrível. Os outros dois estão por aí, Pietro e Enzo, com a minha irmã. Tá foda.

Foda mesmo.

Aproxima-se do caixão, vê o rosto maquiado do cadáver, e no topo uma peruca que combinava com o rosto, serviço bem-feito. Não quer nem imaginar Priscila sem cabelos. Aos quinze, loira e a mais bonita da classe; aos vinte e poucos, morena e meio gordinha; aos trinta e dois, peruca num tom castanho-claro, rosto pálido, magra de novo. Aceitaria um obituário assinado por Danilo Paiva? "*Não, não quero, não.*" E se, em vez de Bernardo, fosse Danilo com três filhos e sem esposa? E se fosse Carol deitada no caixão? Danilo não teria nenhuma condição de explicar a morte da mãe para a filha, absolutamente incapaz. Usaria quantos clichês estivessem à mão. Qualquer um, por mais imbecil que fosse. Já estamos há algum tempo por aqui e ainda não encontramos respostas convincentes. Não seria ele, um obituarista de um jornalzinho de uma cidade de interior de um país marginal, que abriria as cortinas do indecifrável. "*Que esterco metafísico meus propósitos todos!*"

Embora já houvesse pensado nisso, não acreditou que fosse sofrer quando acontecesse. Já há algum tempo escrevendo sobre gente morta, acreditou que houvesse trancado o peito contra ataques sentimentais. Mas como previsões quase nunca se concretizam, esse novo reencontro com Priscila foi como aríete em madeira podre. E o quase desempregado quase chorou também.

Mas hoje não, hoje a dor é dos outros. O sofrimento de Bernardo, oito anos mais velho do que Danilo, oito anos mais velho do que Priscila. Enquanto viverem, o tal Bernardo sempre terá oito anos mais do que Danilo, mas a distância para Priscila aumentará, que morreu aos trinta e dois. Moça nova, Funéreo, mais ou menos a sua idade. Laurinha tem quatro, Danilo, trinta e dois; diferença de vinte e oito que vem sendo mantida diariamente. Por ora. Pietro, Enzo e Isabela vão crescer. E, se os rios continuarem se encaminhando para o mar, as crianças vão ultrapassar a mãe; e chegará o dia em que terão oito anos mais que Priscila. E se lembrarão da mãe mais nova como se fosse mais velha.

Depois que Priscila se formou, o casal adotou a Belinha, ela era sócia de um escritório de advocacia, mas afastada pela doença... Foi a cunhada quem lhe deu as informações mais objetivas. Do ponto de vista isento, não seria difícil montar o obituário da quase-namorada-de-quem-nunca-chegou-nem-perto. Mas do ponto de vista nem tão isento assim, seria doído. A menina que lhe apresentou o Pessoa. Dessa vez, sem ironia no final. Mãe, advogada, esposa, jovem, deixou marido e filhos. Já tinham dois quando adotaram a xodozinha. Há casos em que ironia é ofensa. O obituário que nem sabia se publicaria ou não merecia uma citação. *"A morte chega cedo, pois breve é toda a vida."*

60

Aos leitores

A Gazeta se vê no dever de informar que não procede o obituário do senhor Eduardo Gouveia Oliveira, indevidamente publicado em nossa edição do último dia 8 de maio — e por isso pede desculpas aos leitores, em especial ao senhor Oliveira, e garante que medidas corretivas a respeito estão sendo tomadas. Em nome da verdade, que tem sido sempre prioridade deste jornal, cabe-nos dizer que o respeito objetivo aos fatos foi menosprezado pelo jornalista Danilo Paiva, que se deixou levar, no episódio, por problemas pessoais com a pessoa atingida. Jornal e repórter aqui reconhecem, de público, o erro cometido e reiteram o compromisso de conferir sempre a verdade dos fatos antes de publicá-los — medida que foi e continuará sendo a bússola de cada dia desta Gazeta. Danilo Paiva.

— Primeira página?

— Primeira página.

— Edição de domingo?

— Edição de domingo.

— O Danilo aceitou assinar?

— Óbvio! Mas fizemos a seis mãos, o Marco Antônio também ajudou.

— Só não tenho certeza da repercussão, do que esse erro estampado poderá trazer para o jornal...

— Erramos, assumimos, vamos ver o que vai dar.

— E o Alberto?

— Se quiser me demitir, demita.

Borba acendeu o cigarro de Dita e, com ânsia, também o próprio. E permaneceram os próximos dois minutos e meio em silêncio, confiando que a nicotina exercesse seu papel ansiolítico. O cigarro de Borba acabou primeiro.

61

— Ele foi legal, hein?

— Muito. Seu pai também, todo mundo... Você leu?

— Li, claro, ficou bom.

— Foi o Borba quem fez quase tudo.

— Não se meta mais em encrencas, por favor.

62

Puta lambança! Fosse outro repórter, não teria dúvidas em demitir o calhordinha. Ele, que se vangloriava de não ser capacho de ninguém, com reputação no jornalismo, que já havia passado por um divórcio, hoje editor-chefe da Gazeta Sorocabana, deu-se a si mesmo uma semana. Sim, fosse outro repórter, não teria dúvidas em demitir o patife no minuto seguinte à saída do oficial de justiça da sua sala. Suspensão era advertência de colégio. Com ele, era seriedade ou rua. E ainda teve que telefonar para o Alberto e dizer que resolveria. Para resolver mesmo, o certo era demitir Danilo. Só que não queria. Depois de uma semana, uma mais.

O perdão arranharia sua imagem diante da redação? Possivelmente. O que não quer dizer, também, que o pessoal relaxaria no trabalho — honestidade é índole, o grupo que havia montado era bom. Mas, claro, sempre havia exceções.

Princípios *versus* vontade. Quando uma intenção íntima, tão incerta e vaga que não consegue elaborar, contraria descaradamente o dever profissional, a decisão parece fácil. Mas não é.

Nem saberia dizer por que não quis demitir Danilo — vaidade, pois a coluna fez sucesso? Coluna que ele bolou. Fosse só isso, poderia assumir os obituários dali por diante e ser vaidoso em nome próprio. Ou sentimento de afeto pelo menino órfão de pai? Desde a minha separação não tenho boa relação com os meus meninos... Mera simpatia, o santo bateu? Não só a confiança do leitor fora traída com o obituário falso, mas também a própria, que contratou o moleque cru de tudo para tocar um projeto seu. Mas o mentirosinho havia se saído bem... A derrota de Danilo seria a sua? Quem sabe a vontade de não frustrar o Marco Antônio, a Dita, os colegas da redação.

Foi depois de avisar Alberto que suspeitou do que se passava. Não queria demitir o Danilo. Desde a saída do oficial de justiça passou a colher argumentos para colocar em prática a decisão que, instintivamente, já estava tomada. *Será punido pela Justiça, está dando entrada no apartamento, tem filha pequena.* Sim, circunstâncias importantes. *Erro que não gerou cartas indignadas ou reação negativa,* também. Mas a verdade é que nada, absolutamente nada disso seria suficiente para demovê-lo da decisão de atirá-lo no olho da rua se esse fosse seu desejo. Os argumentos dos outros são úteis para mascarar a real razão da permanência de Danilo: sua vontade. Fez o que quis e porque quis, mas com a aparência de que foi consequência de uma reflexão profunda, uma soma de opiniões que respeita — quando só fez aquilo que já estava decidido desde o início, embora não soubesse. A decisão contrariava os valores pelos quais pautou toda a carreira? Incontestável. Mas gostou do moleque cru desde o primeiro dia, simples assim. Nenhuma convicção resiste à vontade.

63

    Mesmo quando a demissão ainda o rondava, Danilo não se enterrou na edícula. Antes do obituário-cagada, havia planejado conhecer um pouco mais a Cidade da Melhor Idade, e, até como tentativa de imitar o avô, viu-se catapultado aos jardins do Asilão. E ali, provavelmente por se sentir um impostor (se Borba o demitisse, o que faria com as histórias que anotava?), escutava os relatos meio distraído. Nesse espaço entre a incerteza do emprego e a necessidade de se mexer, as memórias do avô voltaram com força. Porque o avô nunca deixou de se mexer.

    Vamos indo? Recém-chegado a Campinas, bem jovem, o avô perdeu os pais para a gripe espanhola — os tais bisavós italianos que ninguém conheceu. Pelo que se sabe pelos jornais da época, até que Campinas havia se defendido bem da epidemia, mas mais de duzentas pessoas não se salvaram. Quando parentes morrem, estatísticas não aliviam; ao contrário, irritam. Então o avô de Danilo era o irmão mais velho. E assumiu o papel de pai e mãe dos três mais novos, mergulhando a enxada na fazenda de café onde moraram ainda por um tempo. Até que todos mais ou menos cresceram, e o avô veio para Sorocaba, onde começou a bater cimento e a levantar paredes. É claro que, com a vida adulta, os tios-avós se dispersaram: São Paulo, Boituva, Campinas de novo. A tia Elvira vivia em Boituva, por exemplo, mas o contato se limitava a telefonemas na véspera de Natal. E o lavrador-pedreiro-faz-tudo não deixava transparecer vaidade ao contar que os irmãos foram encaminhados, como se diz até hoje de filhos bem criados.

Cuidei da minha turma, dizia de modo rústico.

Sem conhecer palavrórios ou lições de vida, chamava o neto com um *vamos indo?* antes de carregá-lo a um serviço rápido, ao armazém da esquina, ao barbeiro, à caminhada. Um homem de acordo com a vida. Chegavam ao empório e ele logo travava conversa com seu Matias sobre o buraco da rua ali na frente, e a Prefeitura que não aparece nunca?, ah, o prefeito antigo, aquele sim tinha sido bom — que Danilo, ainda criança, não conhecera —, o atual, fosse qual fosse, um *carcamano* incompetente e desonesto. Uma vez por mês acompanhava o avô à barbearia do Doriva, onde a política dava campo ao futebol, dois a zero foi pouco ontem, hein?, os jogadores que penduraram as chuteiras, ah, aqueles sim eram craques — que Danilo, ainda criança, não conhecera —, os atuais, fossem quais fossem, uns sem amor à camisa. "*Sábio é o que se contenta com o espetáculo do mundo.*" Depois voltavam para casa com as modestas metas alcançadas; e satisfeitos, o avô por ter preenchido o dia com simplezas, o neto por ter preenchido o dia com o avô.

Assim vamos indo. Menos por ideologia e mais por tendência, mesmo aposentado pintou paredes descascadas, parafusou cadeiras de perna bamba, ajustou torneiras que pingavam, cultivou a horta do quintal. O avô nunca se enterrou em lugar nenhum — como se soubesse que não há espírito que estorve um corpo dinâmico.

Por isso mesmo Danilo também não se enterrou na edícula, acabando por criar — e apreciar — a nova rotina de visitas ao Asilão.

E rotina era uma circunstância que os cidadãos da gigantesca casa de repouso conheciam bem. Mais que conformidade, reverência. Mais que obediência, exigência. Às sete e meia o café da manhã era servido no refeitório para os independentes e para os que contavam com cuidadores. É claro que os acamados usavam o "serviço de bonde", como se convencionou chamar por ali, e pelo visto a operação era eficiente, pois cada pavilhão administrava os horários e a sequência no transporte das refeições à cama, em sintonia com a cozinha central. Havia também os residentes das casas maiores que, de tão independentes, preferiam o silêncio e a solidão na primeira hora do dia.

Bebendo toda semana, celular desligado, batida de carro, faltou à competição de Laura... Conte comigo para o que der e vier.

O prefeito Haroldo André se orgulhava dos três veículos motorizados à disposição dos funcionários — semelhantes aos carrinhos de cemitérios para o transporte de caixões com defuntos —, que auxiliavam no leva e traz das marmitinhas. Um deles está quebrado, a arrecadação do bingo da próxima sexta é justamente para isso, havia dito na véspera mesmo.

Ofender pessoas no jornal. Que irresponsável. Que vergonha! Danilo não estava cuidando bem da sua turma. *Conte comigo para o que der e vier.*

Às onze e meia, almoço, com os mesmos procedimentos do desjejum, mas por volta das onze horas já era possível encontrar a maioria dos cidadãos na porta do salão-refeitório, quando comentavam sobre como aquele prefeito da década de 1960 havia sido bom e sobre como os futebolistas da época tinham verdadeiro amor à camisa. Um retorno à barbearia do Doriva. Embora o lanche da tarde não fosse tão disputado, sempre havia quem fizesse questão de um café com leite. Por fim, o jantar também contava com boa adesão, ainda que inferior à do almoço. Como o Asilão havia contratado há um ano uma nutricionista que cuidava do cardápio, queixas sobre a comida eram raras. Na verdade, a principal reclamação tinha a ver com o atraso no serviço — quando ocorria. Se alguma refeição não estivesse disponível no horário, os reclamos se disseminavam como fogo em pólvora.

Mas o espírito também tem fome. Além da capela onde aconteciam as missas às quartas e sábados às dezoito horas e aos domingos às nove, uma das salas do prédio central havia sido reformada para servir de auditório — com cerca de duzentos metros quadrados e cadeiras brancas de plástico, idênticas às do refeitório — e nela aconteciam tanto as reuniões dos espíritas às dezenove horas, toda terça, quanto os cultos evangélicos às dezenove horas de sábado, quase em concorrência com os católicos. Porém, como os horários assim permitiam, havia gente que, terminada a missa, corria para o culto, depois de ter participado também, dias antes, da reunião espírita. Como nos bingos, quem concorre com mais cartelas tem mais chance de ganhar.

Queixa-crime, injúria, difamação. Indenização de cem mil. Você sabe o que é isso?! Não sei. Ainda que soubesse, não faço ideia de como me safar. *Conte comigo. Para o que der e vier.* Vou ao bingo, apostar nas cartelas católica, espírita e evangélica, quem sabe o prêmio principal não é uma vida nova?

Numa de suas matérias, Dita havia elogiado a repetição na vida da leitora que reclamava de fazer sempre tudo igual. Ecos de momentos agradáveis compõem a vida de todo mundo mais ou menos contente com o que tem. Refeições, missas, cultos, bingos e conversas ao pé do refeitório. Hortaliças do quintal, uma torneira que pinga, a cadeira de pernas bambas, uma parede descascada, a barbearia do Doriva. A esposa que esbraveja, a colega que apoia.

E a presença do Doutor Funéreo no Asilão em dias e horários fixos acabou por se transformar também num evento, diferente dos demais. Se o motivo não foi imediatamente revelado, correu a história de que o rapaz de terno escuro estaria ali para conhecer histórias que seriam publicadas na *Gazeta Sorocabana*. O que era verdade. Por mais que soubessem que Danilo redigia obituários, os substantivos morte, necrológio, epitáfios e outros de mesmo campo semântico não foram pronunciados abertamente. Por isso, além da curiosidade, é possível que o Doutor Funéreo tenha causado também desconfiança. Ao contrário do que acontecia com parentes dos mortos que, nas entrevistas, ansiavam por ver os próprios nomes no jornal, o sucesso do Doutor Funéreo junto àqueles que efetivamente seriam homenageados — no futuro, no futuro bem distante — não foi, ao menos nesse início, parecido. Um ruído na rotina da turma. Alguém teria ficado sabendo do obituário falso?

     Pensa em Carol, pensa em Stephânia. Quem concorre com mais cartelas tem mais chance de ganhar.

64

— Regularizei o número da Ordem, vou acompanhá-lo no fórum.

— Obrigado, seu Marco Antônio!

— E a ação cível, como anda?

— O Borba disse que o advogado apresentou a defesa. Como se diz, resposta, réplica?

— Contestação.

— Isso! Já apresentou a contestação.

— Bem, no criminal ainda não haverá defesa, em quinze dias teremos a audiência preliminar, mais perto eu explico como funciona...

Anos e anos a julgar pessoas, a atestar o certo e o errado, a condenar ou inocentar. Com a carreira na área criminal, houve época em que o então juiz doutor Marco Antônio ouvia de quinze a vinte pessoas diariamente. Vítimas e réus, testemunhas e informantes. É evidente que não julgava pessoas, mas condutas; porém, é certo também que o contato com o público lhe trouxe uma perspicácia para distinguir, e com boas chances de acerto, os preponderantemente bons dos preponderantemente maus. Uma divisão simplista, sabia disso, mas tão útil quanto inevitável. Não é conceito jurídico nem aplicação da moral particular ao processo, o que seria odioso, mas uma percepção adquirida, um discernimento forjado involuntariamente ante a condução de milhares de audiências, que lhe conferiu, por exemplo, uma desconfiança diante de um corretor de imóveis com ar de malandragem, uma ponderação maior ante o desejo de adquirir um produto oferecido por um vendedor insistente, uma capacidade de se afastar da companhia de caráter duvidoso numa viagem. Exemplos, apenas.

E foi justamente esse senso que pendeu em favor do namoro da filha quando o bancário lhe foi apresentado. Era o que sonhava para Ana Carolina? Não. Um promotor de Justiça, um defensor público, um juiz federal, entre outros cargos, compunham o panteão de genros idealizados. Assim como desejava que a própria filha, um dia, se tornasse promotora, procuradora, defensora, juíza. Não aconteceu. E a filha lhe aparece com um caixa de banco que se dizia jornalista... Não empolgou.

Se bem que ele mesmo, quando propôs casamento a Inês e a seus pais, não afirmou que pretendia se tornar promotor de Justiça? E virou magistrado. Mas, se não tivesse acontecido, teria aplicado um golpe nos pais da esposa? Óbvio que não. É o dolo bom, o elogio enfático, o realce às qualidades do produto; sim, a intenção é trazer vantagem para quem anuncia, não causar prejuízo. Ao se declarar jornalista, Danilo não usou nenhum expediente fraudulento, nenhuma mentira, nenhuma vileza que pudesse enganar Carol, Inês, Marco Antônio. O jornalismo de Danilo foi sua promessa de concurso décadas atrás. Afinal, de fato o rapaz era graduado em jornalismo, só não atuava na área. Ainda. "Temos o melhor preço da região." "Sou o melhor genro que poderia aparecer." Um enaltecimento que, senão de todo verdadeiro, não causa danos a ninguém. Socialmente aceito. O desembargador via que estava diante de um bancário de origem humilde, mas reto. Trabalhar em banco durante o dia e frequentar faculdade à noite são indicativos de esforço, foi o que concluiu à época, provavelmente para afastar a decepção inicial. Conversou em tom naturalmente inquisidor, uma vez juiz criminal..., e não captou malandragem, mentira, engodo. Enxergou integridade e boa-fé. É claro que Danilo poderia ser um estelionatário de mão-cheia, porém, confiava nas próprias impressões. Por isso não criou dificuldades ao namoro — como se as supostas dificuldades teriam sido capazes de impedir a filha de namorar o rapaz...

O primeiro remorso apareceu quando souberam da gravidez. Antes do casamento! Mas resolveram, a filha e o rapaz (que, se não parecia ser estelionatário, também não perdeu tempo em deflorá-la) se casaram em tempo correto. Comentou-se, é evidente. Tanto na magistratura quanto em Sorocaba, a notícia de que "a filha do desembargador se casou grávida" não foi ignorada; não obstante, o remédio aplicado foi também certeiro e digno da mais digna tradição. Ter sabido que a iniciativa do rápido matrimônio partira do rapaz o tranquilizou e reforçou a impressão do preponderantemente bom.

Mas a "reportagem", não. Aqui era evidente o *dolus malus*. O obituário mentiroso fora escrito e publicado com intenção de prejudicar terceiro, com artifícios e recursos maliciosos.

Não se lembrava de ter feito nada parecido no passado, de ter prejudicado, na profissão, algum desafeto ou algo que o valha. Já sentiu vontade, claro; no entanto, até onde se lembra sempre agiu dentro da lei e de acordo com as provas do processo. Sim, houve aquele desgraçado que o desrespeitou numa audiência em Capão Bonito, e ele foi condenado. Tinha o que, três, quatro meses de carreira? Por aí... Condenou, sim, mas com fundamento nas provas dos autos, não em razão do desrespeito. O quanto de raiva carregou na sentença? *Vou atrás de você, seu juizinho de merda.* Adilson Clemente Silva, o Didi Meia-Noite. Ameaça e desprezo numa única frase. Não era perigoso, o *modus operandi* de Didi era invadir residências de madrugada para furtar objetos pequenos de valor — joias, relógios, dinheiro, um ou outro eletrodoméstico fácil de carregar — sem violência. Mas, quando preso em flagrante, mostrava-se ousado, desrespeitava autoridades, menoscabo e ameaças eram corriqueiros contra o delegado, o promotor, o próprio juiz titular da Comarca — soube depois. Não vale a pena processá-lo por isso, aconselhou o promotor. No fundo, "Meia-noite" não passava de um ladrãozinho com um parafuso a menos. Mas o então juiz substituto teria sido capaz de afastar a raiva ao condená-lo? Talvez não. Justamente pela carga emocional que aquele réu lhe trouxe, mesmo já longe de Capão o juiz acompanhou o resultado do recurso, e sofreu um choque ao verificar que Didi Meia-Noite foi, naquele processo específico, absolvido pelo Tribunal. Falta de provas. Não era possível! Estava mais do que convicto das robustas provas, da responsabilidade do réu, da necessidade de punição — só o condenou por ter certeza da autoria e do crime. Mas o desembargador relator asseverou que eram frágeis as provas para uma condenação. Não concordou com o Tribunal, não concorda até hoje, não, não concorda, não se convenceu de nenhum erro. Didi Meia-noite deveria ter sido condenado por ter subtraído, para si, uma torradeira e um relógio de parede, em 28 de junho de 1965, entre 00h20min e 03h40min (horário estimado), na Rua do Comércio, n. 87, Centro, Capão Bonito/SP. Entretanto, a absolvição em grau de recurso, com conclusão oposta à sua, trouxe, ao jovem juiz, dúvidas quanto à capacidade de avaliar um caso, quanto à competência profissional, quanto à vocação. Logo no comecinho da carreira, um golpe duro: a perspectiva da falibilidade.

  O certo é que, depois daquele, houve inúmeros casos em que condenou o réu (sem raiva, tranquilo e ponderado) e o Tribunal entendeu que era hipótese para absolvição, e outros, mais raros, em que decidiu pela absolvição e o Tribunal entendeu que era hipótese para condenação. Algumas vezes concordou com o Tribunal, aprendeu e se corrigiu; outras não, tem certeza de que o erro foi do Tribunal, e não dele. E, se quando juiz já havia percebido que as diversas interpretações fazem parte do jogo, ao se tornar desembargador tal conclusão só fez consolidar-se, já que em várias oportunidades reformou sentenças de juízes de primeiro grau (exatamente como os desembargadores faziam com relação às próprias sentenças e ele, com a petulância indissociável da juventude, injuriava-se com a reforma), e em tantas outras não alterou nenhum ponto das sentenças (se orgulhava quando acontecia com as próprias sentenças). É isso aí, diferenças de opiniões e interpretações são parte da vida, e não existe, ao menos aqui na Terra, um juiz supremo para dar a palavra final. Jamais saberei a verdade no caso do Didi. Para o juiz substituto, "Meia-noite" merecia a condenação; para três desembargadores, não.

O obituário difamatório incutiu dúvidas no agora aposentado juiz.

Bem pior que culpa: dolo. Dolo direto, *dolus malus*. Danilo o enganou desde o início? Ato voluntário e ofensivo, que merecia punição. Fingir ser jornalista e engravidar a filha durante o namoro não teriam sido apenas lapsos (ou condutas socialmente aceitas), mas exteriorizações do estelionatário que sempre morou no caixa de banco? Exteriorizações indisfarçáveis, mas que o pai da noiva não conseguiu interpretar corretamente. Sim, suas convicções foram abaladas pela vingança do genro estampada na *Gazeta*, comportamento com o qual arriscou o emprego, o sustento da neta, o apartamento que o casal ambicionava e, em grau último, o próprio casamento. Idiota ou mau-caráter? Intercedeu por Danilo junto a Borba para proteger a filha e a neta. Renovou o número na OAB pela filha e pela neta; também por elas seria o advogado do jornalista difamador na audiência criminal em duas semanas. Na Gazeta, o juiz supremo se chama Borba, sem outras instâncias. Por sorte (ou generosidade, ou complacência, ou bom senso — qualquer outra razão que não conseguia alcançar), Danilo fora absolvido por ali. Restavam os processos.

Preponderantemente bom? Talvez não. Ouvir pessoas de diferentes naipes por anos a fio não lhe garantiu absoluta precisão na avaliação de caráter. O obituário falso foi uma sentença reformada — mas o doutor Marco Antônio não sabe ainda se concordou com o Tribunal ou não.

65

— Bem-vindo, difamador!

— Caluniador!

— Réu confesso!

— Barrigada das feias, hein?!

Enquanto sofria as justíssimas gozações, Danilo se lembra do primeiro encontro com os colegas, da acolhida de Dita, das apresentações, do cuidado para não falar bobagens, para não mostrar inexperiência. Era então um caixa de banco numa reunião de jornalistas. De lá para cá, algumas mudanças: Rui havia engatado um namoro com uma mulher dois anos mais velha; desde a saída do Tavares — durou pouco, o Tavares —Paulinho passou a acumular a diagramação. A Marina saiu por que mesmo? Ah, sim, foi trabalhar em São Paulo, publicidade, fez um ano já. Se Camila vinha pouco, sobretudo depois que se casou, a nova estagiária, Bebel, não faltava a nenhum encontro e naquela noite mostrava empolgação ao falar de um novo filme.

— Cadê o Zé Carlos?

— Deve estar chegando, na última hora o Borba o chamou.

E aquele barzinho também já era o terceiro ou quarto desde o primeiro *happy hour*. Os outros faliram. Zé Carlos dizia que a mentalidade do "sorocabento" não deixava o comércio da cidade crescer. Ele falava do empresário daqui ou dos consumidores? Provavelmente de ambos — e Danilo pensava que sua função, preservada graças à generosidade de Borba, talvez de fato exigisse algum talento para encontrar fatos notáveis entre os nativos — afinal, somos todos sorocabentos.

E nada de Stephânia chegar.

Danilo riu das gozações, petiscou, bebeu dois chopes, em secreta comemoração por integrar, legitimamente, uma reunião de jornalistas.

— Zé Carlos não vem — anunciou Rui, sério, olhando para a tela do celular.

— O que houve?

Então ele exibe o celular com a mensagem.

O Borba me de-mi-tiu! Filho da puta. Assim, sem mais nem menos

— Liga para ele, Rui — Dita sugere.

Ele se afasta e volta em três minutos, todos aguardando as notícias.

— O Zé disse que a conversa foi rápida, o chefe foi curto e grosso, não estava satisfeito com o trabalho, que podia pegar as coisas e ir embora; teria dito alguma coisa sobre os anúncios não estarem a contento.

Stephânia chegou nesse momento, com o clima pesado pela demissão do colega e com o receio de Rui de que, cedo ou tarde, essa suposta falta de anúncios os atingisse também. Por isso, o *happy hour* acabou mais cedo, e quase ninguém prestou atenção quando Stephânia revelou que havia rompido em definitivo com o namorado. Só Danilo.

66

O doutor Marco Antônio conduzia o carro e perguntou ao genro se ele seria capaz de reconhecer o tal homem que havia causado a colisão, pois poderia tentar um acordo no corredor mesmo. Mas Danilo respondeu que não viu o rosto do outro motorista, ele fugiu sem sair do carro. Usava barba, só isso.

— Nem pela internet?

— Não encontrei nenhuma foto.

Pararam o carro no estacionamento a um quarteirão e meio do fórum. Bem que o sogro poderia ter tentado uma vaga no prédio, era desembargador ou não era?, mas quando Danilo lhe sugere isso, o doutor Marco Antônio retruca, em tom ressentido, que aposentado não tinha vez.

Sim, havia prestado atenção às explicações do agora advogado, e, mesmo sem entender perfeitamente o que significavam ação pública, ação privada, queixa-crime, querelante, querelado, expressões que logo escapariam da memória, assimilou que, se quisesse ter algum êxito na audiência, deveria demonstrar arrependimento.

— De toda sorte, se não houver nem composição nem transação, o processo prosseguirá. Não se preocupe, é só a audiência preliminar.

Prédio novo, o fórum. Cinza, totalmente cinza por fora, como a maioria dos fóruns novos, comentou o desembargador. Por dentro, branco hospital. Foram barrados no detector de metais. Entraram depois de abandonarem no interior de uma caixa plástica chaves, celular, relógio de pulso. O sogro havia exibido uma identificação de couro vermelho, novíssima. Da Ordem, comentou. Segunda Vara Criminal, por favor. Sigam reto até o final, elevadores à esquerda, quarto andar. Durante o trajeto, o sogro, que estava ali para protegê-lo das garras da Justiça, lamentou não reconhecer o prédio, não reconhecer funcionários, não reconhecer advogados. Ninguém o reconheceu também.

Sala 415. Sala de audiências da Segunda Vara Criminal da Comarca de Sorocaba. No corredor havia advogados e clientes, facilmente distinguíveis entre quem vestia terno e quem não vestia. Doutores e réus. Na ação de retificação de nome, fui autor; aqui, sou réu. Deveria ter vindo de terno também, o sogro o orientou a não fazer, roupa normal, Danilo, você é parte. Por isso se caracterizou, de novo, como caixa de banco.

— Só aguardar. Chamarei pelo nome, ainda é cedo — informou o rapaz da mesinha na frente da porta da sala logo após o doutor Marco Antônio entregar os documentos dos dois.

Olhou em volta e não viu ninguém que pudesse reconhecer como o outro motorista. Se bem que poderia estar lá, misturado entre advogados e partes; procurava alguém de barba, mas quem garantia que o fulano ainda a usava? Sentaram-se num banco de fórmica branca a uns dez metros da porta da sala.

— E se o outro não aparecer?

— O processo é arquivado na hora. Seria muita sorte, não acredite nisso.

Homem de pouca fé. Pois Danilo passa a acreditar exatamente nisso. Muito. Rezou uma ave-maria — mentalmente, nem o sogro percebeu. Mostrar arrependimento, claro. Falta menos de meia hora.

Acompanha anestesiado o pregão dos nomes, pessoas que entram e saem não só da sala 415 como das outras no mesmo corredor, atento de verdade a cada nova leva de rostos que os dois elevadores vomitavam no *hall* de espera, de três em três minutos. Nenhuma barba. Ou melhor, não aquela que gravou no dia da colisão. Baita cagada. Quase perdi o emprego. O Borba perdoou. Muita sorte, muita sorte. Vou pedir desculpas, e o cara vai me desculpar também. Zé Carlos, por muito menos, não está mais na Gazeta. Porém, se ele não aparecer hoje, estarei livre. E sem pedir desculpas. *Não acredite nisso.* A demissão do Zé Carlos, sem recurso, deixou todos ressabiados. E por motivos desconhecidos! O Borba não deu explicações a ninguém — portanto, não dá para saber se foi por muito menos ou por muito mais. Este banco é desconfortável. Foi insensível com o colega? Telefonou para ele, apoio protocolar, deve ter sido até simpático, mas concretamente inútil; especularam as razões, ou a ausência delas, mas só. Zé Carlos não deve ter pedido desculpas. Essa audiência que vai começar em quinze minutos... Acabei deixando de lado a história do Zé. Visitou funerárias, redigiu obituários, tentou se entrosar no Asilão — no seu radar, os seus problemas. Apesar de o sogro ter transmitido tranquilidade, o processo criminal embaçava o entorno. Teria Borba cometido uma injustiça? Sobretudo quando o demitido deveria ter sido ele, o difamador. Esperavam a sua demissão, não a de Zé. Mas pedi desculpas na primeira página, como vou fazer daqui a pouco na frente do juiz. Emprego assegurado, isso importava. Agora o foco é no processo criminal. As portas do elevador se abrem, pessoas saem, pessoas entram, tornam a fechar, três minutos para abrir de novo. A minha ansiedade entra e sai dos elevadores. Calor aqui, tomara que tenha ar-condicionado na sala. Será que existe mesmo o banco dos réus? Deve ser mais desconfortável que este aqui... Se o outro faltar, o processo é arquivado. Na hora. Ponto para mim, a vida continua calma e tranquila. Também não é assim... O processo cível demora mais, disseram; logo, logo estarei de novo numa audiência... Elevadores funcionando, melhor que subir de escada. *As minhas ansiedades sobem e descem nos elevadores*, não é bem isso, Pessoa não andava de elevador, acho. O foco é hoje, a audiência preliminar é o trecho bem à sua frente. Preliminar ao resto da vida. Vão chamar pelo nome. Cadê o barbudo que não chega? *Processo arquivado*. Sou um réu de muita sorte. E profundamente arrependido.

— Danilo Livoretto Paiva. Eduardo Gouveia Oliveira.

Apenas Danilo e o sogro se levantam, apenas Danilo sente um estranhamento ao ouvir o Livoretto entre nomes, apenas Danilo e o sogro se dirigem à mesa do apregoador. Mais ninguém. Nenhum homem com barba, nenhum advogado. O rapaz insiste, mais alto:

— Eduardo Gouveia Oliveira.

Nada.

— Podem entrar, vocês se sentam do lado direito do promotor, por aqui, por favor.

Entram e cumprimentam com um "boa-tarde" o homem de barba, cara séria, terno e gravata, que está numa mesa perpendicular àquela onde ele e o sogro se ajeitam. Barba, o promotor tem barba. Sente um fugaz ataque de pânico. Menos de dois segundos, mas forte o bastante para causar desmaio. Cadê o juiz? Um juiz seria melhor. Se fosse conhecido do sogro, melhor ainda. Mas era um promotor, que não conhecia o doutor Marco Antônio. É comum o promotor conduzir essas audiências, o sogro disse ainda na espera. Mas o homem ali na frente usava barba! Sou um réu de muito azar. Só faltava o seu nome ser Eduardo, aí saio algemado.

— Cadê o querelante? — pergunta o presidente da audiência ao apregoador enquanto consulta um papel, provavelmente com os nomes dos envolvidos no processo.

— Não chegou, vou chamar de novo — e sai.

Não, não precisa, quer berrar, mas se contém, refeito do susto. Era só o promotor, o que conduziria a audiência se o outro aparecesse. *Se o cara* não aparecer, o processo é arquivado na hora, se o cara não aparecer, o processo é arquivado na hora... Está tremendo. Mas e se o outro aparecer, usando barba, e o promotor tomar partido, só porque ambos usam barba? Identificação é tudo, Danilo, diria Borba.

— Injúria, difamação... Imprensa, né?

O doutor Marco Antônio, sem se identificar como desembargador aposentado, sem nem mesmo se apresentar, anui com as perguntas que o promotor fez apenas para passar o tempo, confirmando o que já devia constar na tela do computador à sua frente. Passam-se duas ou três horas (no máximo, dois minutos), todos em silêncio, Danilo transita do pânico à euforia, *processo arquivado*. Hoje levo a Carol para comer pizza, estamos merecendo, a Laurinha não terá um pai criminoso, vou beijar tanto a Laurinha quando chegar em casa...

Batidas na porta. Que em seguida é lentamente aberta. Então o rosto do apregoador aparece e ele anuncia "chegaram, estavam no andar errado".

Não acredite nisso.

Primeiro entra um homem de terno e gravata, decerto o advogado.

Depois é a vez do motorista, sem barba, sem barba.

— Metal?!

— Edu?!

67

— O que faz aqui?!

— Estou sendo processado... por você!

— Mas... você não é caixa de banco?

O advogado do ex-colega pergunta se eram amigos.

— Conheço só de apelido...

Em silêncio, Eduardo e seu advogado se ajeitam nas cadeiras do outro lado da mesa.

Os ex-colegas de classe se examinam. Edu tirou a barba. O Metal cortou mesmo o cabelo. Como não o reconheci no dia do acidente? Como um caixa de banco começa a escrever num jornal? Nem depois que o Rui me deu nome e sobrenome, que burro! Cadê a camiseta preta? Quando nos vimos no banco, nem reparei no sobrenome. O tal jornalista não se chamava Danilo? Se quisesse terminar bem a audiência, deveria mostrar arrependimento. O aluno novo que gostava de *rock* pesado pegou pesado na matéria de jornal. Conheci o filhinho-de-papai anos atrás, não o achava filhinho de papai. Pouco conheço o caixa-de-banco — só pelo apelido. Pedir desculpas? Sinto muito.

— Há chance de composição civil? — o promotor dá início à audiência.

— Se o querelado indenizar meu cliente em cem mil, desistimos desta e da outra ação — o advogado de Edu apresenta uma proposta.

Danilo não sabia que era possível discutir valores no processo criminal.

— Três mil — o sogro faz a contraproposta como quem retribui um soco.

— Absurdo!

— Sua proposta, idem...

— Calma, doutores... — o promotor intervém.

Sem pedir licença, Eduardo pergunta:

— Por que publicou aquelas mentiras?

— Você fugiu depois de bater no meu carro!

Aquele que usou camisetas de *heavy metal* aos catorze por influência do primo, que vestiu roupas sociais para o trabalho no banco e que de uns tempos para cá veste paletó em velórios é o mesmo que, intencionalmente, escreveu um obituário falso com termos pejorativos. E o outro, que usou camisetas pretas de *heavy metal* aos catorze por influência do colega de classe, que cursou administração de empresas e até hoje trabalha nas lojas do pai é o mesmo que, imprudentemente, provocou uma colisão e não quis assumir.

— Há possibilidade de o querelante diminuir a pedida ou do querelado aumentar a oferta? — insiste o promotor.

Após um instante de silêncio, o sogro toma iniciativa:

— Cinco mil, mais uma retratação formal.

— Oitenta mil, além do registro do pedido de desculpas no termo da audiência.

O sogro balança a cabeça negativamente, o impasse permanece.

— Você sabe por que não desci do carro? — de novo Eduardo falava diretamente com Danilo. — Corria para buscar meu filho na casa da minha ex, ele havia quebrado a perna com uma bicicleta, precisava levá-lo ao hospital.

— Um minuto para trocar telefones não iria matar...

— Senhores, essa discussão não vai levar a nada — adverte o presidente da audiência. — Sejamos objetivos.

Uma justificativa. Verdade ou mentira, uma justificativa. Se Danilo não tivesse falado nada, se o promotor não tivesse interferido, talvez Edu concluísse com um pedido de desculpas por ter fugido. Talvez. Não dá para ter certeza. Mas o pedido de desculpas de Edu que não aconteceu seria a deixa perfeita para Danilo também se retratar, mostrar arrependimento, quem sabe até aumentar a oferta para dez mil, pô, precisava levar o filho ao hospital. Edu aceitaria, sairiam dali quase satisfeitos, quase sem rusgas.

Entretanto, não foi o que aconteceu.

Porque, em voz baixa, o advogado de Edu pergunta ao cliente qual seria o limite para que a negociação continuasse, ao que Edu, em voz mais baixa ainda, parece ter respondido *era um reles caixa de banco, só exijo retratação*.

O que foi que ele disse?

Pode ter sido *quero preto no branco, só não peço perdão*?

Repita, por favor, não ouvi!

Se Danilo não entendeu, o advogado de Edu, aparentemente, sim:

— Sessenta mil, mais a retratação.

— Doze mil — o sogro respondeu.

— Cinquenta é o nosso limite.

Eu nem sabia que seu nome era Eliseu. Isso Edu falou, anos atrás.

Conheço só de apelido. Isso também, minutos atrás.

Um reles caixa de banco, um reles caixa de banco, um reles caixa de banco. Não sei se ele falou isso, não sei.

E foi precisamente o que Danilo não escutou que lhe trouxe uma íntima certeza de que Edu era mesmo folgado-filhinho-de--papai. Como registrado no obituário. Verdadeiro obituário.

— Não vou pedir desculpas! E meu nome é Danilo!

O sogro olha para o genro, entre surpreso e desanimado, mas não fala nada. Danilo não retribui o olhar — questão decidida.

— Então, então... — agora a voz de Edu era perfeitamente audível. — Quero a sentença!

O promotor de Justiça interveio de novo, exigindo urbanidade, calma e respeito. Em seguida, declarou encerrada a fase de composição — nas suas palavras, evidentemente infrutífera — e indagou ao advogado de Edu, de um modo que mais parecia uma afirmação do que uma pergunta, se não haveria, por parte do querelante, uma proposta de transação penal.

— Nenhuma chance, Excelência — respondeu firme e calmo. — Meu cliente quer que o processo prossiga.

O promotor se volta ao doutor Marco Antônio e pergunta:

— O seu cliente aceitaria pagar vinte cestas básicas no valor de R$ 100,00 cada uma, como forma de extinção do processo? Só advertindo que, caso aceite, estará impedido de nova transação penal pelos próximos cinco anos.

— Excelência! Ação penal privada! O querelante é o titular, não aceitamos a transação! — protesta o advogado de Edu.

— Enunciado 112 do Fonaje. O Ministério Público tem legitimidade para a proposta de transação quando o querelante injustificadamente não o faz...

— Vou recorrer, é inadmissível!

Apesar de Danilo não compreender algumas das expressões, era nítido que o rumo do debate o favorecia.

— Então, doutor, o querelado aceita?

— Aceita, Excelência — responde o doutor Marco Antônio sem sequer consultar Danilo.

Em seguida, o promotor estende uma folha de papel plastificada, como um cardápio de restaurantes de praça de alimentação de *shopping*, onde constava uma lista de quinze ou vinte instituições localizadas em Sorocaba. Cabia a Danilo escolher uma, para onde seriam encaminhadas as cestas básicas. Bate o olho e lê, na linha cinco ou seis, "Cidade da Melhor Idade", e diz para o sogro que poderia ser qualquer uma, menos aquela. Não poderia continuar a frequentar o lugar se Haroldo André soubesse de seus problemas com a Justiça. O doutor Marco Antônio devolve a relação ao promotor, indicando uma instituição católica ou espírita cujo nome sugeria o amparo a crianças sem pais. Danilo se sentiu satisfeito com a opção, ajudaria alguns dos seus.

O promotor, massageando a barba, dita em voz baixa o resumo dos atos da audiência ao funcionário na mesa ao lado. Logo o papel seria cuspido pela impressora, todos assinariam, seriam dispensados e Danilo ficaria livre do processo, pelo menos era o que parecia.

Aguardavam.

Lembrava-se de Edu na escola nova, só isso; não foram próximos nem enquanto compartilhavam a mesma sala de aula. Quando se reencontraram na agência, Edu, na verdade, não reconheceu o Danilo Paiva, mas o Metal. *Nem sabia que seu nome era Eliseu...* — equívoco que emputeceu o então caixa de banco. *Reles*. Se bem que Danilo, mesmo em poder do nome e do sobrenome do motorista barbeiro, também não chegou nem perto de associá-lo ao ex-colega...

Pensando bem, o Metal da oitava série foi quase uma fraude, uma imitação mal-acabada do primo mais velho (pois pouco conhecia as bandas que estampava no peito ou nas costas) — quase nenhuma correspondência com o garoto absolutamente inseguro na escola estranha. Tanto que, quando voltou à escola antiga, cortou o cabelo e nunca mais usou as tais camisetas pretas. Ser conhecido como Metal — que viveu por nove ou dez meses, se tanto — é praticamente um mal-entendido.

Sabia que, graças a você, gosto de heavy metal *até hoje?*

A imagem supostamente madura do primo mais velho influenciou Danilo; e a imagem supostamente madura do Metal influenciou Eduardo. Provavelmente o primo também imitava alguém... Afinal, eram adolescentes imaturos que copiavam essa e aquela característica por incapacidade de distinguirem imagem de conteúdo ou por intenção de disfarçarem o conteúdo pela imagem.

Danilo desconfia de que, há instantes, pode ter acontecido de novo. Um mal-entendido.

Pois o que ele não ouviu (mas achou que ouviu), o que Edu talvez não tenha falado (mas Danilo achou que falou) foi decisivo para negar firmemente qualquer pedido de desculpas. A imagem do filhinho de papai se consolidou após a frase não ouvida; e talvez essa imagem não corresponda ao conteúdo. De novo Edu se deixou influenciar por Danilo: ao escutar *não vou pedir desculpas*, exigiu a sentença.

Entre equívocos que parecem certezas e entre certezas que parecem equívocos, entre imagens que parecem essências ou entre essências que parecem imagens, umas influenciando outras, tomam-se decisões que determinam o que vai acontecer dali em diante — e contradizem quem pensamos que somos ou reforçam quem pensamos que não somos. Ou o contrário. E, querendo ou não, sempre nos constituem.

— Cestas básicas?! Vai ficar por isso mesmo?! — indignou-se Edu, olhando para o próprio advogado, para o doutor Marco

Antônio, para o funcionário que digitava, para o promotor, buscando uma reviravolta, certamente afetado pelo que considerava uma injustiça. E então se volta para Danilo:

— Você não tinha o direito de mentir no jornal.

— Você não tinha o direito de fugir do acidente.

— Senhores, por favor! Cada um assine no campo específico e, em seguida, todos estão dispensados.

— Não vamos assinar, Excelência, não concordamos com isso.

— O prazo para recurso tem início amanhã, doutor. Como o senhor deve saber, a assinatura não significa anuência, mas presença. Constei no termo rigorosamente o que aconteceu, inclusive que o querelante se recusou a formular transação. Agora, a recusa em assinar apenas me dará o trabalho de certificá-la nos autos. O senhor acha necessário?

Assinaram.

Em seguida, os quatro deixam a sala em silêncio e se posicionam na frente dos elevadores.

— Vou te pegar na ação de indenização.

— Vou pagar meia dúzia de cestas básicas.

O que de manhã parecia improvável aconteceu: processo criminal morto e enterrado. Assim como pareciam estar mortos e enterrados o Edu e o Metal de vinte anos antes. Em seus lugares, Danilo Livoretto Paiva e Eduardo Gouveia de Oliveira, ofensas e processos, ressentimentos e apreensões.

— Palhaço!

— Imbecil!

O sogro segura Danilo, enquanto o outro advogado puxa Eduardo. Por pouco não nascia um novo processo criminal — lesões corporais. Era nítido que Metal e Edu não estavam tão mortos assim, estavam ali de novo os dois garotos imaturos.

O doutor Marco Antônio sugeriu que Edu e seu advogado entrassem no elevador primeiro; Danilo e o sogro iriam no seguinte, que levaria três minutos para chegar.

68

Já no carro, Danilo está ansioso para contar a Carol o desfecho da audiência. Por isso, no banco do passageiro do carro do sogro, telefona para a esposa e propõe, animado, um jantar: eu, você, Laura. E a esposa responde que estava enrolada no trabalho — feliz com a notícia, claro, que bom... Mas era melhor deixar a comemoração para quando fosse resolvido o processo cível, aquele sim tinha tudo para trazer um prejuízo de verdade.

A ligação é encerrada.

Por sorte o doutor Marco Antônio trouxe de volta o assunto da audiência:

— Por que você reagiu daquele jeito na hora que tentávamos o acordo?

— Pensei ter ouvido o Eduardo falar alguma coisa para o advogado...

— E o que ele disse?

— Algum comentário sobre eu ser caixa de banco, sei lá...

— Sinceramente, não ouvi... Fato é que, depois que disse que não pediria desculpas, o acordo desandou...

Danilo não responde, envergonhado pelo que havia acontecido, mas o sogro o tranquilizou:

— Audiências são assim, uma palavra mal colocada, uma irritação, um gesto podem fazer virar o fio... De todo modo, ao final tivemos muita sorte.

— Sorte?

— Essa história de proposta de transação pelo promotor não é consenso no mundo jurídico...

Então o sogro explica que no Direito sempre existe mais de uma interpretação para cada assunto. São as correntes e subcorrentes doutrinárias ou jurisprudenciais, que em resumo são linhas de pensamento. E o que importava para eles era que no microcosmo jurídico de Sorocaba estava assentado que o promotor de Justiça, até em ações privadas, tinha iniciativa para a proposta de transação penal.

— Mas eles falaram que vão recorrer, né?

— Não haverá problema. O recurso será julgado aqui mesmo. Se o Colégio Recursal de Sorocaba não tivesse esse entendimento, com certeza o promotor não faria a proposta. Acabou, Danilo, não se preocupe mais.

— E a história da perna quebrada?

— Ele tinha que dar alguma desculpa... Correr com o filho no hospital é um clássico.

Enquanto Danilo agradece a ajuda do sogro, o seu celular vibra. Deve ser Carol, deve ter se desvencilhado do trabalho, iriam comemorar sim, não poderia passar em branco.

Como foi? Mande notícias.

Era Stephânia. A que havia rompido com o namorado em definitivo.

Acabou! Processo arquivado. Só vou pagar cestas básicas. ARQUIVADO! Muito feliz.

— É o pessoal do trabalho — justifica-se.

Que notícia maravilhosa, Dan! Estava preocupada. Você vem para a redação?

Não tinha planejado trabalhar naquele dia. Não iria nem à redação, nem a funerárias, até porque não sabia quanto tempo iria durar a tal audiência. E depois que acabou, a ideia era comemorar com a esposa, com a filha, mas Carol estava enrolada no trabalho. Até parece...

— O senhor pode me deixar no centro? Preciso dar um pulo na Gazeta...

69

Já passava das quatro e meia quando o sogro o largou a dois quarteirões da redação, deve estar quase quarenta graus. Danilo entra na lanchonete e pede um bauru. Uma cerveja também — bebida que nos últimos tempos havia se tornado tão ou mais saborosa do que chá de hortelã, sobretudo naquele calor asfixiante. Deliciosa... Uma garrafa inteira não seria demais? Nem almoçou direito...

Quando o bauru chegou, depois de três minutos, Danilo já estava no segundo copo.

Antes da audiência, o futuro o ameaçava: algemas, grades, a quase demissão depois do obituário falso, ainda tinha a indenização, como Carol, estraga-prazeres, fez questão de lembrar. A mistura disso tudo lhe inspirou arrependimento. E era sincero! No entanto, quando percebeu que Edu não assumiria nenhuma parcela de culpa, o ódio do dia da batida voltou com força, soterrando os receios e embaralhando o remorso. Não sabe ao certo em qual momento deixou de se sentir acuado e decidiu atacar. Teria sido depois da incompreensível conversa entre Edu e seu advogado? Ou a decisão nasceu no exato instante em que reconheceu o tal Eduardo? Aquele que, anos antes, o chamou de Eliseu.

No terceiro copo — já estou começando a entrar no grau! — percebe que talvez o seu incômodo, naquele dia na agência, não fosse tão justificável assim. Pô, era o Metal na escola nova... Nada mais natural do que algumas pessoas não saberem seu nome. O próprio Danilo só sabia que Selumba, Rosquinha, Presunto se chamavam Fábio porque estava lá quando os apelidos surgiram. Edu teria sido realmente altivo ou arrogante ou fui eu quem se sentiu humilhado por perceber o amigo em melhor posição? O obituário falso acabou sendo uma desforra inconsciente de um reles, ressentido e vaidoso caixa de banco.

Mas agora nenhuma dessas bobagens importava.

Acabou, não se preocupe mais.

Deleita-se com a cerveja, com o bauru, com o murmúrio das conversas na lanchonete, até a banqueta agora lhe parece tão confortável... Como se, no futebol de salão da escola, a 8ª A tivesse goleado a 8ª B — com três gols seus! Sim, uma vitória sobre o ex-colega. Vai ficar por isso mesmo? Ficou, meu caro Edu, ficou por isso mesmo.

Apenas um leve azedume, que não vinha nem do bauru nem da cerveja, atrapalhava seu deleite.

Bater no carro e fugir é errado. Muito errado. Ponto final. Mas até então não sabia da tal perna quebrada do filho. Essa circunstância atenuava sua responsabilidade, certo? *Ele tinha que dar alguma desculpa.* Em vez de pedir desculpas, Edu inventou uma desculpa, para falar na frente do promotor, para sair bem dessa história toda, para deixar o jornalista em maus lençóis. Levar o filho ao hospital: clássica desculpa de motoristas com pressa.

Porém, como quem dá três passos para o lado e só então enxerga o que está escondido atrás da árvore, Danilo vislumbra uma perspectiva diferente sobre o fato que até então se mostrava tão claro. Existem diversas correntes e subcorrentes, diria o sogro. E se os três passos fossem para a direção oposta?

Quando publicou a matéria que chacoalhou sua vida, Danilo retratou Eduardo como quis, sem se dar conta de que para cada imagem há trezentos e sessenta ângulos diferentes. *Duas vidas.* Deveria já saber disso. *Esse Danilo Paiva não sabe de nada*... Ou melhor, sabia, mas se comportava como se não soubesse... Boa desculpa. Não sabia: a clássica desculpa de obituaristas com pressa. Quando publicou a matéria que chacoalhou sua vida sabia exatamente o que estava fazendo. Enxergar é intencional. Ofender, também.

Como de manhã quis pedir desculpas e na hora de fazer, não fez, agora não queria beber toda a cerveja e na hora de não beber, bebeu.

Foda-se, comemorava!

Era o Doutor Funéreo-goleador.

A arrogante imagem de Edu balançava, o que de fato aconteceu no dia da colisão balançava, a correlação entre vida real e obituários balançava, a sua integridade balançava, como balançam os fatos sob a luz de correntes e subcorrentes, que, bem interpretados ou não, bem percebidos ou não, inexoravelmente acontecem, trazendo medo ou esperança, dor ou deleite. " *O que penso eu do mundo? Sei lá o que penso do mundo!*"

Consequência do mais de meio litro da cerveja ou não, teme que também poderia balançar se se levantasse rápido demais; por isso se apoia no balcão e, com cuidado, se ergue. Mas a tontura espiritual não se refletiu no corpo, conseguindo chegar ao caixa com facilidade.

Pega dois chicletes para disfarçar o hálito de cerveja — Stephânia estava na redação —, abre a carteira, colhe uma nota de vinte, paga, recebe o troco e agradece.

Saiu barato.

70

Ao desligar, Carol sabia que havia aborrecido o marido.

Mas o que era uma pequena contrariedade para ele em face das decepções que vinha trazendo? Baita irresponsabilidade a coluna mentirosa. Foi grave. Bem grave. Arriscou o emprego, o dinheiro para a Disney, para o apartamento, a própria liberdade... Muita burrice. O que ele achou?! Que não aconteceria nada, que o homem que ele xingou publicamente não o procuraria? Arriscou perder a família também, por que não? Danilo andava diferente... Não aprovava as saídas dele toda quarta-feira, não era mais solteiro, puxa vida. Mas tudo bem, talvez fosse bom, ele era meio desenturmado. Então tolerava os encontros com o pessoal do trabalho. Se bem que beber toda semana não dava mais, precisavam conversar e não era de hoje. E a mentira no jornal foi demais...

Paciência. A reprovação nos concursos e o rompimento com Fábio lhe ensinaram que nem sempre o futuro idealizado se concretiza. Sim, desejou o cargo de juíza federal. Desde sempre. As conversas em casa, seu pai, as boas notas na faculdade, os elogios recebidos dos chefes nos estágios: seria o caminho natural. Mas não. Não foi fácil nem difícil, não conseguiu. Três reprovações até chegar o emprego no cartório. Nada empolgante, nenhum "uau!", mas foi o que apareceu e agora estava satisfeita por ali. Permanecia em Sorocaba sem sustos, no terreno seguro, onde sempre quis, perto dos pais, dos amigos que também não realizaram os sonhos que anunciavam na época da faculdade.

Quanto a Fábio, sofreu mais. Apaixonou-se como nos romances, por isso foi tão bom conhecer a história de Dita, uma mulher tão inteligente! Danilo não sabe que Fábio foi importante — a noite em que se conheceram, na lanchonete, tinha sido a primeira em que saía de casa em semanas, e então apareceu o moço tímido de olhos azuis e de conversa razoável. Em pouco tempo estava apaixonada por ele também. E, ao contrário de Fábio, Danilo parecia ter caráter, talvez em razão de ter perdido o pai na infância, sabe-se lá... Foi essa impressão que lhe trouxe segurança para engatar o namoro. Não quis contar para o hoje marido o peso de Fábio em sua vida. Ele sabia, é claro, que houve um ou outro namorado antes dele, mais ou menos como quem diz "brinquei de bonecas quando criança", tornando desimportante um fato que, sim, a abalou. Quando terminaram, sofreu e chorou, chorou e sofreu; antidepressivos por sete ou oito meses, no entanto, resolveram o problema. Danilo não sabe. Algumas histórias assombram quando compartilhadas.

Queria ser juíza, não foi. Supôs que teria uma vida com Fábio, não teve. Não queria engravidar, engravidou — e Danilo foi joia, assumiu tudo. Ele e ela quiseram (precisaram?) se casar, casaram-se. Passou no teste. Se fosse Fábio, duvido; aquele ali exalava uma malandragem que incomodava. Agora têm uma filha, linda e feliz, assim como era boa a vida que levavam. Acho. Fez bem em não correr atrás de Fábio, lutar pelo seu amor, como Dita talvez a aconselhasse se tivesse enviado uma carta à *Gazeta* com sua história — é claro que não teria coragem de se expor assim.

O problema é que não precisava de segurança só no namoro ou na gravidez, hoje precisa, amanhã vai precisar. Eles têm uma filha, oras bolas. Como ele comete um disparate desses?!

Antes de ser chamada à reunião — era verdade que estava enrolada no trabalho —, o que Carol lamentava não era não ter insistido com a magistratura nem com Fábio, mas sim o recente comportamento de Danilo, que vem lhe trazendo receios que acreditou que jamais teria com ele. Será que o moço órfão, sério e esforçado está sendo substituído pelo homem beberrão, inconsequente e réu? Não era o que queria. Poderia até procurar Fábio — sabia que vivia em Sorocaba e não estava casado... —, não para reparar um erro, resolver um assunto mal resolvido, nada disso; para corrigir o andamento de um presente pouco satisfatório. Tem emprego, tem pai e mãe que a respaldam, tem beleza suficiente para encantar quem quer que seja.

Talvez não fosse para tanto... Ao escutar suas reclamações, sua mãe apenas dizia para dar tempo ao tempo, momentos "mais ou menos" acontecem em todo casamento, é imaturidade sua acreditar em vida cor-de-rosa.

— Vou esperar, mãe, mas o imaturo foi ele, não eu.

E sair hoje à noite para comemorar? De jeito nenhum, ele não merece.

Quando a colega ao lado informa que a reunião vai começar, Carol até se anima. Uma forma de parar de pensar no que pensava.

71

Quando chega à redação, encontra Rui, Paulinho e Stephânia conversando numa roda em volta da mesa do café; pareciam despreocupados. Por isso o assunto de que tratavam foi deixado de lado, e Danilo contou detalhes da audiência, do inusitado de o outro motorista ser um ex-colega de classe, da discussão na frente dos elevadores e do final feliz com as cestas básicas. Os colegas se alegraram, claro, mas logo Rui se afasta dizendo que tem que ir ao treino do São Bento, enquanto Paulinho corre para separar fotos da edição do dia seguinte. Já estava atrasado.

Sobram Danilo e Stephânia, e ele se serve de mais um copinho, preocupado em disfarçar a cerveja.

— Nossa, Dan, você não imagina como estou feliz por você...

A disposição dos armários e a configuração irregular da sala tornavam o cantinho do café um lugar reservado, o que garantia privacidade, nem Paulinho nem Rui conseguiam enxergá-los naquele momento. Por isso Danilo aceita e retribui o abraço de iniciativa de Stephânia, o abraço em comemoração ao arquivamento do processo, abraço carinhoso, representativo da empatia da colega pela dor e agora alívio de Danilo, abraço de amizade, claro, que durou dez segundos, tempo em que o obituarista — tão contraditório com o temperamento que acreditou ter até onde era possível conhecer-se — iniciou, planejou, executou, monitorou e concluiu todo um projeto de vida, uma vida inteira ao lado da repórter cujas sobrancelhas um dia indicaram maldade e esperteza e agora prometem um futuro diferente, pujante, formidável. "*A súbita mão de um fantasma oculto me sacode.*" Enquanto Stephânia mantém a face do rosto encostada no peito de Danilo e fala "que bom, que bom", ele, que sempre acreditou ser tão parecido com o avô, satisfeito com os trechos curtos e previsíveis que a vida lhe oferecia, se percebe outro, estrategista, construtor de esquemas cuja estrutura suportaria o tempo de uma vida inteira; da sua e de Stephânia. Também outro por ver-se decepcionado e com raiva de Carol pela recusa em sair para comemorar — desapontado, mas certo de que tinha motivos para tanto; culpado por classificar esposa, filha, sogro, sogra e mãe como obstáculos ao desejo imediato de busca pela felicidade plena ao lado da moça cujo namoro havia sido rompido em definitivo dias atrás, moça dinâmica e amiga de verdade — culpado, mas convicto; angustiado por etiquetar esposa e filha, principalmente esposa e filha, como estorvos à vontade de abraçar mais, quem sabe beijar ali mesmo não só o rosto, mas também as sobrancelhas, a boca, principalmente a boca, e então sair dali para um lugar reservado, um hotel na estrada que ninguém pudesse descobrir, enfim, transar com a colega-quase-amante, disponível e que o parabenizava em voz baixa — culpado, e excitado também.

— Amanhã não vou ao *happy hour*; na próxima quarta, conversaremos melhor — Stephânia diz, desvencilhando-se do abraço e dilacerando os devaneios do obituarista.

Servindo-se de um último copinho de café, a moça explica que também precisava terminar uma reportagem, e se afasta em direção ao computador, não sem antes voltar seu rosto para Danilo e lançar um beijo no ar.

Ele permanece ali, se encosta na parede, respira fundo duas, três, quatro vezes. Também enche mais um copinho de café, desejando fosse chá de hortelã da infância segura. Enquanto o avô era argamassa firme, Danilo é betoneira em movimento.

72

Cantava músicas e mulheres.

João Marcos Lisboa nasceu em 1962, em Chapecó, e, por conta da sua atividade — promoter de melodias alheias, como se apresentava aos donos de bares ao oferecer sua arte —, nunca se fixou em nenhum lugar. A última noiva, Vanessa Rios, conta que a voz grave e o ágil violão encantavam clientela e mulherio, já que tocava de tudo: forró, samba, rock nacional, pop rock, sertanejo, MPB. "Bem mulherengo, sabe? Era difícil controlar o homem." Há menos de um ano em Sorocaba, vivia num quarto de pensão do centro e já falava em se mudar para Minas, tocar onde o Milton tocou, dizia. Fez alguns amigos na cidade, entre eles o Zezinho dos teclados, que contou que Chapecó tinha interesse por meninas fãs de forró, samba, rock *nacional*, pop rock, *sertanejo e MPB*. Gisele Almeida, vizinha da pensão, orgulhava-se de ter sido a sua primeira namorada na cidade. Mas, segundo ela, "aquele ali tinha um facho que não apagava". Foi um AVC ao meio-dia de 12.12 que calou a voz de Chapecó. O enterro no Cemitério da Aparecida aconteceu anteontem, e o cortejo fúnebre, ao contrário dos bares onde tocava, teve baixo público. Não deixou filhos (se deixou, não se sabe), não deixou viúva (se deixou, não se sabe), não deixou bens (isso se sabe), mas deixou *saudades em muitas noivas com quem não teve relacionamento sério. Danilo Paiva.*

Sua primeira coluna depois da suspensão! Aliviado, Danilo lambia a cria.

73

Haroldo André não era só o prefeito da Cidade da Melhor Idade que exercia com competência o cargo de direção. Era um formulador de ideias. Baseado na experiência de vida, na observação dos cidadãos, nas reportagens que via ou lia, na bagagem adquirida dos livros, ele conjecturava.

— O homem é como o clima, tem quatro estações.

Depois de conversar com alguns cidadãos, após o horário do lanche no Asilão, Danilo parava na sala de Haroldo André para tomar um expresso.

— Os estivais são calorosos e extrovertidos, mas autocentrados, às vezes, insuportáveis. Em contrapartida, os invernais sofrem de melancolia ou de neurose, quando não de ambos, e dão trabalho para todo mundo, até para si mesmos, um tormento.

Prazerosos, os bate-papos; sem contar que a meia hora ali garantia refúgio do calor que torturava a cidade o ano inteiro. A estival Sorocaba, diria Haroldo André.

— Os primaveris são afáveis e novidadeiros, é gostoso passar um tempo ao lado deles. Por fim, os outonais são calmos e conscienciosos, os melhores.

Onde ele encontra tempo para inventar essas coisas?

— Nos meus intramuros, a maioria é outonal, você já deve ter percebido. Questão de idade, até; depois dos cinquenta, a capa contra ansiedade é mais forte. O verão é jovem! Somos poucos aqui, e ainda os que temos são chatíssimos, você deve conhecê-los.

Ao contrário do que poderia aparentar, Haroldo André não era lunático, nada que o comparasse a um Simão Bacamarte. Aos cinquenta e seis anos, solteiro e sem filhos, trabalhou numa montadora de carros na capital, e, com experiência administrativa, elegeu Sorocaba como lar, mais qualidade de vida, justificou. Conseguiu o cargo para dirigir o Asilão após entrevistas junto à Cúria Sorocabana, o que lhe garantiu dinheiro suficiente para comprar uma boa casa num condomínio fechado e manter os seus *hobbies* — que ele não deu pistas de quais eram. Leituras extravagantes, com certeza. Exercendo a função há mais de dez anos, foi o responsável pela reformulação do local. Dentre suas atribuições estavam coordenar funcionários, organizar café, almoço, lanche e jantar, ouvir reclamações de moradores e parentes de moradores sobre cardápio, temperatura da comida, densidade dos colchões, mensalidade e tentar solucioná-las, coordenar jardinagem, faxina, cuidadores, atender emergências e, o mais difícil segundo ele, lidar com médicos — são deuses, Funéreo. Não obstante, formulava teorias sem parar.

— Nada é científico, apenas teoréticas.

É claro que Danilo mais ouvia do que falava, sendo inegável que pululavam naquele homem muitas peculiaridades dignas de nota. Seria difícil escolher só uma ou duas quando fosse preciso — talvez demorasse, pois, lamentavelmente, o homem exibia boa saúde.

— Não é uma categorização estanque, claro, transitamos entre uma estação e outra, às vezes até fixamos residência na estação que não é a nossa por um certo período; depois voltamos à velha casa. Ou não, preciso elaborar melhor... Só sei que é difícil fugir de quem somos.

74

— E então, doutor?

— Não se preocupem, a princesa está bem, só um ataque de bronquite.

— Tossiu a tarde inteira...

— Não é o caso de entrarmos com antibiótico, não ainda. Inalação, muito líquido, nada de gelado nos próximos dias. Vou passar só um anti-inflamatório. Vai melhorar. Se a febre não ceder em dois dias, amoxilina, já vou deixar a receita pronta.

Carol e Danilo estavam acostumados às crises de bronquite de Laura. Crônica, a doença atacava com frequência, ultimamente menos, é verdade, mas de novo visitavam o pronto-socorro infantil.

Especialmente contrariado, menos pela doença da filha e mais por ser quarta-feira, Danilo falava pouco. A quarta-feira do *happy hour*. O *happy hour* em que Stephânia ia aparecer. Não só se encontrariam, também conversariam melhor, fosse qual fosse o alcance da expressão. Devia ser coisa boa, claro. Mas quem não apareceu foi Danilo. Porque Laurinha, de novo, deu trabalho. Porque quando saía da funerária com uma ótima história, depois de uma tarde do mesmo modo produtiva no Asilão, o seu celular tocou e era a esposa. Quase não atende, mas desde o início dos processos se sentia em débito com ela, que havia feito o aviso-ameaça "não-faça-mais-besteiras". Besteira foi ter atendido o celular, isso sim. Estou indo para o hospital de táxi com a Laurinha, você nos encontra lá? Carol podia ter resolvido tudo sozinha, nem antibiótico foi necessário... Uma tossezinha à tarde, nada demais. De que adianta morar com os sogros se eles não podem transportar a filha para uma consulta? Provavelmente desnecessária, provavelmente excesso de cuidado de Carol.

Perdeu o *happy hour*, e por isso não descobriu, naquela noite, o sentido da expressão "conversar melhor".

Quando chegaram em casa, nem bem Danilo ajeitou a filha na cama e já ligou o computador, para terminar um obituário que tinha prazo para fechamento, conforme disse em voz alta; mas, conforme não disse em voz nenhuma, queria conferir se Stephânia havia encaminhado *e-mail* reclamando de sua ausência.

De nada adiantou a afobação, nenhum *e-mail*. Não o desejado.

Então começa o obituário que havia colhido naquela tarde. Havia falecido a senhorita Magnólia Campos Sampaio, conhecida como a "criança número um" por ter sido o resultado do primeiro parto na Santa Casa local em 1911. Ora, não há mérito em nascer em determinado hospital, o acaso a tornou famosa. E é bem provável que ter sido chamada a vida inteira como a "criança número um" atrapalhou sua vida sentimental, visto que não se casou. Antes de falecer, a centenária senhora morava na casa de uma sobrinha, num quarto independente e, segundo os relatos, ainda estava lúcida. Borba vai deixar essa? A mulher era famosinha...

Quando Carol terminou o banho, chamou-o para se deitar. Danilo salva o rascunho e obedece. Estou preocupada com Laura, essa tosse... Danilo concorda, sem comentar que considerou tudo um exagero. Melhor esperar o remédio fazer efeito, diz. Depois Carol reclama que nos últimos tempos ele andava distraído além da conta, como se enfrentasse um problema que não quisesse compartilhar. Está tudo bem no trabalho? Sim, tudo. Então ela pergunta do processo. Levei as cestas básicas anteontem, lembra? É claro que Carol se lembrava das cestas básicas, ela estava se referindo ao processo cível. Não, nenhuma novidade, o seu pai me disse que é possível que o juiz julgue antecipado. Ela complementa dizendo que, se fosse assim, melhor para ele, pois não se encontraria mais com o tal Edu. É verdade, concordou. A conversa chega aos planos de irem à Disney com Laurinha, vai fazer seis anos, informa Carol, como se o pai não soubesse a idade da filha ou houvesse se esquecido da data, e também já passava da hora de enrolar com o apartamento, precisavam de uma casa só para eles. Danilo vai concordando. Talvez Stephânia tenha mandado *e-mail* logo depois que eu desliguei o computador. Carol insiste quanto à viagem e ao apartamento, e por isso ele retruca que está sim preocupado com a indenização que teria que pagar. Não sabia se teriam dinheiro para tantas despesas. Então ela conta que seu pai havia oferecido a viagem de presente, iriam os cinco para Orlando, sem custos para eles. Danilo gosta dos sogros, mas manifesta incômodo com a oferta de dinheiro... Carol o tranquiliza, meus pais vão até gostar de nos ajudar um pouco. Se aceitassem, sobraria para o apartamento. É verdade, concordou de novo; vou conferir o *e-mail* assim que Carol pegar no sono. Caramba, ela não para de falar. Às vezes se arrepende da vida que escolheu ou se arrepende de ter aceitado tão passivamente a vida que se lhe apresentou. Pronto-socorro, processos, viagem para Disney com os sogros, procurar apartamento. É quase inevitável sentir inveja do cantor Chapecó. Pular de cidade em cidade escrevendo canções ou obituários, de bar em bar ou de redação em redação, até chegar à Europa, aos Estados Unidos, sem vínculos, só mortos e namoradas em série. E agora lhe aparece Stephânia, que, claro, ainda não tinha prometido nada, mas ele ouvia a moça de sobrancelhas maldosas como uma envolvente melodia no meio de tantos sons insossos. Largar tudo, começar do zero. Excitação e culpa o deixam insone. O *happy hour* deve ter acabado agora, se é que já acabou, é claro que Stephânia não teve nem tempo de escrever nenhum *e-mail*.

— Olha você, estamos falando de coisas importantes e parece que não está nem aí, demora, às vezes nem responde...

A esposa insiste em perguntar se realmente não passava por dificuldades.

Danilo insiste que não, só cansaço mesmo, nenhuma preocupação.

Nenhuma que pudesse compartilhar.

75

Como a febre e a tosse cederam, a bronquite da filha saiu do foco, mas a compra do apartamento, não. Danilo não recebeu nenhum *e-mail* de Stephânia, nem na quarta-feira à noite (sim, ele se levantou da cama para conferir), nem nos dias que se seguiram. E pior: ele e a colega não se encontraram sequer na redação. É claro que Carol nem imaginava o que se passava na cabeça do marido e guardava na memória a conversa que tiveram noites antes; por isso, ela marcou uma visita a um empreendimento imobiliário na Vila Casanova, perto do centro. Coisa boa, havia dito sua chefe dias antes.

Mesmo sem ânimo, Danilo foi e encontrou um condomínio novo, com tudo funcionando; o apartamento que visitaram, no quinto andar da torre "B", com parte dos acabamentos instalados na cozinha e nos dois banheiros, não desagradou. Não era enorme, a planta indicava oitenta e dois metros quadrados, mas para três pessoas que pretendiam uma vida independente era maravilhoso — na opinião de Carol.

Talvez tenha sido a área de lazer — com uma piscina interna e duas externas, *playground*, quadra e sauna de uso coletivo — o que mais tenha fascinado Carol e Laurinha, mas Danilo até que gostou da ideia dos três quartos. Se realmente se mudassem para lá, talvez conseguisse montar um escritório no quarto menor.

A corretora que os acompanhava reconheceu Danilo, chamando-o de "doutor" durante toda a visita, tendo mencionado também que ele havia feito o obituário de seu tio. Acho que o senhor não se lembra... Um vendedor de carros, gostava de jogar futebol de mesa...

Como se esqueceria?! Na ocasião havia sido ingênuo ao acreditar que o fascínio do defunto pelo jogo de botão o definia. Depois, descobriu por acaso que ele vendia carros com defeito. Na época não conferiu a informação, é claro, e também não perguntaria isso agora para a sobrinha. Respondeu que dificilmente se esquecia de um obituário publicado.

— Seu Zezu — disse, confirmando a lembrança.

— Foi um ótimo tio, muito querido, pagou minha faculdade quase inteira. Gostaram da varanda? É estreita, mas cabe uma mesinha redonda, tem morador que gosta de rede de balanço...

Enquanto Carol e Laura aderiam à ideia da rede, Danilo pensava no ótimo tio que ajudou a pagar a faculdade da sobrinha. Com dinheiro sujo, diria o desconhecido da lanchonete. Será? Não há chance de aquele desconhecido ter se confundido ou mesmo ter mentido?

Tentando ser simpático, Danilo fala que, se soubesse na época da questão da faculdade, teria incluído na matéria.

— Não faz mal — responde a corretora. — Gostamos do jeito que saiu.

Gostaram porque correspondia ao que ele era ou porque foram omitidos os trambiques?

Jamais saberia. Ou sim, saberia, se continuasse encontrando pessoas que haviam convivido com esse Zezu. O homem não foi prefeito nem nada, um anônimo, mas não para de aparecer gente que o conheceu, que saco!

Ao final da visita, marido e esposa falam para a corretora que conversariam e depois entrariam em contato.

— Se apressem, esse apartamento é uma mosca branca.

Quem teve aulas com um vendedor trambiqueiro...

Já na privacidade do carro, e em poder dos papéis da corretora, Carol diz que, somando o salário dos dois, conseguiriam comprar. Se quisessem.

— Você quer? — Carol pergunta, tendo percebido que o marido permanecia quieto.

Não era só o fantasma do seu Zezu que assombrava Danilo. O de Stephânia também — ou melhor, a vida decerto mais divertida e saborosa que teria caso se envolvesse com a colega de trabalho. E, sem responder se queria ou não comprar um apartamento, Danilo menciona a ação de danos morais, a indenização... Como fazer?

— A gente dá um jeito — fala a convicta Carol.

A esposa queria, a filha queria — aliás, Laurinha não parava de repetir no banco de trás "três piscinas, três piscinas!".

— Liga para a corretora, vai ser nosso.

A esposa comemorou, a filha comemorou, três piscinas, três piscinas. Até Danilo ficou mais ou menos feliz por atender ao desejo das duas. Poderiam ter deixado para o ano que vem, para depois do processo cível, para depois de eu conversar com Stephânia e saber o que vai acontecer... Mas, para não destoar da empolgação da família, Danilo sorri e conduz o carro em silêncio, pensando que a vida era parecida com o trabalho do banco: cheia de somas e subtrações. O campeão de botão se soma ao vendedor trambiqueiro que se soma ao tio generoso. Se investigasse mais, talvez uma ou outra característica fosse somada. Ou subtraída. Dias atrás, era um obituarista-réu. Agora virou ex-réu. Danilo-sequioso-por-sair-com-Stephânia e Danilo-se-compromete-mais--com-a-família. O que vai somar e o que vai subtrair?

Estaciona o carro na lanchonete onde Carol, anos antes, havia lhe contado sobre a gravidez. Assuntos importantes eram tratados ali. Com o requinte de *hot dogs*, *catchup*, mostarda, pouca maionese e muito purê, além de refrigerantes sem pedras de gelo, os três comemoraram a imprudência sobre a qual haviam acabado de saltar.

76

      Injusto, Danilo foi injusto com o prefeito do Asilão ao desdenhar de suas teorias. Não por ter aderido sem ressalvas à classificação das pessoas em estações do ano, mas por ter se dado conta de que todos avaliam e dividem em categorias — é automático. Não era o bancário-estudante quem se distraía com o "mundo de cá" e o "mundo de lá" quando andava de ônibus? Ou o novo contratado da Gazeta quem etiquetou os colegas já no *happy hour*? O fato é que faz isso até hoje. Eduardo-filhinho-de-papai ou Edu--corre-com-o-filho-ao-hospital, Borba-autoritário ou Borba-me--ajudou-pra-caramba, defunto-notável ou defunto-maçante... Ora, Haroldo André poderia teorizar o quanto quisesse.

      Era o que pensava Danilo, no carro, enquanto se dirigia ao Lar. Finalmente poderia se dedicar de corpo e alma às entrevistas — até então, sem garantia do emprego nem da própria liberdade, se sentia um impostor durante as conversas com os idosos — como um condenado ao fuzilamento sente que o sol no pátio da prisão pouco lhe será útil no futuro. Agora não, com as cestas básicas entregues e com o salário creditado, as histórias dos moradores passaram a ter chances verdadeiras de, um dia, serem publicadas.

      E já que todo mundo examina e classifica, será que o Doutor Funéreo também não estaria sendo vítima de algum estereótipo criado pelos moradores do Lar? Roda de velhinhos é um vulcão de fofocas. Ativo. Na medida em que a história do idoso só seria usada depois que ele fosse arrebatado do número dos vivos — nunca enganou ninguém a respeito do que fazia ali —, é possível que estivesse sendo rotulado pelo envelhecido rebanho como um urubu atrás de carniça, um predador de bezerros. Lá vem o urubu-de-cabeça-preta!, estariam comentando às ocultas. Muito pior do que Doutor Funéreo... A partir de hoje, vou deixar o paletó preto no carro.

Com exceção das tardes de chuva (quando acabava ficando dentro do refeitório), quase sempre flanava pela praça do chafariz — bancos e mesas de cimento pregados ao chão sob a sombra de abacateiros e mangueiras serviam como o ponto de encontro preferido de vários moradores nos intervalos das refeições. Ali se aproximava das rodinhas, dava um boa-tarde e, caso fosse bem recebido (sempre era), comentava sobre a política local, futebol ou a comida do almoço. Mais ouvia do que falava e, depois de perceber receptividade do interlocutor, anotava o que lhe despertou interesse. *"Minha alma anda pela mão das Estações a seguir e a olhar."* Porém, por mais à vontade que estivesse, Danilo sabia ser um corpo estranho ao organismo Asilão. Como me enxergam? Pastor ou predador? *"Eu nunca guardei rebanhos, mas é como se os guardasse."*

Ainda aguardava o resultado do processo cível. Segundo o advogado do jornal, os autos haviam sido remetidos ao juiz e, agora, seria ou audiência ou sentença. Ah, não, audiência não, por favor, de novo encontrar Edu, ir ao fórum, entrar na sala de audiência... Que venha logo a sentença. Até Laurinha, ansiosa pela Disney, toda noite perguntava "saiu a sentença?", com a visão difusa de um obstáculo atrapalhando a família.

Curioso que, mesmo frequentando o Asilão há algumas semanas, ainda não tivera a sorte de publicar sequer uma entrevista das realizadas. No caso, azar significava que os idosos dignos de nota continuavam vivos. Melhor escolher outra classificação, "sorte" e "azar" não era muito elegante... *"Cada coisa tem seu tempo no seu tempo."* Aliás, falar "morte" ou "óbito" era daquelas proibições não escritas, mas respeitada por todos no Lar. Como Kamylle Cristine usava a expressão "entregou a alma a Deus", Danilo passou a adotá-la também. Assim como a filha não saberia definir "sentença", ele não se desgastava nem um minuto tentando traduzir a morte.

Do lado de fora do Asilão, Carol não perdia tempo com as exigências do banco para o contrato de financiamento: certidões, declarações, documentos — pelo visto, a assombração "danos morais" não a assustava. Com cálculos mais precisos, ela e o marido concluíram que a soma dos salários suportaria a parcela. Mas... e a formidável parceria com Stephânia em Nova Iorque, em Paris, na Escandinávia? Danilo imaginava que poderiam morar fora e publicar fotografias com sorrisos nas redes sociais. Duas vezes ao ano ele voltaria ao Brasil para visitar a filha, e se hospedaria na casa da mãe. Não, uma vez só, nas outras férias era a filha quem iria visitá-lo em alguma capital do hemisfério norte. No entanto, logo que Carol obtivesse as duas certidões que faltavam, salgadas prestações mensais seriam seu principal tempero durante dez anos. Que inveja de Chapecó, do seu nomadismo, das suas relações líquidas! Ainda do lado de fora do Asilão, nada de encontrar Stephânia; ela não mandou nem *e-mail* nem mensagem, não se cruzaram na redação — verdadeiro azar.

O fato é que ainda trabalhava em Sorocaba. E, diferentemente de Haroldo André — o verdadeiro guardador daquele rebanho já veterano —, Danilo não elaborava teses. Queria mesmo ter encontros com o peculiar. Apesar disso, surpreendeu-se quando percebeu ter dado ouvidos ao prefeito, pois não raro anotava "primaveril", "outonal" etc. ao lado de um ou outro nome. A preguiça adora grupos — sua luta, porém, era encontrar o indivíduo.

Conversou com Ângelo, um aposentado que, em 1963, serviu ao exército no Primeiro Batalhão de Guardas, criado pelo Império. Aos dezenove, foi mandado ao Rio de Janeiro, onde tirou guarda no Palácio Laranjeiras e ali conheceu, de vista, claro, o presidente João Goulart e a primeira-dama — segundo Ângelo, uma mulher um bocado atraente.

— E o golpe? — perguntou Danilo.

— Dei baixa em dezembro, a bagunça só aconteceu em março do ano seguinte.

— Mas qual sua opinião sobre a bagunça?

Ângelo pensou; em seguida disse apenas que seria melhor se não tivesse acontecido, mas o que aconteceu, aconteceu.

Quase perdeu a conversa... Estava claro que Ângelo, aos dezoito, sentiu-se atraído por Thereza Goulart, e era disso que queria falar, e não do que chamou de "bagunça do ano seguinte".

Dias depois, na mesma rodinha, escutou a história de Isaías, também aposentado, três ou quatro anos mais novo do que Ângelo, e que também havia servido às Forças Armadas na juventude. Depois trabalhou em escritórios de contabilidade, mas acabou se aposentando como motorista do Tribunal de Justiça de São Paulo em Tatuí. O melhor piloto de Kombis da região! E fez questão de mencionar que, em 1968, num Congresso de estudantes em Ibiúna, teve na mira de seu mosquete um moço que depois se tornou um político famosíssimo, mas bandido! — e se arrependia até o último fio de cabelo por não ter disparado na testa do então jovem líder. Peixe-grande, menino, peixe-grande.

— Quem era, Isaías?

— Não conto. Nem depois de morto.

De novo, Danilo se arrepende da intervenção.

— Enquanto Ângelo admira comunistas, Isaías os persegue — brincou Alcino, que aguardava a vez na mesa de carteado.

— E agora estamos aqui, dividindo pão integral, manteiga sem sal e mesa de truco — disse Isaías.

— Difícil mesmo é tirar nossa dupla do jogo — confirmou Ângelo.

Se insistisse para que falassem mais do golpe ou entregassem o nome do tal estudante, Danilo não teria um retrato fiel às palavras do interlocutor, mas um desenho cujos contornos teriam partido de sua lapiseira. Em respeito ao binômio, era preciso interferir o mínimo possível.

É claro que não era ingênuo a ponto de descartar desvios de quem contava a própria história — não fosse a possibilidade de mentiras deslavadas, problemas de memória também não seriam surpreendentes no público-alvo. O próprio Isaías... teve a chance de disparar contra um jovem e, ao desistir no último instante, deixou de afetar o rumo da nação? Bravata, sem dúvida. Atribuía-se a si mesmo uma importância que nunca existiu. Ou não foi o bancário que se intitulou jornalista para impressionar Carol?

Danilo sente um certo cansaço o invadir. Existe o que eu penso de mim (e só conto para mim, quando conto, quase sempre com um punhado de fantasia), o que os outros pensam de mim (e só os íntimos me contam a verdade, se é que contam), e o que eu quero que os outros pensem de mim (interminável e imprestável esforço). Se quase nunca enxergo o que sou, como acreditar no que tentam me mostrar? *"Porque eu sou do tamanho do que vejo, e não do tamanho da minha altura."* No entanto, queria acreditar no binômio, persegui-lo com alguma fé, Deus me livre de processos de novo. Verdade-confiança era seu prumo de centro usado para erguer obituários. Falho e pendular, mas prumo.

Anota os pensamentos como se fossem lapidares — somos todos teoréticos.

77

— Quero ir para um apartamento pequeno, filho.

Quando a mãe o assustou com o anúncio, Danilo já frequentava diariamente o Asilão. Entretanto, não pensou em sugerir que fosse conhecer o lugar. Preconceito? O fato é que Carol logo se prontificou a ajudá-la e não se passaram nem dez dias até que encontrassem um apartamento próximo ao centro que interessou bastante sua mãe.

— Vou colocar a casa à venda.

No início, Danilo foi contra. O lugar era significativo demais — o mito de que fora erguida pelo avô, valete-dama-rei, Atari, primos, o Dan no cimento fresco, tudo batido com chá de hortelã e bolacha de maisena... Por que a gente não entra em mais um financiamento? — resistia, mesmo sabendo que não teria forças para bloquear aquele movimento. De fato, os argumentos de que "lugar pequeno é mais fácil de cuidar", "não tem sentido deixar a casa vazia" e "não compensa alugar" somados ao apoio da tia de São Paulo (que deixou a irmã livre para escolher o que fosse melhor para ela) fizeram com que o neto do pedreiro-construtor se conformasse com a mudança. Não sem lamento. *"Trago no coração todos os lugares onde estive."*

78

Conheceu Cecília já no pavilhão dos *flats*, professora aposentada de geografia do Estado. Filha única que cuidou dos pais até a morte de ambos. E, uma vez sozinha e ainda relativamente jovem, surpreendeu amigos e parentes ao comprar uma casa no Asilão.

— Tenho sessenta e dois; e moro aqui há doze anos já! — a própria entrevistada dava destaque ao fato.

Sim, uma decisão diferente da que se esperaria de qualquer pessoa com cinquenta anos e com saúde — mudar-se para o Asilão nessas condições era por si só peculiar —, mas o aspecto verdadeiramente notável não era esse. Ocorre que, depois de bem instalada no Lar, ela conheceu João Paulo e com ele se casou — também um professor aposentado, só que da Prefeitura. O casal contou que o namoro durou poucos meses até que se casaram na capela do lar na missa de sábado às seis da tarde, com recepção no refeitório e tudo. Viúvo, João tinha dez anos mais do que Cecília, e o filho do primeiro casamento foi quem acompanhou a segunda esposa ao altar. Mostravam afeto, contavam as próprias histórias e as dos vizinhos do lar com bom humor e indiscrição.

— Antes havia um problema de redes. Eu, da Prefeitura, e ela, do Estado. Nossa grade horária só foi bater aqui dentro.

Juntos há uma década. Se no início viveram na casa comprada por Cecília dentro da Cidade da Melhor Idade, fazia três anos que se mudaram para o *flat* com dormitório, banheiro e sala integrada à cozinha. Quanto mais espaço, mais coisa para limpar, justificaram.

Exatamente o mesmo motivo da mãe ao justificar que queria deixar a casa dos avós. Assim como Haroldo André, também o jornalista carregava ideias preconcebidas sobre qualquer assunto; no caso, sobre a velhice. É quase simultâneo: escutar histórias e guardá-las em compartimentos. Danilo-preconceituoso. Sem preguiça, por favor! Por que os anos que antecederam a entrada de Cecília no Asilão teriam sido necessariamente melhores ou mais importantes? Como se habitar uma casa, um *flat* ou um quarto coletivo ali dentro fosse mera antessala da morada eterna. Uma visão que até poderia servir para muitos; porém, agora percebia, não para todos. Talvez sua mãe também estivesse prestes a iniciar uma nova fase, que poderia defini-la melhor do que a viúva-do-mecânico, a mãe-do-órfão, a vendedora-de-roupas, a parceira-de-Rubinho-no-baralho.

Enquanto eles lhe oferecem bolo formigueiro com limonada, Danilo tem certeza de que Cecília e João Paulo renderiam uma ótima matéria. Teria que esperar a morte dos dois para só então publicá-la? Nossa, torcer por uma comoriência seria tétrico demais... Urubu! Mas que seria muita sorte se eles morressem juntos, seria.

79

Em outra tarde, estava numa mesa do refeitório, quase ninguém no salão, lá fora uma garoa pouco comum nessa época, quando foi procurado por uma senhora de mais de oitenta anos, sotaque carioca, falante. Como se preparada para um interrogatório, Sônia Maria exibiu uma pasta repleta, segundo disse, de provas documentais. Não demorou nem um minuto para revelar que foi amiga, muito íntima — frisou com malícia —, de um galã de novela das oito. Danilo se lembrou do ator que já era maduro quando ele e os primos assistiam às novelas na TV. De fato famosíssimo, morto há mais de uma década. E, possivelmente acostumada a desconfianças, foi logo arrancando da pasta cartas, reportagens, três ou quatro fotos em preto e branco a fim de convencer o obituarista da verossimilhança da sua narrativa.

— Amor secreto, eu ainda era nova e solteira; e ele, casado e mais velho. Não duraram tanto assim os nossos encontros, mas nunca o esqueci.

Um clássico.

— Antes não podia falar, mas hoje não vejo problema em revelar datas e nomes. Veja os documentos, Danilinho.

— E depois, dona Sônia?

— Minha vida não foi entediante, não... Casei três vezes, tive cinco filhas que criei com muita alegria. Fiz tudo o que eu queria fazer, acho que por isso desquitei três vezes também. Porém, meu grande amor ficou no Rio.

Sônia Maria falava, falava, chorava, gargalhava, suspirava, sempre com detalhes — nome da esposa oficial, nome dos filhos, um deles é também ator, novelas em que trabalhou, enfim, uma conversa de mais de duas horas. Mulher estival, sem dúvida.

Apesar de o obituarista ter anotado todos os detalhes, ele sabia que a história de amor de Sônia não seria jamais publicada. Divulgar o nome do ator-vida-dupla então... Nem pensar! No caso, o binômio seria posto de lado, de modo intencional — trabalhava para um jornal com poucas páginas, no qual não cabia toda a verdade.

80

Sorte. Quem diz que não acredita nessas bobagens nunca viveu em Sorocaba nos anos 2000, quando se é convencido a vender uma casa antiga na zona norte da cidade (mesmo contrariado!) e, justamente enquanto corretores já avaliavam o imóvel para os anúncios de venda, surge uma construtora disposta a comprar terrenos e casas de meio quarteirão para um empreendimento imobiliário, pagando quase o dobro do valor de mercado. E a construção do avô estava fincada justamente no trecho de interesse. Tudo foi muito rápido: proposta aceita, casa vendida, assinaturas da mãe e da tia e, o mais importante, dinheiro na conta da mãe.

Sorte em dobro: a tia não quis receber sua cota-parte, a herança deixada pelo tio Artur permitia tal generosidade. Para que fique claro, o valor integral da venda da casa, bem superior ao da avaliação (porque assim são as construtoras), foi destinado à sua mãe. Quase integral. Pois, depois que a mãe pagou à vista o pequeno apartamento que Carol havia ajudado a escolher, guardou no banco um pouco do que sobrou, não sem antes depositar, na conta de Danilo Livoretto Paiva, seu filho, trinta mil reais.

— Para o seu apartamento novo. Faço questão.

Sorte em triplo.

81

No dia seguinte à conversa com Sônia Maria, nada de garoa. Sorocaba voltava a ser Sorocaba, castigando os nativos com seu calor mesmo no outono. Danilo chegou antes do almoço e já se dirigiu para a praça da fonte, sentou-se no banco de cimento que estava colado a um abacateiro, e dele logo se aproximou Januário.

Ele não era palmeirense quando chegou do Piauí para trabalhar na fábrica de rádios em São Paulo, mas o chefe do seu setor era. E na companhia do chefe ouviu, justamente em um dos aparelhos que ajudava a fabricar, Ademir da Guia comandar o time ao título paulista de 66, década em que o Santos reinava. Desde então se tornou palmeirense, muito palmeirense. E, num sábado, o piauiense estava com amigos num botequim da Vila Anastácio quando ali surgiu, na companhia de outros de idade parecida, nada mais nada menos que o Divino. Ou seja, aconteceu um milagre, menino, um milagre! Mesmo tímido, com vergonha do próprio sotaque, ainda intimidado na cidade grande de São Paulo, o momento exigia uma atitude sua. Januário arrancou de Piá, o atendente do bar, a caneta e o bloco de notas, se dirigiu à mesa do ídolo e, interrompendo a conversa entre Ademir e os dois ou três rapazes que o acompanhavam, pediu, com tremor, um autógrafo. A epifania se deu quando o ídolo o atendeu com simpatia. Palmeirense?, perguntou Divino antes de começar a escrever no papel. Desde a vida passada!, respondeu.

— *Ao palmeirense Januário, do amigo Ademir da Guia*, ele escreveu! Amigo, menino, amigo!

Januário não tinha mais o papelucho, perdeu, diferentemente da precavida Sônia Maria, mas aquele episódio não exigia provas concretas para merecer crédito. Tomando por base somente aquela conversa, parecia que a tal epifania foi o episódio mais marcante da vida do operário. Tudo bem, o homem se casou, teve dois filhos e só veio para Sorocaba porque o mais velho arrumou emprego na cidade. E sua Vila Anastácio não era mais a mesma, *virou tudo transportadora*, lamentava. Ele acabou parando no Asilão meio contra a vontade: o filho se casou de novo e Januário perdeu espaço na casa. Curioso que esses episódios — o retiro para uma grande capital, a relação ruim com o filho mais novo, o vínculo com o bairro e com a fábrica de rádio, o filho mais velho que arranca o pai aposentado do bairro onde morou a vida toda e o atira num asilo de outra cidade — foram narrados às pressas pelo envolvido, como pequena introdução (que, se eliminada, não desnaturaria o principal) ou mero adorno dispensável ao inesquecível encontro com o Divino.

O obituarista anota, com a certeza de que a história valia a publicação e a satisfação de que, quando Januário entregasse a alma a Deus, não só o binômio seria respeitado, mas sobretudo a vontade do futuro defunto.

Não eram poucos os moradores que o procuravam espontaneamente para contar os próprios feitos. Talvez suas vistas cansadas enxergassem, no caderninho do Doutor Funéreo, a tinta do eterno — como se a *Gazeta* tivesse força para eternizar alguma história... Se bem que, ao menos no universo conhecido como Sorocaba e adjacências, o jornal para o qual trabalhava era lido e respeitado; e no planetinha-asilão, bem mais — eventual sinal de internet por ali seria quase inútil. Por outro lado, era também verdade que os tais feitos jamais receberiam o rótulo de proezas. Entretanto, mesmo episódios humildes como o de Januário — banal e corriqueiro (a história escrita à mão tem mais datas e nomes — infinitamente!) — eram significativos para quem os viveu. Tudo o que nos toca é digno de nota. Se for publicado no jornal da cidade, melhor ainda! É, Danilo não recebeu o vulgo "urubu-de-cabeça-preta".

Apesar da suspeita de que, pela sua postura passiva, talvez estivesse perdendo episódios realmente representativos do entrevistado, ele tentava não interferir, não direcionar, não atrapalhar. Um juiz interroga para destrinchar o fato; um psicanalista, para desvendar a alma. Já o obituarista, que colhia em vida informações que só a morte autoriza revelar, entrevistava para incrementar as vendas da Gazeta. O binômio era seu prumo, claro; mas o alvo era o leitor.

Postura nem tão apática assim... Pois, já em casa ou na redação, avaliava e separava. Em seus arquivos só cabia o interessante (para satisfazer o consumidor?), atirando ao absoluto esquecimento o banal demais, o corriqueiro demais e, óbvio, tudo o que necessariamente deveria permanecer oculto (não era função da *Gazeta Sorocabana* revelar, por exemplo, o adultério de um ator da Globo). E, nesses casos, o desejo do entrevistado tinha peso zero. Novo dilema? Atender à expectativa do entrevistado? Por sorte as chances de sofrer alguma reclamação também era zero... Em resumo, intrometia-se. Ao selecionar a vida interessante, ao peneirar um ou dois eventos dessa vida, e, depois que a vida deixasse de existir, finalmente deveria decidir se aquela vida seria ou não eternizada nas páginas da *Gazeta*.

Portanto, nenhum de seus obituários, nunca, atenderá de modo rigoroso à vontade do entrevistado. Suas matérias, na verdade, deveriam trazer significado para o leitor. É para isso que recebe salário. Interesse-do-morto ou interesse-do-público, estival ou invernal, Stephânia ou Carol, pastor ou predador? Rachado. Sempre haverá um mundo de cá e um mundo de lá, assim como sempre haverá uma história mais ou menos fiel à entrevista e outra mais ou menos agradável ao leitor. *"Sou um guardador de rebanhos, o rebanho é meus pensamentos."* É isto: se o "quando" estava fora de seu controle, Danilo Paiva era o dono de "quem" publicar. E é nesse momento — é no exato momento em que visitas, entrevistas, anotações a lápis e arquivos de computador se transformavam em mil e duzentos toques negros que eternizam um anônimo nas páginas cinzas do jornal diário — que o pastor vira predador das ovelhas preteridas.

— Você é palmeirense também? — pergunta Januário, arrancando Danilo das elucubrações.

— Sou são-paulino, Januário, são-paulino...

Viver é escolher.

82

Ante o exposto, condeno a Gazeta Sorocabana e Danilo Livoretto Paiva ao pagamento de indenização por danos morais em favor de Eduardo Gouveia de Oliveira no valor de R$ 40.000,00.

— Quarenta mil reais, senhor Danilo Paiva, quarenta mil! Agora vou ter que falar com o Alberto. Já se colocou no meu lugar?

Maledicências que são verdadeiro ataque pessoal, vindita, intensa malícia. O chefe lia trechos da sentença, num tom de voz que poderia ser classificado como excessivo. *Abuso do veículo de comunicação, da função da imprensa, desserviço à sociedade, dolo e má-fé manifestos.* Borba não estaria também agindo com abuso ou má-fé? *Afronta à dignidade da pessoa humana.* E a minha dignidade? *A indenização não pode trazer enriquecimento sem causa nem ser inexpressiva, para não gerar descaso.* As cestas básicas geraram descaso... *O funcionário da Gazeta Sorocabana expôs o autor à situação vexatória.* Não bastava a condenação em si, havia necessidade desse esculacho? Borba-disciplinador-também-com-intenção-de-humilhar. Devo ajuizar uma ação de danos morais contra o chefe? Assédio moral.

Borba traga o cigarro e, enfurecido, engole a fumaça. Um dia explode. Deixa fumar, deixa gritar. Sem defesa, Danilo não muge nem tuge. O único momento menos desagradável foi quando o chefe, ainda consultando a decisão, informou que a sapecada só não foi maior por conta da retratação que fizeram logo na sequência. Amenizou os danos, segundo o juiz. E como o tal Eduardo não pediu direito de resposta, não precisariam veicular nenhum desagravo.

— Eu pago.

— É claro que vai pagar, metade cada um.

— Não, tudo.

— Você lá tem esse dinheiro?

Danilo responde que sim, que não precisava nem falar com o Alberto se não quisesse, que tinha o dinheiro, pagaria e pronto. Sem pedir licença e sem saber onde arranjar o dinheiro que não tinha, toma a cópia da sentença das mãos de Borba.

— Bom mesmo que leia, é uma cartilha do bom jornalismo.

Cartilha nada: boleto. De quarenta mil.

Saiu da sala do chefe antes que ele terminasse o cigarro. E, sem trocar nenhum aceno com dona Marlene, toma o elevador para deixar o prédio.

83

— Oi, Dan!

Não poderia ter sido num momento pior. Ou poderia, como sabe classificações tendem ao infinito, tem o ruim-mais-ou-menos e o ruim-só-ruim, mas encontrar Stephânia na saída do elevador sob o golpe da condenação é situação cientificamente catalogada como ruim-ruim-ruim. Não conseguiria ser simpático-atencioso-disponível como havia pretendido nos dias em que quis cruzar com ela na redação e aconteceu... Justo agora!

— Que cara é essa?

— A sentença aqui, o Borba me deu, quarenta mil.

— Nossa! Você tem essa grana?

— Não, não tenho.

Stephânia perde o elevador e não sobe.

— Deixa eu te dar um abraço.

No *hall* do térreo do edifício comercial seria dar muita bandeira. Deram. Mas esse abraço foi mais rápido e mais discreto do que o último que trocaram. Se um observador assistisse apenas ao abraço no piso térreo, sem saber que houve outro dias antes, mais demorado e mais afetuoso, sem saber que aconteceram alguns almoços em que a conversa tinha se desviado da normalidade, sem saber que na cabeça do obituarista desenrolavam-se desejos de reviravolta, abandono de esposa, mãe, filha e sogros, porque queria mesmo abraços mais frequentes e, principalmente, mais demorados, certamente sem roupas, sem dúvida em lugar diferente do *hall* de um edifício comercial ou do cantinho do café, sim, o tal observador, desconhecendo os dados do entorno, diria que aquele contato físico não havia ultrapassado a mera cordialidade corriqueira entre dois colegas de trabalho que nutrem simpatia um pelo outro.

— Desculpe atrapalhar o casalzinho, mas vocês sabem se o Borba está lá em cima?

Dita não era a observadora mal-informada. Ao contrário, com exceção de Carol, talvez fosse a pior observadora que pudesse aparecer no momento.

Ainda tentando se recuperar do embaraço (sem conseguir, é claro), Danilo vê Stephânia responder com naturalidade:

— Está sim, o Danilo acabou de falar com ele.

— Aconteceu alguma coisa?

— Indenização de quarenta mil.

— Caramba... cabe recurso?

— Fiquei sabendo agora, deve caber, não sei, vou ver...

E então exibe o papel às mulheres, com a intenção de que a sentença justificasse seu estado. Embora a conselheira sentimental soubesse distinguir muito bem acanhamento de assombro, não teceu mais nenhum comentário, nem maldoso nem tranquilizador.

— Chegou — Dita se referia ao elevador. — Lamento, Danilo. Vai subir? — perguntou para Stephânia.

— No próximo — ela respondeu.

Danilo queria que a menina se afastasse, que acompanhasse Dita no elevador e, em vez de um papo furado quanto ao clima durante a subida ao oitavo andar, conversassem sobre a condenação, sobre como e onde Danilo arranjaria dinheiro, será que havia forma de ajudar? Viu como ficou abalado? Era motivo suficiente para se apresentar assim, não era? Logo a Dita! Carol não podia nem desconfiar de qualquer envolvimento entre ele e Stephânia. Que afinal de contas não existia mesmo. Nos desatinos dele, tudo bem, mas só. Nada ainda. Vai, Stephânia, sobe com a Dita, quis dizer.

Mas Stephânia não subiu.

Assim que a porta do elevador fechou, ela pergunta se Danilo não aceitaria dinheiro emprestado, seu pai tinha dinheiro...

— Obrigado, desculpe; não, não precisa, vou resolver, tenho que ir. Obrigado mesmo.

Seria ótimo se Dita tivesse assistido à última cena, formaria melhor o quadro de que não acontecia nada entre eles, mas ela já devia estar entrando na sala de Borba, falaria do abraço que viu, falariam da sentença.

Manhã-de-segunda-péssima-das-péssimas.

84

— Saiu cara a vingancinha do Danilo, não?

— Também fiquei surpreso.

— Quando vocês terão que pagar?

— Vou ver com o advogado, pelo que sei, cabe recurso.

— Já falou com o Alberto?

— Nem vou, estou evitando o Alberto.

85

Após estacionar o carro próximo ao trabalho de Carol, consulta o celular.

Não vá ao próximo happy hour, *vamos conversar em outro lugar.*

Incrível como as coisas não acontecem nem quando nem como queremos. Até outro dia aflito por um encontro com Stephânia, só os dois, abraçá-la, propor uma vida longe de Sorocaba, o foco havia mudado. Sem contar a ousadia de mandar mensagens pelo celular, não tinham o hábito, a conversa virtual sempre acontecia por *e-mail*. Carol não pode nem sonhar! Agora não tem mais dúvidas, mensagem clara, interesse concreto, não se marca encontro furtivo para oferecer dinheiro ou tratar de trabalho. Apaga a conversa após responder *podemos combinar depois?*, toma nas mãos a cópia da sentença que começava a ficar amassada, sai do carro e entra no cartório onde a esposa trabalha.

Carol o atende prontamente, afinal Danilo nunca a incomodava no emprego. Saem para a padaria ao lado e se sentam a uma mesinha de dois lugares.

— Fala logo!

O marido só estende o papel com a condenação e Carol entende na hora do que se tratava, mas leva alguns instantes para ler.

— Quarenta mil!

— Quarenta mil.

— Nós teremos que pagar a metade?

— Não, tudo. Já assumi que vou pagar tudo... O Borba, a Gazeta, o Alberto, ninguém teve nada a ver com isso.

— A gente não tem esse dinheiro, só se o meu pai...

Stephânia saiu na frente, pensou.

— Não, por favor, não peça nada para ele, vou dar um jeito...

— Quando a gente quer que a Justiça seja lenta... O financiamento, a Laurinha só fala em Disney...

— Estou péssimo com tudo isso.

Ela parece segurar o choro, ele também. Então Carol se levanta da cadeira e abraça o marido. Não havia muito mais para conversar.

Enquanto Carol, já de volta ao cartório, tem dificuldades para se concentrar, Danilo, mesmo desnorteado com a condenação e com Stephânia, entra no carro e toma o rumo de casa.

Por sorte teria uma semana ou duas para pensar no que fazer. Carol foi parceira... O que era quase de se lamentar. Tivesse reagido mal, xingado de irresponsável, olha aí o problema que você trouxe para dentro de casa, absurdo, seria mais fácil colocar em prática o projeto correspondente-internacional-com--Stephânia-ao-lado. Ah, se Carol dissesse que aquilo era demais para ela, que precisavam repensar o casamento ou, melhor, se revelasse na padaria mesmo intolerância, usando a palavra "divórcio". Daí Danilo seria vítima da incompreensão e da imaturidade da esposa. No primeiro problema que enfrentavam a saída era a separação? Essa é boa! Todos condenariam Carol, e o subsequente-quase-concomitante envolvimento com Stephânia seria interpretado pelos outros como um ato de justiça. Por quarenta dinheiros destruiu a família. Mas Carol não era assim, não teria se apaixonado por ela se fosse assim, ela não seria a menina em que valia a pena investir se fosse assim, não a mãe de Laura, não a sua esposa. Onde arranjaria aquela grana? "*Sou desgraçado. Os ciganos roubaram minha sorte.*"

Um som alto de buzina, um som agudo de atrito entre pneu e asfalto, um carro vermelho desviando do seu e subindo na calçada à direita; desvia à esquerda e frena o carro também, no meio da rua, em diagonal. O que houve? Não sei. Não bati em nada. Desce do carro e escuta um xingamento da mulher que segurava com as duas mãos o volante do veículo vermelho. Tá dormindo?!, não, não foi sono, foi a sentença, a Stephânia, a Carol, a falta de dinheiro, pensou em dizer. Desculpe, foi só o que realmente disse. Olhe por onde anda, imbecil, podia ter batido em você. A mulher só tirava as mãos do volante a fim de ganhar forças para esmurrá-lo de novo enquanto berrava os concatenados insultos. Desculpe, repetiu, mecânico. Vai se foder. Agora sem cantar pneu, a mulher vai embora, de novo com as mãos firmes no volante. Já Danilo volta ao carro, menos trêmulo. Existe classificação mais baixa que segunda-feira-péssima-das-péssimas? Horrenda, trágica, infernal lhe ocorrem... Mas, diante da percepção de que, na verdade, fora sorte não ter causado nenhum acidente, escolhe ficar com péssima-das-péssimas mesmo. Edu apressado ultrapassou sinal vermelho, causou colisão, ganhou ofensas escritas e públicas e receberá quarenta mil. Danilo distraído ultrapassou sinal vermelho, não causou colisão, ganhou ofensas verbais e impublicáveis e pagará quarenta mil.

Enfim em casa, mostrou o documento para o doutor Marco Antônio. O desembargador aposentado classificou o juiz de primeiro grau como mão pesada. É um valor acima do que normalmente acontece nesses casos, disse. Apelação? Sim, no prazo de quinze dias. Quanto tempo leva para o recurso ser julgado? Um ano, um ano e pouco, por aí. Pelo menos joga para a frente a dívida, vocês estão com diversos compromissos, ponderou o sogro. Essa quantia pode vir a ser reduzida, mas a condenação em si é difícil reverter. Sentença bem fundamentada. E se o Eduardo apresentar recurso? Minha hipótese é que o Tribunal não majorará o valor. Se ninguém recorrer, a decisão se torna imutável, daí o seu ex-colega de classe poderá ajuizar uma execução contra você... Olha, não quero de novo oficiais de justiça por aqui, certo?

— Não vai acontecer.

Há poucos dias ansiava para que essa merda de sentença saísse logo e para que tivesse uma palavrinha com Stephânia. Hoje conseguiu tudo isso. Pagar ou recorrer? Stephânia foi legal. Carol foi compreensiva. Stephânia, um pouco mais: queria vê-lo depois de amanhã, só os dois. E ofereceu o dinheiro. Não seria demais aceitar dinheiro emprestado de um futuro sogro? E depois de amanhã está perto demais também... Então Danilo termina a conversa com o sogro atual, agradecendo-lhe pelas explicações, volta ao carro e toma nas mãos o celular.

Pode ser na outra quarta-feira? Não estou com cabeça.

Como quem recorre de uma sentença, adiou o encontro com a colega.

86

Tornou a vida dos idosos mais animada.

Kamylle Cristine de Souza Carvalho morreu aos vinte e seis anos, bem vividos em Sorocaba. Trabalhava na recepção da Cidade da Melhor Idade, onde era querida por colegas e, principalmente, pelos cidadãos do local. Foi seu primeiro e único emprego, mas vários cidadãos contaram que ela havia nascido para aquilo, conversar com as famílias que pretendiam abrigar seus parentes, dar atenção aos idosos que ali passavam a morar. "Muito carinhosa, sempre com uma frase de incentivo e de amor à vida", contou Gilberto, um dos moradores do lar que compareceu ao velório. "Chocado e triste", confessou o diretor do local, tendo acrescentado na sequência que "Kamylle era meu braço direito e esquerdo". "Sentiremos saudades, todos." O marido, com quem estava casada há menos de dois anos, contou que a esposa tinha planos de ser mãe e de conhecer as praias do Nordeste. Gostava de esclarecer as dúvidas de quem ainda não havia se decidido a usar os serviços da Cidade da Melhor Idade. "Uma ponte entre a culpa e a comodidade de deixar um parente querido no asilo." Morreu de repente no domingo à noite, deixando pai, mãe, marido, duas irmãs e uma Cidade inteira desolada. Danilo Paiva.

Incrível como as coisas não acontecem nem quando nem como queremos. Com diversas histórias de moradores já registradas, aguardava o momento de publicar o primeiro obituário aproveitando as histórias obtidas direto da fonte. Não à toa receava receber apelidos de abutre ou urubu... Era natural que esperasse (sem desejar, evidentemente) que o autor do pitoresco abotoasse o paletó de madeira para finalmente publicar sua matéria. Com gente famosa, é assim que funciona: obituários prontos aguardando o bater das botas. Não foi criado nenhum laço entre Kamylle Cristine e Danilo, as conversas não chegavam a intimidades, apesar de a moça sempre ter se mostrado atenciosa para com ele. Jovem e saudável, estava fora do público-alvo. Porém, sentiu o dever moral de escrever seu obituário, sem contar que, provavelmente, toda a Cidade da Melhor Idade compartilhava essa expectativa. Bem que tentou, mas não conseguiu encontrar nenhum traço distintivo. Até havia, mas não podia escancarar o suicídio, preferindo usar o código "morreu de repente", chavão comum entre os jornalistas saxões. Irônico que a recepcionista das frases feitas precisou de mais uma ao entregar a alma a Deus. No caso, entrega voluntária.

Segunda-feira-péssima-das-péssimas. E agora, não havia dúvidas quanto à classificação mais precisa, trágica também. Suicídio é pesado demais. Logo Kamylle, que despejava fórmulas de bem viver a torto e a direito... Tão primaveril, afirmou Haroldo André, ainda sob o impacto da notícia. Como foi? Remédios. Não pode ter sido acidente? Ninguém engole trinta comprimidos sem querer. De fato. Para os cidadãos da Cidade da Melhor Idade foi dito que ela descobriu um câncer no cérebro em estágio avançado, coisa de duas ou três semanas. Ninguém duvidou, o ambíguo "de repente" poderia se referir ao rápido avanço da doença. E a ficção a respeito da *causa mortis* contribuiu para que a imagem de Kamylle permanecesse colorida. Como conseguia continuar tão falante sentindo tanta dor?

É claro que, com a morte da recepcionista, Danilo se perguntou sobre o que a levou a fazer aquilo. Com certeza a avaliou mal, quase com desprezo, com a petulância de quem vê a superfície e conclui ter decifrado a essência. Sob a pele do visível sempre há histórias invisíveis, que sempre terminam mal contadas, já devia ter entronizado essa lição. "*Há em tudo que fazemos uma razão singular: é que não é o que queremos, acontece porque vivemos.*" Talvez tenha sido condenada a pagar quarenta mil ou sofrido assédio no trabalho, vai saber.

87

Vergonhosamente, a tragédia de Kamylle o distraiu. Até que o obituário saiu mais ou menos, nada brilhante (provavelmente equiparando-se à vida da moça), tendo percebido certa satisfação de Haroldo André — disfarçada, é verdade — em ver o seu nome e o do Asilão publicados na *Gazeta*. Sem contar que cidadãos e funcionários, pelo menos foi o que sentiu, se tornaram mais simpáticos com ele — justamente porque alguém de dentro havia sido homenageado. Lamentável que tenha sido alguém tão jovem. O prefeito da Cidade da Melhor Idade decretou luto oficial, o que em nada alterou a rotina do lugar. Uma dúzia de fitinhas negras em forma de meio laço pregadas em árvores próximas ao refeitório e um cartaz com uma foto de Kamylle sorrindo, com o crachá e uniforme, apenas com a legenda *in memoriam* — mau gosto. Durou três dias, o luto; a lembrança de Kamylle entre os moradores, talvez menos. É provável que o empenho do diretor em ocultar a verdadeira *causa mortis* tenha contribuído para a vida curta dos comentários sobre o caso.

Apesar de a resposta de Stephânia ao seu pedido de adiamento ter acontecido apenas no dia seguinte — um seco *tudo bem* —, o fato é que, dias depois, recebia nova mensagem, *não se esqueça do nosso encontro quarta-feira, hein?*. Não deve estar mais chateada. Sim, Stephânia até ofereceu dinheiro, tão atenciosa! A colega podia ajudar bastante. Atrapalhar, idem.

— Você não acredita em reza, menino?

— Acredito, dona Maria.

— Dor de dente, cobreiro, vento virado, tristeza, quebrante e picada de cobra. Só não trago de volta quem já despediu a alma, isso só o Salvador.

Maria José Pimenta. Nascimento: 1940. Local: Capela do Alto. Tempo de Asilão: catorze anos. Filhos? Nove. Todos pelo mundo. Profissão: benzedeira. Até hoje. Alguns moradores propagavam o poder de Maria Benzedeira — como demorou tanto tempo para conhecê-la ali dentro era o que o intrigava —, embora as provas quanto às curas não fossem além das testemunhais.

— E para falta de dinheiro — Danilo brinca —, tem remédio também?

— Tem sim — responde sem demora. — Para as outras coisas que não quer falar, também. O menino tá precisado...

A mulher, cujos cabelos pareciam roxos de tão brancos, tinha voz rouca como Borba e falava com rapidez inesperada para a idade. Ágil também nos movimentos, ela se levanta da cadeira de madeira de quatro pernas, abre a gavetinha da cômoda que funcionava também como altar — Nossa Senhora Aparecida, terços de todos os tamanhos e cores, fitinhas coloridas do Senhor do Bonfim, diversas imagens de santos, dos quais Danilo reconhece São Sebastião (por conta das flechas), São Francisco (por conta das pombas) e Nossa Senhora de Fátima (por conta das três crianças prostradas) —, e tira da parte da frente um robusto ramo de arruda. Pede para Danilo se sentar na cadeira, já ajeitada de modo a deixá-lo de costas para o minialtar. Então começa a reza, pai-nosso (conhece), ave-maria (conhece, claro, ameaça rezar junto e escuta uma indiscutível altercação — *só eu!*), salve-rainha (já ouviu, mas não sabe declamar) e outras orações da missa que já havia escutado, claro, mas não saberia de cor. Querendo acreditar. E ela dá voltas em torno da cadeira, roçando a arruda ora no rosto, ora na cabeça, mas especialmente no pescoço e garganta do precisado. Usava um vestido simples, peça única, de tons florais, predominantemente verde e vermelho, e um par de chinelos possivelmente de couro, gasto, mas que rosnava um chiado cadenciado no atrito com o chão que lembrava as crises de bronquite da filha, em harmonia com o som gutural que saía de sua boca.

— Pronto, menino, pode ir.

Durou o quê, dois, três minutos? Levanta-se, pega o caderno e a lapiseira que havia deixado sobre a cama, agradece, foi um prazer conversar com a senhora. E, antes de sair, ouve de novo a voz quase cavernosa:

— O poder da reza é de carne e osso, não aceita desmentidos.

88

Na sexta-feira de manhã, Borba o chamou à sala dele. Mais broncas, pensou. Nada disso, o advogado da parte contrária havia entrado em contato, propondo que, se nem a Gazeta nem Danilo recorressem, eles também não apresentariam apelação, satisfeito que estava, seu cliente, com os quarenta mil. Ora, quem não estava satisfeito era Danilo, além de Borba, Carol e até Laurinha — que, esperta, viu que a tal sentença atrapalhava a viagem. Carol lhe deu apoio, é verdade, mas com certeza estava tão apreensiva quanto o marido sobre como conseguir o dinheiro; aliás, na opinião da esposa, o caminho correto seria recorrer, jogar a dívida para a frente. Também Stephânia o apoiou. E na opinião da colega, o caminho (nem tão correto) seria se envolverem, jogar o casamento para o alto.

— Você conversou com o Marquinhos? O que ele acha? — pergunta Borba.

— Que o valor pode diminuir — respondeu o obituarista.

— Mas também pode aumentar... Se recorrermos, a outra parte também recorre.

— O que o advogado acha?

— Quem tem que decidir é você.

Na saída passou na sala dos repórteres, Rui e Dita estavam lá, perguntaram o porquê do sumiço, e Danilo respondeu que andava sem cabeça, a condenação, um suicídio no asilo, enfim, problemas. E tem a Stephânia, ora. Não, isso não falou.

Tinha combinado de levar sua mãe para almoçar e foi buscá-la no apartamento novo. Fazia menos de dez dias que havia se mudado, tudo tão rápido, e o filho então decidiu que, ao menos uma vez por semana, almoçariam juntos. Terça ou quarta, mas aquela semana havia sido tão estranha que só conseguira aparecer na sexta. Enquanto Danilo era condenado pela Justiça, a mãe comprava sofá e panelas novas. Ela estava feliz com a nova casa, de fato foi sorte terem encontrado um apartamento pronto para morar. Mérito de Carol. É claro que durante o almoço falou da morte da recepcionista da Cidade da Melhor Idade, falou da assinatura do contrato de financiamento que ele e Carol acabaram de assumir, comentou da benzedeira, e contou da sentença. Uma segunda mulher lhe oferecia dinheiro. Recusou. A mãe insistiu. Recusou de novo, explicando que talvez só precisasse pagar dali a um ano ou mais, caso recorressem, o que a acalmou.

— Você passou recentemente pela nossa rua antiga?

— Não, por quê?

— Parece que já mexeram por lá...

Não se sentia bem em falar da casa dos avós, menos ainda em saber que "já mexeram por lá". Engraçado que, assim que foi convencido a concordar com a venda, decidiu que passaria alguns minutos no interior da casa, sozinho, caminhando pelos cômodos, olhando e tocando objetos antigos, rememorando, sentando-se à mesa da cozinha, talvez até preparasse um chá de hortelã se encontrasse chaleira perdida e erva no quintal. Despedir-se, enfim, como quem se despede de um parente querido que acaba de morrer. Para isso servem velórios e enterros, nunca foi adepto de cremações, por sorte Sorocaba resistia à moda. Dentro do processo de despedida estão a análise de papéis, a escolha de horários ou salas para velório, encomenda de bolachas, água e café, o tipo de caixão, a seleção das flores que enfeitarão o leito mortuário, a visão da tampa do caixão trancando para sempre o semblante tão conhecido, o cortejo fúnebre, o caixão guardado no túmulo ou na cova, os cumprimentos finais e, por fim, pensar que essa hora um dia chega para todo mundo. Com a casa dos avós não teve nada disso, tudo foi muito rápido. O sábado da mudança exigiu esforço físico dele, da mãe, de Carol, até o doutor Marco Antônio ajudou a carregar móveis embalados em papelão marrom para o baú do caminhão de mudança. Danilo acabou se esquecendo da ensaiada despedida de memórias embaralhadas aos tijolos da casa dos avós, da mãe, da sua casa. Agora, da construtora.

Ainda com as chaves do portão e da porta de entrada chacoalhando no mesmo chaveiro em que carrega a do carro — traz todas as chaves num único molho —, a construtora não iria se importar se ele entrasse para dar uma última olhadinha; aliás, nem ficaria sabendo. Apesar de vazia, alguns minutos ali dentro seriam suficientes para o adeus. Só se não tiver ninguém por perto, não quero problemas com a polícia.

— Então vou dar uma passada lá agora. Quer ir?

— Não posso, combinei de ver as meninas da loja. Me deixa no centro?

Terminaram falando do apartamento novo, de como ela estava se adaptando bem, que bom que ainda vê as amigas do trabalho, que os encontros deveriam continuar. Danilo só evitou falar de Stephânia.

Logo após deixar a mãe na rua da loja, ele lamentou ter se esquecido de comentar a história de Rosely de Sousa, com quem havia conversado na tarde anterior. Todos no Asilão sabiam que Rosely fora vedete na década de 1970, num famoso programa de televisão. E por isso a procurou, queria conhecer aquela história. Surpreendentemente, porém, ela não falou nada, nadinha, do que fez, viu ou ouviu quando dançava na frente das câmeras. Rosely omitiu completamente o episódio, preferindo falar da infância em Pirassununga, de quando os pais se mudaram para São Roque, do marido taxista e dos dois filhos que moram ambos em Sorocaba. O destaque da entrevistada foi a neta que estava para nascer em poucas semanas. Uma história tão banal que nem foi preciso gastar muito grafite. Talvez a mãe de Danilo soubesse dizer se Rosely não revelou a época de vedete por esquecimento (duvido!), por vergonha (provável!) ou pela pretensão de ser lembrada, caso seu obituário fosse um dia publicado, exclusivamente pelos momentos que lhe foram realmente importantes na vida.

Se separasse seus homenageados em dois grandes grupos, a Rosely estaria na coluna do Pedrinho-do-Embuste, do advogado-bígamo, do vendedor-picareta. Na coluna ao lado encontraria, por exemplo, Januário-palmeirense, a namorada-do-famoso-ator, os ex-soldados Ângelo e Isaías. Às vezes gostamos de exibir nosso episódio definidor; outras, precisamos escondê-lo.

E aí, vamos aonde na quarta?

Faltavam três quarteirões para alcançar a casa dos avós. Conhecia bem o trajeto, mas, como no outro dia quase causou nova colisão, encostou o sedã para responder à mensagem.

Conhece o Atol? Pode ser lá?

As noites de quarta já estavam consagradas ao *happy hour*. Carol já nem reclamava mais. Mas na próxima quarta-feira Danilo não iria tomar chope com os colegas.

Conheço. 19h30?

Combinado — Danilo acabava de ocupar seu lugar na coluna dos que escondem fatos, sem saber o quanto seria definidor para sua vida.

Liga o carro e percorre os quarteirões tão conhecidos — quanto não andou ali a pé? — até que alcança a rua da antiga casa.

Não é possível. No chão, tudo no chão.

Estaciona o carro do outro lado e desce. Tapumes de madeira suja e pichada encobrem a visão do que poderiam ser entulho ou escombros da casa onde morou, das casas vizinhas, todas demolidas. Duvido que tenha entulho, ali não sobrara nenhum tijolo com as digitais do avô. A devastação de meio quarteirão precisou de quanto tempo? Há dois meses sua mãe ainda via TV na sala... Não devia ter aceitado a venda, valor irrisório ante o vazio que seus olhos engoliam às enxurradas para dentro de si. Remorso por não ter sido firme como aço; mole como papel de jornal. As marretas que não viu destruírem sua casa agora lhe golpeiam o peito. Caminha para trás para ter uma visão mais ampla. Vira a cabeça para a esquerda, para a direita, a casa de Rubinho está lá, ainda de pé, a primeira que não foi demolida. O que teria acontecido com Rubinho? Com a esperança de encontrar um rosto conhecido, uma explicação, um abrigo, caminha até lá. Duas placas de "vende-se" estão amarradas com arame no portão que um dia foi branco mas hoje é só ferrugem. Rubinho morreu, sua mãe havia comentado, anos atrás; se bem que não tinha certeza. O sol incomoda. Derrubaram até as árvores da rua? Mas o que é isso?! Vou falar com o Borba, alguém precisa denunciar. Denunciar o quê? A ordem das coisas e o andar dos acontecimentos? Não havia sido ele, Danilo Paiva, quem comemorou o encantador preço oferecido? Já até usou o dinheiro — no apartamento onde ele, Carol e Laurinha irão morar. Isso se não rolar nada com Stephânia na próxima quarta. Com a casa demolida, nada mais o prendia em Sorocaba. Vou denunciar, destruíram tudo. Ora, ora, receberá gargalhadas como reação; os movimentos da sociedade, as adaptações, as transformações, foi desta para pior.

Custa a aceitar a nova paisagem. Volta ao carro. Sim, satisfação plena com os trinta mil da construtora. Ainda faltam quarenta. Edu vai me arrancar mais quarenta. Entra e se senta no banco do motorista; está suado, liga o motor, mas não sai do lugar, ar-condicionado, por favor, quase bati de novo o carro outro dia, seria mais despesa. Daqui a duas ou três semanas, quando passar pela rua de novo, já verá anúncios de um empreendimento, talvez uma sala com corretores atendendo famílias interessadas na casa própria, a simulação de um apartamento decorado.

Daqui a dois ou três meses, verá andaimes, estruturas de metal, betoneiras remoendo areia, água e cimento, e pedreiros com capacetes brancos numa obra a todo vapor; não se lembra do avô com capacete de pedreiro. Quanto tempo levará para ver um prédio de vinte andares? Daqui a alguns meses ele, Carol e Laurinha também estariam vivendo num prédio de vinte andares. Isso se Stephânia deixar, claro. O apartamento novo está sobre o terreno onde, tempos atrás, famílias tomavam chá, jogavam cartas na mesa da cozinha, assistiam à TV em suas confortáveis casas térreas. Mas essas famílias também receberam uma bolada e a construtora (a mesma que cuspiu trinta mil na conta de Danilo?) fez terra arrasada de meio quarteirão, pregou anúncios, deslocou corretores, instalou andaimes, transportou betoneiras e pedreiros com capacetes brancos, e simulou um apartamento decorado. Movimentos da sociedade.

O ar-condicionado faz efeito e o ambiente interno do carro já está mais fresco, mas o interior de Danilo permanece murcho. Abre a janela, desliga o carro de novo e tira o chaveiro da ignição. Em seguida, arranca do molho as chaves do portão e da porta de entrada da casa, quanta ingenuidade acreditar que ela estaria à disposição para o atrasado velório de suas memórias. Sem se preocupar em sujar a rua, atira as duas chaves com raiva, que pulam três ou quatro vezes até se acalmarem na calçada. *"Eu amo tudo o que foi, tudo o que já não é."*

Liga de novo o carro, o ar-condicionado volta a funcionar, fecha a janela. Dá uma última olhada nos tapumes que protegem o terreno. Um trecho devastado. Com lentidão, dobra a esquina praguejando toda espécie e subespécie de movimento, de vaivém, de idas e vindas... e remoendo, com peso, um anseio de estagnação, de inércia, uma agonia de retorno, um aviltante desejo de nunca ter saído dali.

89

Por intermédio de Malu, a funcionária que assumiu as funções da finada Kamylle dois dias depois do suicídio, soube que o cidadão mais velho do lugar se chamava José Afonso Lopes e que ele dividia um quarto triplo com outros idosos. E, apesar de as funções do corpo estarem preservadas, já não se lembrava de nada. Uma ou duas vezes por mês, Danilo escrevia obituários de pessoas que haviam ultrapassado a marca dos noventa anos, dos cem — quanto mais, melhor. Longevidade é sempre interessante. Estampar a proeza no jornal — que não tem nenhuma relação com o mérito de seu autor — talvez traga conforto e esperança aos leitores. Se essa aqui completou noventa e sete primaveras, também posso chegar lá. Quis conhecê-lo.

— Ele tem alzaime — diagnosticou a enfermeira responsável pelo pavilhão.

Danilo o encontra numa cadeira de rodas, com um cobertor sobre as pernas e uma touca de lã escura na cabeça, na frente da televisão coletiva que havia na salinha de convivência do pavilhão, um dos mais humildes do lugar. A TV vibrava num volume tão alto que nem o obituarista, se lá permanecesse por mais cinco minutos, conseguiria lembrar mais nenhum episódio da própria vida.

— Posso levá-lo até ali?

Ali era o lado de fora, onde havia banco de cimento, grama, terra, plantas, sol. E silêncio.

— Tudo bem, mas traga de volta até três e meia, hora do café com leite.

— Seu Afonso, tudo bem?

O homem não responde.

— Tem que falar alto, ele escuta mal — esclareceu Yolanda, uma senhora de mais ou menos setenta anos e que se aproximou da dupla.

Danilo repete a pergunta, mais alto.

— Tudo — Afonso responde num grunhido.

— Quantos anos o senhor tem?

De novo ele não responde; não era possível saber se entendia o que se passava ou não. Deixando o princípio da não interferência de lado, Danilo insiste:

— Mais de cinquenta?

Os olhos voltados para o rosto do jornalista sugeriam que, pelo menos, tentava prestar atenção à conversa.

— Mais.

— Mais de oitenta?

— Bem menos.

Se tudo desse certo, ele completaria cento e dois em um mês. Danilo faz contas: nasceu durante a Primeira Guerra.

— O senhor tem filhos?

— Filhos?

— Isso, família?

Então olha para Yolanda, como quem pede ajuda.

— Teve quatro filhos, mas só a mais nova aparece. — Yolanda sabia alguns detalhes da vida do desmemoriado por conversas com a tal filha, de ouvir dizer.

Nesse instante chega Ribeiro, um escrevente de cartório aposentado do pavilhão ao lado.

— Conversando com o nosso decano?

— Decano?

— É o mais antigo de nós...

Com Ribeiro e Yolanda participando da conversa, Danilo ouviu algumas informações sobre o senhor Afonso, úteis, pois já havia percebido que não extrairia nada dele.

— Alzheimer é como borracha, apaga tudo — comentou Ribeiro.

— E olha que ele já teve muito dinheiro, viu? Foi construtor de prédios em toda a região — complementou Yolanda.

— Mas caiu em bancarrota na década de 1980, nunca mais se recuperou.

— Os filhos não ajudam?

— A gente não sabe direito, a que vem aqui até conversa um pouco, mas é reservada. Os outros não visitam o pai, talvez morem fora do país, sei lá.

Afonso olhava para o chão, como se estivesse em outro lugar.

— É a filha quem paga a estadia dele?

— Não, ele é da caridade.

Realmente a sua apresentação, com cobertor velho sobre o colo e touca gasta na cabeça, em nada sugeria um passado de riqueza. Então imagina o homem, décadas atrás, empresário bem-

-sucedido, dando broncas nos filhos, nos funcionários, derrubando casas de bairro e construindo prédios.

Com a lapiseira anota em seu caderno: Yolanda-dona-de--casa-moradora-primaveril e Ribeiro-cartorário-por-isso-as-expressões-decano-e-bancarrota. Tivessem sido outros dois moradores que aparecessem ao seu lado, talvez ouvisse outra história (foi comerciante, teve só uma filha, gostava de sair para dançar, sei lá); se não outra, ao menos diferente. É isso, as anotações exigem lápis. Como aparentemente a vida de todo mundo é escrita.

Voltava para casa pensando no decano. Com o céu quase escuro, sobravam poucos raios solares vermelhos lá longe, à esquerda, numa temperatura quase fresca. Por isso não ligou o ar--condicionado, abrindo as janelas do carro ao toque de botões. O vento de fora bagunçava o cabelo do motorista. Também não ligou o rádio, às vezes música atrapalha. Pelo menos se lembrava da casa onde morou. Não existe mais, como o pai, os avós, o tio Artur. Ainda se lembra de quase tudo e de quase todos, com a sensação de que seu registro interno preservava todos os mínimos e exatos detalhes de objetos, pessoas e episódios. Tudo era e tudo aconteceu exatamente do jeito de que se lembrava. Não... não é assim que funciona. A memória não guarda apenas paredes, rostos e frases, mas o deleite ou a dor com que os retratos foram sendo registrados no seu íntimo. Quase inveja o seu Afonso, que não lembra o que ganhou ou o que perdeu — sofrimento zero. Cabeça vazia como vazio é o terreno da casa do avô. Nenhum trecho, nenhuma pessoa, não lembra mais nada? Quase sofre pelo seu Afonso, que não sabe o que ganhou ou o que perdeu — saudade zero.

Chega em casa, aciona o controle remoto que suspende o portão eletrônico, dispositivo instalado há pouco tempo pelo sogro, e estaciona o carro na garagem. Aciona de novo o botão do controle, desliga o motor, segura a direção com as duas mãos, encosta a testa no volante — se alguém o visse naquela posição pensaria que acabara de enterrar a mãe. Não, foi a minha infância, responderia, *"a criança que fui chora na estrada"*. Abre a porta, sai e tranca o carro com outro controle, certo de que, conscientemente, terá que se desfazer de mais um objeto que havia tornado sua vida um pouco melhor — pelo menos Danilo ainda se lembrava de que a vida é cheia de ganhos e perdas.

— Vou vender o carro — nem falou boa-noite para Carol quando a viu no sofá com Laurinha.

— Mas você...

— Sempre tomei ônibus, não tem problema nenhum voltar a andar.

Não haveria recurso, ia pagar a indenização e acabou. A benzedeira garantiu que remediava até falta de dinheiro. Vender o carro era parte da solução. Pesquisou tabela de preços de usados na internet, e conversou com o sogro, que conhecia um dono de garagem honesto, coisa rara no ramo. Sim, carro batido, provavelmente receberia menos do que a tabela sugeria, mas seja como for vai conseguir dinheiro para ajudar na indenização. Vender o carro, nada demais. No dia seguinte de manhã, o sogro o acompanhou na conversa com o tal conhecido e, como a avaliação atendeu às suas expectativas, o negócio foi fechado.

90

Na segunda-feira, foi de ônibus à redação, iria de ônibus ao Asilão, iria de ônibus às funerárias. Mas, no horário do almoço, tomou outro ônibus e se dirigiu à antiga agência, onde havia trabalhado por alguns anos; equipe mudada, o antigo gerente fora transferido para Belo Horizonte, e o gerente novo, veja só, era Eliseu, a quem Danilo algumas vezes substituíra no caixa quando o colega adoecia. Agora com uma sala exclusiva no andar de cima, cadeira presidente, máquina e cápsulas de café só para ele, e uma escrivaninha de dois metros e meio de largura, parece que a saúde de Eliseu se robustecera de novo. Uma delícia, aliás, o cafezinho, tão bom quanto o do Haroldo André.

— O banco está contratando, não tem interesse em voltar?

— Estou na Gazeta, sou jornalista de verdade.

— Eu sei, a gente lê você aqui... em todo caso, seria bom se voltasse, sempre foi ótimo profissional. Só pense.

Feliz pela promoção de Eliseu, pelo elogio, bom saber que não foi funcionário ruim. Aceita mais um café, conversa sobre os colegas que não estão mais no banco e finalmente sai da agência com três vias assinadas de um contrato de empréstimo e vinte mil reais distribuídos em trinta e seis meses.

Para chegar ao Asilão, eram necessárias duas conduções. Na primeira, conversa com Borba pelo telefone (o que não poderia fazer se estivesse de carro), e conta que teria o dinheiro em menos de uma semana. O chefe ficou satisfeito. No segundo ônibus, completamente imerso no mundo-de-cá, Danilo sente tristeza pela perda do carro, símbolo da sua ascensão como jornalista, mas também alívio pelo empréstimo que quitaria a indenização, símbolo da sua cagada como jornalista.

Chegou ao Asilão um pouco depois do horário habitual, bem fora de mão o lugar, duas conduções!, mas a tempo de tomar mais um café na sala do prefeito — tão bom quanto o do Eliseu.

— Sempre achei o ser humano enfadonho, Funéreo...

Mais teorética, pensou; e, como de costume, esperou a palestra.

— Quatro colunas nos sustentam: social/amorosa, financeira/trabalho, saúde/corpo e emocional/psicológica — Haroldo André fazia questão de falar "barra" entre uma palavra e outra.

Sem disposição nem repertório para entrar em debate, Danilo concordou.

— O suicídio só acontece quando duas ou mais colunas se racham; quando só uma falha, as outras continuam a nos sustentar.

— Quais delas racharam para a Kamylle?

— Aí que está: até onde eu sei, nenhuma! Conversei com o marido, com os pais, com a irmã... E todos responderam que não sabiam o que houve. Casamento ok, saúde ok, finanças ok.

— Depressão então?

— Não que soubessem.

Danilo já havia escutado que suicidas tinham o hábito de deixar bilhetes com os motivos que o levaram ao gesto desesperado. Só um bilhete poderia tirar Haroldo André da angústia, talvez um dia aparecesse a carta de próprio punho de Kamylle.

— Enfim, a qual conclusão chegou?

O diretor suspira e faz um silêncio cerimonioso, como quem está prestes a enunciar uma máxima que abalará as estruturas da humanidade.

— Inteira, inteirinha, a realidade não cabe em teorias.

Logo Haroldo André admitindo isso?! Danilo concordava de novo, sinceramente. Nem todo mundo se encaixa numa estação do ano, nem todo entrevistado revela o que é importante, e, como acabavam de constatar, nem todo suicida tem colunas destruídas. O prefeito do Asilão sabia que classificações nunca são precisas. Mesmo assim não escondia o inconformismo por não conseguir ajuste perfeito entre evento e ideia. Já Danilo tinha reforçada a impressão de que uma história bem contada é preferível à verdade. Kamylle Cristine estava aí para comprovar, apesar de não estar mais aí. No Asilão, com a exceção dos dois naquela sala, ninguém comentava sobre a recepcionista. O disfarce enganou, deu certo, as últimas palavras sentenciaram que a moça perdeu a luta contra o câncer e foi o que prevaleceu. Últimas e mentirosas. Explicações coerentes sobre eventos desagradáveis ajudam a tocar adiante. Se a realidade é maior que teorias, a verdade é menor que ficções.

O café acaba e o prefeito até oferece mais um, mas teve que recusar, já acelerado por tanta cafeína, queria falar com a benzedeira, agradecer pela reza — foi depois de ter sido roçado com a arruda que... enfim, sem carro, mas com o problema da indenização resolvido — e pedir mais uma benção, especial, para quarta-feira à noite. *O menino tá precisado.* Um reforço nesta e naquela coluna, por favor.

Ao chegar ao quarto da benzedeira, encontra três cidadãos aguardando para serem atendidos numa espécie de fila, a mulher deve ser boa mesmo. Sem ânimo para esperar, e agora percebe, nem para conversar com mais ninguém, sai dali. Ao passar pela capela, entra, está com o peito palpitando, não sabe se é o café, se é Stephânia, ou se é pânico. Melhor rezar sozinho.

91

Sabia da baixa frequência naquele bar, por isso sugeriu o Atol. Longe da rua mais agitada e próximo das agências bancárias, era frequentado por uma outra turma, um ou dois casais que deveriam morar nas redondezas, nada mais. Tomara que não encontre nenhum conhecido.

Chega vinte minutos antes do combinado, mas não tem tempo de ensaiar nada, porque Stephânia já o aguardava. As últimas noites foram péssimas, insônia e tensão. Vida nova no horizonte ou rotina conhecida? Cansado, sim; com sono, também; nervoso, muito. E ela ainda chegou primeiro... Vestia uma calça preta agarrada às bonitas pernas, e uma blusinha vermelha, também justa, que destacava os seios, sem, no entanto, mostrá-los. E maquiada, com destaque às expressivas sobrancelhas que, na companhia dos olhos castanho-claros, formavam um conjunto que prometia um futuro esfuziante. Quando a moça se levanta da cadeira para beijá-lo duas vezes no rosto, o perfume completa o sedutor quadro.

— Comentaram na redação que você vendeu o carro. Não precisava, Dan, eu poderia ajudar, meu pai...

— Obrigado, obrigado mesmo... Eu que tinha que resolver isso sozinho.

Sentados, consultam o cardápio. Não que a comida fosse saborosa ou que estivessem com fome, mas naquele momento qualquer distração era bem-vinda.

— Prato ou porção?

— Porção, né?

Pediram pastéis — carne, queijo e carne-seca. E um chope cada um.

— O Danilo não vem de novo? — era Paulinho quem perguntava.

— Ele anda chateado... — ponderou Rui.

— Já não resolveu aquilo? Vendeu o carro e tudo... Deveria deixar de frescura e vir tomar uns gorós com os amigos...

— A gente espera a Stephânia ou já vai pedindo?

— Aquela lá sempre atrasa, vamos pedir.

Foi melhor que não esperaram, pois Stephânia não iria ao *happy hour*. E nem avisou! É que ela e o outro ausente compartilhavam a porção de pastel a três quilômetros de distância.

— Desde que começou na Gazeta, gostei de você, não sei se sabia disso.

Saber, não sabia, mas parecia. A menina cujas sobrancelhas estavam mais arqueadas do que nunca não perdeu tempo. Mal chegaram os dois copos de chope e já foi falando "gostei de você", espantando qualquer dúvida que ainda pudesse existir no obituarista. De um lado, vaidade, deleite, gozo, de outro, susto, alerta, medo. Beco sem saída ou estrada sem fim?

— De início pensei que fosse só simpatia, nada além... Aliás, foi mútua, não foi, a simpatia?

— Sim, mútua — não teve como negar.

— Porém, depois que terminei meu namoro, vi que era mais do que isso.

Na coluna dos que ocultam. Carol pensa que ele está com a turma, não por conta própria, mas porque ele mandou mensagem para a esposa "vou ao *happy hour*, tá?" e ela, simpática, respondeu "vai sim, meu amor". Fazia tempo que Carol não o chamava "meu amor", mas hoje, justo hoje, chamou.

— Dita, a Gazeta anda mal das pernas? — Paulinho pergunta.

— Acho que não, o Borba não falou nada, por quê?

— Sei lá, desde a demissão do Zé Carlos...

Às vezes a situação de Dita não era tão confortável: ao mesmo tempo amiga do chefe e integrante do time de repórteres. Por já terem compartilhado a mesma cama no passado e por compartilharem cigarros no presente, sabia de circunstâncias que não podia revelar... E como as esconder sem perder a confiança da turma? Até aqui, vinha conseguindo equilibrar-se entre a amizade a Borba e coleguismo ao time. Manteve-se fiel a Borba na história do Zé Carlos, que não havia sido demitido por contenção de despesas, nada disso.

— Ele falou, por alto, que anda tendo atritos com o Alberto, seja lá o que isso significa...

— E você, não tem nada a dizer?

A chegada da porção salvou Danilo de responder naquele instante, pois o garçom, certamente com pouco serviço — para sua sorte o lugar estava de fato vazio —, insistiu que, se precisassem de alguma coisa era só chamar, meu nome é Fred, estou à disposição, só isso por enquanto? Só isso. Mais um chope, doutor? Daqui a pouco.

— Então eu falo — continuou Stephânia. — Não pense que não me preocupo, você é casado e tal, não estou propondo que se divorcie da sua mulher hoje à noite para ficarmos juntos, não sou nenhuma louca.

Danilo chama de novo o garçom, pede mais um chope e percebe que Stephânia se irritou.

— Não falei para esperar passar?

Enquanto o doutor Marco Antônio assistia à televisão no quarto de cima e Laurinha já dormia na casa menor, Carol e a mãe conversam na cozinha. Com a louça sempre fizeram assim, a mãe lava e a filha enxágua, uma boa dupla pós-refeição. Então concordaram que os últimos acontecimentos — venda do carro, empréstimo, compra do apartamento — confirmaram que Danilo voltara a ser responsável.

— Ele parecia outro, mãe.

— Às vezes fazemos coisas que não têm a ver com a gente.

Terminaram a louça e, antes de ir para a casa dos fundos, Carol gritou um boa-noite para o pai próximo da escada, tendo recebido outro de volta.

— Por que a gente só não experimenta?

Um meio-termo?

O dilema entre permanecer casado ou fugir com Stephânia era de extremos, e entre um e outro há gradações que tendem ao infinito. O que o impedia de continuar com Carol, continuar na Gazeta e, de vez em quando, dar umas escapadinhas com Stephânia? A colega não poderia ter sido mais clara e direta. Se por acaso gostassem da experiência — com certeza ele iria gostar —, pensariam no que fazer, depois, depois. Um trecho saboroso acabou de ser servido, era só aproveitar. Como o advogado e sua secretária. Talvez uma conversa idêntica à de agora tenha precedido a relação de ambos, o filho que tiveram, a vida dupla. Agora era a vez de Danilo de levar adiante uma história tão corriqueira entre homens com família constituída, envolver-se com a colega de trabalho, mais moderna que a esposa, mais nova, disponível para uma relação não tão séria. Poderiam experimentar, é claro.

Toma o segundo chope quase sem respirar, ainda há pastéis na cestinha.

— Vou pedir a conta.

— Como assim?

— Estou de carro, vamos para outro lugar.

Contrariando sua propalada disponibilidade, o garçom levou mais de dez minutos para trazer a conta, talvez esperando que o casal mudasse de ideia e pedisse outra porção, ou a saideira. E foi o tempo suficiente para Danilo imaginar o que ele e Stephânia estariam fazendo vinte minutos depois. Ela acabou de convidá-lo para outro lugar. Como dentro de um ônibus, Danilo vive a situação do prestes a, da expectativa, do antecedente. Prestes a trair. Stephânia estica o braço na mesa e Danilo retribui. Trocam carinhos que não ultrapassam as mãos, esperando a conta. Cadê o Fred?

O garçom surge sem a conta e oferece "vai um cafezinho?", Danilo pede dois sem consultar Stephânia, que novamente não esconde a irritação e ordena "a conta junto, por favor".

Fosse outra época — quanto tempo atrás, poucas semanas? —, não estaria esperando um cafezinho às oito e meia da noite com sua futura amante, mas tomando chá de hortelã com bolachas de maisena, escrevendo textos decentes. Obituários decentes redigidos por um obituarista indecente. Ou obituário indecente escrito por jornalista vingativo. Tanto faz. Um fato a esconder. Sônia Maria e o famoso ator; Rosely e as danças na TV. Até quando seria possível esconder os encontros furtivos com a colega? Stephânia volta a esticar a mão para acariciar a sua. Parece que a irritação passou.

Beleza, é hoje! Era o que deveria sentir. Pela possibilidade de sair com Stephânia sem compromisso. Perito em viver os trechos que a vida lhe apresentava, normalmente curtos e sem cálculo, era previsível que aceitasse mais esse, terminando o cafezinho o quanto antes, pagando a conta — vendera o carro dias antes, estava cheio de dinheiro — e saindo imediatamente dali rumo a um motel.

Fred chega com as xícaras de café e, claro, a conta, obediente à moça de sobrancelhas impositivas. Danilo se lembra do expresso de Haroldo André, se lembra do suicídio de Kamylle. Stephânia termina o café e ameaça puxar a carteira da bolsa. Por favor, ele diz, eu pago. Sobraram pastéis, comeram pouco, mas não sente fome. Então Danilo saca a carteira do bolso e puxa duas notas de cinquenta, não é nem louco de pagar com cartão. Mentira bem contada. Será que o Fred vai demorar para trazer o troco? Não demorou, em menos de um minuto os trinta e cinco reais no pires de metal pediam que eles se levantassem e saíssem dali imediatamente.

— Vamos? — pergunta Stephânia, já colocando a tira da bolsa no ombro esquerdo, o que deixou os seios ainda mais salientes.

— Não, não vamos.

As sobrancelhas da linda menina à sua frente se contraem, tornando-se tristes, mas a dona da calça preta agarrada às bonitas pernas, da blusinha vermelha que destacava os seios sem deixá-los à vista, a dona da maquiagem especial para a ocasião, a dona do dinheiro emprestado que o teria salvado de vender o carro, a dona das sobrancelhas que mudaram tanto uma expressão em tão pouco tempo, se cala.

— Desculpe, Stephânia, não vou com você.

Ela se levanta, segurando com firmeza a alça da bolsa, e sai, deixando Danilo no bar quase vazio.

Melhor esperar um pouco. Não, não quero mais nada, Fred. Não sabe quanto tempo ainda permaneceu na mesa de canto escolhida por Stephânia. Menos de dez minutos, talvez, até que finalmente também se levanta e sai, deixando o troco para o garçom que encheu o saco a noite inteira. Dinheiro de pinga para um devedor de quarenta mil. Conhece o bairro, trabalhou perto dali durante anos, sabe onde esperar o ônibus para casa. Que não demorou quase nada para aparecer. Embarca. Naquele horário há lugares de sobra, como o bar de onde acabara de sair. Escolhe uma poltrona desocupada no fundo e se finca no mundo-mais-que-interno. Existe o que eu penso de mim, o que os outros pensam de mim, e o que eu quero que os outros pensem de mim. Se estivesse agora tirando a blusa vermelha colada de Stephânia, se estivesse agora arrancando a calça preta justa de Stephânia, se estivesse agora beijando a colega de trabalho num lugar reservado, passando agora a palma da mão nas suas coxas descobertas, como tanto desejou nas últimas semanas, o Danilo-de-agora estaria demolindo a marretadas o Danilo-de-ontem e o Danilo-que-se-acreditava-o-de-sempre. Como Kamylle-Cristine-real destruiu com comprimidos a Kamylle-caricata. No rótulo de seu frasco de comprimidos estaria escrito *Stephânia*. E a partir de então viveria na coluna dos que ocultam, para sempre. Nova violação do binômio, mas na vida privada. Porém, o juiz Livoretto-Paiva seria implacável, ele usaria as expressões *intensa malícia, dolo e má-fé* contra si mesmo várias vezes. Lamentável a falta de curadoria da própria consciência... *O funcionário da Gazeta Sorocabana expôs esposa, filha, sogros e mãe à situação vexatória e por isso merece pronta condenação. Ante o exposto, condeno Danilo Livoretto Paiva*. Mas agora não está arrancando a roupa de ninguém, não está beijando ninguém, não está passando a mão em ninguém. Agora está num ônibus a caminho do Campolim, esperando seu ponto chegar. No barzinho falido, ele e Stephânia também não saíram do mundo-da-iminência — passageiros que, embora tenham dividido o mesmo banco, nada mais fizeram do que esperar os seus pontos. Uma porção de pastéis, dois chopes e afagos são a rebarba, o excesso que, depois do desbaste, se descola do principal e vira lixo. Escolhi outro ponto. Existe o que eu penso de mim, o que os outros pensam de mim, e o que eu quero que os outros pensem de mim. Não sei bem quem sou, muito menos como os outros me enxergam — *"tão abstrata é a ideia do meu ser"* —, mas hoje, só hoje, quis pintar um autor-retrato sem o borrão Stephânia. Olha para o mundo-de-lá como se tivesse acabado de abrir os olhos, reconhece a rua, está a duas quadras de casa. Levanta e aciona o sinal para o motorista.

Quando o ônibus para, Danilo finalmente salta no ponto de referência de si mesmo.

92

Diretora de alunos e de espíritos.

Izilda Miranda Pontes de Souza nasceu em Sorocaba em 1946 e dedicou a vida à educação. Tendo alcançado o cargo de diretora do SESI-Mangá, nessa função permaneceu por mais de trinta anos, segundo contou Valter, filho mais novo, jornalista em São Paulo. "Era profissional dedicada, mas nunca negligenciou a família, tinha energia para várias atividades simultâneas." Valquíria, a outra filha, narrou a paixão pelo teatro e como ela conseguia, a cada final de ano letivo, encenar peças com a participação entusiasmada dos alunos. No seu último lar, a Cidade da Melhor Idade, onde morava há alguns anos por opção — "mamãe não queria pesar para nenhum filho ou neto" —, chegou a encenar o próprio velório, acumulando funções de roteirista, cenógrafa, iluminadora, atriz principal e, claro, diretora. Porém, o que ela não previu foi a quase meia centena de ex-alunos prestando homenagem àquela que lhes deu conteúdo e alma. Ano a ano sob a batuta de dona Izildinha como atores amadores, os alunos viraram plateia na última aparição da diretora. O enterro ocorreu na terça-feira, às dezoito horas, no Cemitério da Saudade. Danilo Paiva.

Sim, os filhos respeitaram parte dos desejos de dona Izilda, como as rosas brancas entremeadas de folhagem verde, candelabros prateados com velas altas e seis pedestais, mas as semelhanças com o velório ensaiado que Danilo ajudou a organizar ficaram por aí. Conversa com um, conversa com outro, descobriu que a meia centena de ex-alunos forma um grupo que mantém contato até hoje. Quando um deles soube da morte da diretora, avisou aos demais; o velório estava repleto de ex-alunos. Danilo conta onze coroas de flores, quando Izildinha havia previsto apenas quatro. O verdadeiro caixão, bem à sua frente, imita cerejeira; o emprestado imitava imbuia. É evidente que o padre de verdade recita o missal católico correto para a ocasião, e não o texto redigido por Izilda. Ninguém declama versos do Machado, o que, na visão de Danilo, fez falta. *"A forma é essencial, vale de pouco o fundo"* — consultou nas anotações.

E, claro, dessa vez a defunta não se levantou do caixão, como deve ser.

Depois daquela conversa no Atol, era de novo o trabalho que o distraía. Curioso que, nos devaneios que antecederam o encontro real, também Danilo havia montado cenários e figurinos, treinado entonações e trejeitos, participado de diálogos tão fluidos e coerentes como conclusões lógicas decorrem de argumentação consistente: seduzir, abraçar, beijar Stephânia; depois, uma vida estupefaciente ao seu lado. E o momento chegara. Porém, todas as conjecturas para o pós-pastel, não. E não por uma contingência interposta entre desejo e realização, mas porque, na frente da mulher que o atraía, e justamente quando ela, atrevida e sem rodeios, manifestava o mesmo interesse, Danilo improvisou e surpreendeu a plateia.

Almoçando sozinho no restaurante perto da redação, e com um exemplar da *Gazeta* sobre a mesa, ele compara o obituário do dia — alguém do Asilão finalmente fora homenageado! — com o que imaginou que escreveria quando ajudou a enérgica idosa no velório ensaiado tempos atrás. Bem diferentes. A verdade é que não há ensaio que dê conta do recado.

93

— Matando a saudade de dirigir, né?

Apesar do gracejo de Carol, para quem praticamente nunca havia ultrapassado os limites sorocabanos, até que Danilo estava se saindo bem no estrangeiro. Naquele instante tinham saído do parque encantado — como Laurinha o apelidou — e se dirigiam a um restaurante de comida brasileira que a esposa descobrira na internet. Depois, deixariam os sogros no hotel — eles não suportavam um dia completo nos parques — para, em seguida, retornarem à companhia das princesas.

Laura já conseguia identificar os "de verdade" e os "de mentira" — segundo sua classificação, as princesas eram de verdade (elas falavam), enquanto Mickey, Pateta, Donald e outros eram de mentira. Se bem que, quando a fantasia era tão boa a ponto de permitir que os olhos fechassem e abrissem, até a desconfiada filha vacilava. Veja, pai, eles piscam! Acho que são de verdade também... Desde cedo a gente classifica.

Peguei uma promoção ótima para o Sete de Setembro, havia anunciado Carol (na opinião de Danilo, eram as promoções que nos pegavam, e não o contrário), e todas as despesas seriam por conta do sogro. Se no início o genro se incomodou com isso, bastou uma conversa com a esposa para que ele aceitasse o presente com boa vontade. Sua mãe também não nos ajudou com dinheiro outro dia?! Era verdade, pais ajudam filhos.

De outro lado, não foi problema conseguir uma semana de folga na Gazeta. Depois que Danilo havia quitado sozinho o valor da condenação, Borba passou a tratá-lo normalmente de novo. E o obituarista deixou cerca de dezenas de obituários preparados, caso o chefe concordasse em publicá-los mesmo com algum atraso.

— Suas matérias não são furos de reportagem, ninguém exige defunto fresco — disse Borba, tratando-o normalmente.

E não só na Gazeta a rotina voltava aos trilhos. Depois dos quarenta mil, também a rotina familiar havia melhorado. Óbvio que a grana faria falta para a reforma do apartamento, mas o alívio da esposa e dos sogros pelo fim do processo era evidente. Alívio de Danilo também. Foi melhor não ter recorrido... E o fora em Stephânia? Alívio, de novo. Não que não tenha flertado com arrependimento (poderia, pelo menos, ter experimentado...), ou que não tenha receado que Carol descobrisse alguma coisa (como ela reagiria se soubesse da porção de pastel?), ou que não tenha se afligido sobre como seria o primeiro encontro com a colega depois do Atol (desprezo, vingança, insistência?), enfim... Porém, se tivesse saído com Stephânia, teria dado certo? Existia a possibilidade de não ter gostado da transa. Ou, mais provável, a possibilidade de Stephânia não ter gostado da transa (bem mais provável) — e dispensá-lo naquela noite mesmo. O que não falta no mundo são expectativas que se frustram... Fora a hipótese de Carol descobrir: tudo o que havia construído até ali viraria uma mentira. Jamais saberá. O fato é que agora dirigia um sedã com um painel repleto de recursos diferentes de seu antigo carro, com a esposa, a filha e os sogros como passageiros. Essa era a sua realidade, boa realidade, aliás, e não a ilusão de ser correspondente internacional ao lado da insinuante repórter num país europeu. Incrível como vidas de mentira atrapalham a de verdade. Adultos também podem se confundir quando se deparam com bonecos que piscam, parecem de verdade.

Estaciona o carro e, com a máquina emprestada de Paulinho, saca a foto da placa na coluna com letra e número e um Rei Leão ainda filhote (é o Simba, pai!), para não se perderem na volta — tudo é gigantesco por aqui. Enquanto aguardam o transporte para o interior do parque, o casal volta ao assunto do inesperado anúncio da aposentadoria de Dita. Ela fez o comunicado na última quarta-feira, afirmando que não aguentava mais lidar com conselhos amorosos, sentia suas ideias anacrônicas, falou até em fadiga criativa e de vontade. É claro que todos na mesa protestaram, lamentaram, talvez tentando dissuadi-la da decisão, mas não adiantou. A notícia aborreceu o obituarista.

— Também não gostei, sou leitora da coluna! Mas todo mundo se aposenta um dia, né?

Danilo concorda com Carol. Ele, cujo ganha-pão era justamente a aposentadoria derradeira dos outros, queria ter maturidade para assimilar a notícia. Nessa altura da conversa, porém, Laura começa a puxar os pais pelos braços, com a pressa e a ânsia típicas de quem habita um reino onde é proibida a entrada de sensações como fadiga, esgotamento ou perecimento — é que se aproximava o trenzinho que os levaria para dentro do parque encantado. Mas um dia, lamenta o pai, mesmo os muros mais robustos não vão protegê-la dessa invasão. Um dia todos se aposentam — queria ter maturidade para assimilar a notícia.

— A culpa é sua, você sabe...

Danilo concorda com Carol, como de costume. É que, três dias antes de chegarem a Orlando, o dente de leite da frente de Laura caiu — o dentão — sem dor, sem sangue, tudo normal, logo o definitivo tomaria seu lugar. Mas o pai fez a besteira de comentar que isso atrapalharia as fotografias, que pena, Laura banguelinha, vai aparecer o buraco na sua boca! Consequência: em todas as fotos em que ele, o pai da banguelinha, pedia poses, a filha armava uma cara enfezada; o protesto da filha ao comentário foi registrado em vários retratos.

— Você não prefere ser a Branca de Neve?

— Como assim, papai?

— Nas fotos você mais parece o Zangado, filha...

— Manhê!

— Pare de provocar...

Parou.

Danilo estava enfeitiçado pela máquina fotográfica, quase um computador. Sempre que podia, enquanto aguardava numa fila ou depois, no quarto, quando todo mundo já dormia, fuçava no aparelho para aprender mais um pouco. Mas o que mais lhe agradou foi o recurso que permitia enfileirar os retratos fora da ordem cronológica, agrupando-se conforme o tema que quisesse. Só retratos da filha ao lado das princesas — as de verdade. Ou apenas ao lado de bonecos do triplo de seu tamanho — os de mentira. Álbum de todos da família juntos. Fotos apenas com passeios fora dos parques. Álbum com retratos da filha sorrindo — nenhuma posada para o pai, era rancorosa, a banguelinha. Uma sequência apenas com retratos de vagas em estacionamento seria engraçada... Quantos roteiros falsos não conseguiria montar manipulando fotos verdadeiras? O seu preferido, sem dúvida nenhuma, seria o álbum da zanga da filha.

— Laurinha detestou a viagem — diria aos incautos, exibindo irrefutáveis provas do que afirmava.

É bem possível que enganasse um ou outro. As manhãs animadas nos parques, os almoços no restaurante de comida brasileira, as risadas com o sotaque português do GPS do carro, os sorrisos nos brinquedos, a emoção ao lado das princesas de verdade (por algum motivo que ninguém soube explicar, a Rapunzel deu atenção especial a Laura, chamando-a de "Little Lora" algumas vezes — talvez fosse parte do show, escolher uma criança e focar nela. Seja como for, a Rapunzel foi simpaticíssima!), os lanches e as batatas fritas compartilhados enquanto faziam balanços sobre quão divertido havia sido o último brinquedo e conjecturavam quão legal seria a próxima atração, nada disso estaria no álbum das carrancas de Laura. A viagem, a viagem tal qual aconteceu de verdade, não seria mostrada.

Decerto surgiriam especulações quanto ao motivo da sisudez: o exotérico — um espírito obsessor importunava a criança; o sociológico — Laura se posicionava contra a exploração homem pelo homem; o psicanalítico — a austeridade da criança é sintoma do aperto financeiro da família. Quando Laura apenas escondia o vão entre os dentes, essa era a verdade nua e crua. A circunstância que durava um ou dois segundos era um pedacinho, um trecho, um naco que, se eliminado, não desnaturaria a viagem. Porém, se alguém visse apenas esse álbum, se enganaria ao pensar que Laura detestou todos os passeios. Quando se enxerga uma pequena e falsa parte, o todo fica comprometido. É o que os gramáticos chamariam de "metonímia das mais fajutas".

Seria uma boa forma de Danilo explicar a profissão para a filha?

— O papai escolhe uma ou duas "fotos" da vida de alguém e as publica no jornal... Quem lê, acredita que a pessoa era daquele jeito mesmo...

— Você não conta mentiras, né?

Claro que não, só verdades, responderia, como se existissem verdades no plural, como se não soubesse que obituários são como fotografias: pouco revelam.

94

No último dia em Orlando, Laurinha acordou com chiado e febre, e por isso decidiram: nada de parque. A filha protestou, já passou, disse, mas não era verdade, dormiu à tarde com o corpo quente, não melhorou quase nada nem depois do Tylenol.

O voo de volta não foi tranquilo como se desejava, o chiado aumentou, a tosse deu as caras e a febre só diminuía com antitérmicos. Era possível sentir os calafrios da pequena. Após o pouso em Campinas, a filha queimava com trinta e nove. Virose, diagnosticou o taxista que os transportava para Sorocaba. Carol telefona para o pediatra de Laura de dentro do táxi.

— Venham para o consultório.

O pediatra mede a febre, mais de quarenta já, Laura estava molinha, coitada, e em seguida ausculta o pulmão.

— Não preciso de raio X, vamos interná-la.

Enquanto Danilo paga a consulta, Carol desce com a filha no colo para chamar um táxi. Encontram-se na porta do consultório e vão para o hospital, o pediatra já deixaria tudo avisado. O que assustou foi a urgência das providências, o doutor ouviu o pulmão e agiu rápido, é óbvio que estava preocupado. Sem conversar durante o trajeto (era melhor que Laura não se inteirasse da aparente gravidade), o casal troca olhares apreensivos. Sequer passam pela triagem, Carol e a filha foram encaminhadas à sala de radiografia de imediato. O pai mostra as carteirinhas do plano mantido pelo cartório onde Carol trabalha e assina os papéis que a recepcionista lhe entregou. Assim que o resultado da radiografia ficou pronto, talvez não tenha levado nem meia hora, o casal e a doentinha foram encaminhados à sala-consultório, onde o pediatra já os aguardava.

— Pneumonia. É sério.

Perguntam como pode ter acontecido. Ele responde que com bronquite é assim, uma cepa de *Influenza* que a vacina não protege, uma poeira, mas o mais provável era um agente alérgico desencadeante. Os parques da Disney são um antro de ácaros, sobretudo as salas fechadas, com carpetes, tecidos nas paredes, um entra e sai de gente... O pulmão, muito afetado.

Internação. Laura é levada, de maca, à UTI pediátrica. Como Carol sai para telefonar para os pais — o sinal do celular não funcionava no subsolo —, Danilo fica ao lado da filha e vê o fininho braço esquerdo ser espetado por um cateter intravenoso depois de a enfermeira não encontrar a veia do braço direito. Com a picada, Laura faz cara de choro, olha para o pai com escancarada dor, mas não chora. A dor é maior em Danilo. Depois de alguns instantes, ela adormece.

— É para dar sono mesmo — diz a moça que continuava com os procedimentos.

Sempre tranquilo, dessa vez o médico havia dado a informação pela metade. É sério. E o resto? Cadê o "vamos tratar e ela vai melhorar"?

Apesar da atenção do pediatra, da agilidade de funcionários e enfermeiros, da pontualidade matutina dos plantonistas, Carol, Danilo, doutor Marco Antônio, dona Inês e a mãe de Danilo, que se revezavam como acompanhantes à pequena (as normas do hospital autorizavam apenas um adulto por vez), passaram a se mexer atordoados com tantas irrelevantes tarefas, com tanto nada a fazer.

— Lembra quando ela nasceu?

É claro que lembrava, *os piores dias da minha vida* no diário de Carol. Os piores dias voltaram.

— Não posso fazer nenhum prognóstico, estamos tratando com o que há de melhor, mas o caso é grave.

A ordem das frases era inconcebível. Se fosse professor de gramática, daria nota zero para o médico graças à construção. O correto era "o caso é grave, mas estamos tratando". O "estamos tratando, mas é grave" assusta, tira esperança.

— Bactéria no pulmão, o resultado da cultura demora uns dias.

É Danilo quem passa as noites com a filha, e por isso é ele quem conversa com o plantonista às seis da manhã. E esses plantonistas, quase nunca os mesmos, apenas consultam o prontuário, colocam a palma da mão na testa da filha adormecida e dizem *está estável* — numa cacofonia irritante. O pediatra de verdade a visitava diariamente na hora do almoço, e então conversava com Carol, que o rendia por volta das nove horas.

Paredes brancas, cortinas de plástico em tom verde-água e metal cor de cimento brilhante.

Na segunda noite de internação, chega ao leito do lado o menino Carlos Alberto, acompanhado de Cidinha, uma senhora de aproximadamente sessenta anos.

— É a vó dele?

— Não, acompanhante, oitenta reais por noite, se um dia precisar. — E então entrega a Danilo seu cartão.

"Cidinha Guerra, cuidadora hospitalar, velando seu parente internado." Então soube que Carlos Alberto havia sido submetido a uma cirurgia de apêndice, que supurou. Está com dreno na barriga, UTI é precaução. Que tipo de pais deixa o filho nas mãos de uma contratada? No futuro Carlinhos os hospedará num asilo contra a vontade, pensa. Então, para puxar assunto, menciona o motivo da internação de Laurinha.

— Uma sobrinha-neta teve isso aí e não resistiu. Morreu aos sete, tadinha.

Mulher sem a mínima consideração, respeito, educação. Como me conta uma história dessas!? Não resistiu, tadinha. Não quis saber o nome da sobrinha morta, não quis saber o sobrenome de Carlos Alberto, os nomes dos pais do menino, não quis saber de nenhuma história pitoresca da cuidadora. Também não avisou que o verbo velar no cartão não poderia ser escolha pior. Quis matar Cidinha.

Danilo avisou Dita, que avisou Borba, que lhe deu mais dias de folga, tantos quantos necessários. É sério, havia advertido o médico. Uma sobrinha teve isso aí, morreu aos sete. Laura acabou de completar seis. Só de pensar em obituários seu estômago o esmaga. Se o pior acontecesse, teria direito a quantos dias de licença? Tem nojo do pensamento. Também o peito pesa ao lembrar as fotos da filha rabugenta. Não haverá mais álbum nenhum, vou apagar os retratos da máquina, todos. Sem Laura, fotografias são brasa em pele fina.

O bipe dos aparelhos é cacofônico como plantonistas, não só o da cama da filha, o dos outros leitos também. O de Laura é nítido, Danilo se encontra sentado na cadeira articulada de couro azul, há dois dias sua cama — não deve ser couro, imitação. Os outros bipes são difusos, difícil identificar a origem. Antes assim, antes bipes pulsando em tom frequente e ritmado do que silêncio.

Quando chegou à UTI na terceira noite, o menino Carlos Alberto já havia sido transferido para o quarto. Por que não Laura? Pelo menos não precisará conversar com Cidinha Guerra. Um momento de paz. Bastou uma frase da tal cuidadora para que o desespero se desencadeasse em Danilo. Se bem que o ar preocupado de todos os que atendiam a filha era sinal evidente de que as coisas não iam bem. Melhor não conversar com Carol sobre o que sentia; Carol também não conversa com ele sobre o que sentia. Mas ambos sentiam o mesmo.

Na pulseira de papel amarelo no pulso da espessura de dois dedos está escrito Laura C. Paiva em letrinhas negras, com o número de RG. Favor conferir, havia pedido a enfermeira. Está certo, Laura C. Paiva. C. de Casalbuono, explicou, mas a moça não deu atenção ao significado da letra "c". Sim, havia muitas crianças na UTI, era preciso cuidado na identificação. Nem todas sairão com vida. Carlos Alberto saiu com vida. Ali, o "foi para o quarto" significava "se salvou". Da primeira vez, Laura se salvou. Mas a sobrinha-neta de Cidinha não resistiu e morreu aos sete. Aceitei o nome que Carol escolheu, Laura-Laurinha. Laura-vitoriosa. Laura C. Paiva.

E o obituário do bebê Renato? A lápide que viu numa das primeiras visitas ao cemitério. Renatinho teria sua idade, hoje. Não queria pensar em obituários. Mais uma sombra, sou uma sombra de mim mesmo. Obituário que não foi escrito, até porque não havia muito o que contar, não é mesmo? Seu pai morreu jovem, mas Renatinho, muito mais. Se tivesse sobrevivido, fosse qual fosse a doença que o tivesse matado, Renato teria casado, teria tido uma filha, que talvez agora estivesse na UTI com grave infecção no pulmão, no leito ao lado, com um bipe tão audível quanto o de Laura. Ah, Renatinho teria preferido morrer a acompanhar a filha à beira da morte. A vida que não aconteceu. E se Laura não resistir, meu Deus do céu?! Carol está abatida, tadinha, os sogros, a mãe; ninguém pode fazer nada. Da outra vez, a UTI foi cautela, agora é grave. Grave ou nada grave. Quando o nada faz toda a diferença. Está estável, está estável, está estável. O plantonista pensa que é poeta? Fico de madrugada, não durmo, acompanho os bipes, durmo, acompanho minuto a minuto minha filha de seis anos, que há poucos dias conversava em inglês com a Rapunzel — maldita hora em que entramos naquelas cavernas e torres mofadas com princesas mofadas, vestidos mofados, tudo culpa da peruca loura e mofada. Uma vida que não vai acontecer se não saírem dali. Seis anos e pouco é muito pouco. Laura-juíza,

Laura-médica, Laura-nadadora-olímpica. Nenhuma das alternativas. Nem qualquer outra. Laura-com-infecção. De que adiantou a natação? Bosta nenhuma. Bronquite crônica. Mas ácaro?! Nem se lembra de Stephânia, de Dita e sua anunciada aposentadoria, com despedida marcada para daqui a um mês. Daqui a um mês estaremos todos de luto.

Troca de cateter, exame de sangue, termômetro. A Little Lora. Na cabeceira do leito de Laura — que não responde ao antibiótico — há figuras do Simba, a turma do Rei Leão, parece um bosque, uma floresta, sei lá. Pouco sabe da história do Rei Leão e dos bichos que o cercam. Por isso não conseguiria pinçar nada digno de nota. Nenhuma particularidade para inserir no obituário do Simba. Morreu e os amigos saltitantes compareceram ao velório. O enterro aconteceu no estacionamento ao lado da coluna do Simba filhote. Essa cabeceira é lápide colorida. Como poderia ser a lápide do túmulo de Renatinho ou da sobrinha-neta de Cidinha. Dois anjinhos. Que sobreviva a terceira. Mas que graça pode ter um desenho de merda para a criança que abraçou princesas de verdade? De verdade, mas com perucas mofadas. A criança que não veria as fotos da Disney, que não teria retrospectiva no aniversário, que não experimentaria as piscinas do condomínio novo, não faria faculdade, não dirigiria o primeiro carro, não se casaria, não teria filhos — fui um idiota ao sonhar tudo isso... No fundo, não planejar é proteção. Que graça teriam para uma criança que morreu? Laurinha, que não envelheceria.

Sedada responde melhor. Então por que não responde? Uma proposta para Deus: leve o desmemoriado seu Afonso, mas não a Laura; leve as pessoas que já completaram mais de cem, mas não a Laura. Pessoas com a vida inteira pela frente ou pessoas no fim da vida. Me leve. Eu vou no seu lugar. Assim como leitores fartos dos conselhos moralistas de Dita, ninguém aguenta mais obituários. Eu estou farto de obituários. Não, Deus não age assim, não sabe como Ele age. Pelo menos aqui ninguém sabe como agir — pai, mãe, enfermeiros, plantonistas e pediatras. Acaso conhecesse o caminho, procuraria o Diabo para abrir negociação. Se Laurinha chegar ao vestibular, passo a eternidade no Inferno. Vou procurar a benzedeira, enfrento o ramo de arruda que for. *O poder da reza não aceita desmentidos.* Laura é de carne e osso, ainda está aqui. Então Danilo reza para Deus, para Santa Maria, para os Santos do altar de Maria Benzedeira, para que ela continue aqui. *"Pus-me a rezar a Santa Bárbara, como se eu fosse a velha tia de alguém."* Coerência. Busca o sobrenatural porque a ciência não dá conta. Se a filha não se transformar na respeitável senhora Laura, Danilo e Carol serão os pais que enterraram a filha.

Ácaro.

Na manhã seguinte, Carol aparece com uma carta que havia chegado cedo. Abrem juntos: convite de emprego, grande jornal de São Paulo queria o seu trabalho, bastava telefonar e marcar a entrevista. Quem é você? Danilo Paiva, obituarista. Quem manda cartas hoje em dia? Quem pede para telefonar? Laurinha não teria tempo de conhecer o seu trabalho. Sou um investigador de fatos dignos de nota. Uma notícia boa que não deixou ninguém feliz porque não era possível alegrar-se com nada. O fim da fome no mundo não lhes faria cócegas naquela situação. A paz mundial, pouco se me dá. Em tempos normais, um reconhecimento. Em tempos como aqueles, uma insignificância. Incômodo até.

Poltrona azul, dor nas costas. Branco, verde-água, cinza. Antes assim. Antes cinza-chumbo que chumbo-piche. Danilo, um filho sem pai; em breve, um pai sem filha. Interrupção de cadeias. É difícil aceitar. Não aceitaria de jeito nenhum a proposta do jornal da capital, não vai mais escrever obituários, nunca mais. Vou ligar agora mesmo para Borba, eu me demito. Pega o celular, mas não liga para ninguém, três e vinte da manhã, até o Diabo reclamaria de uma ligação a uma hora dessas. Mais do que a refeição dos acompanhantes, despropósitos são difíceis de engolir.

Orações, votos de recuperação, parentes, amigos. Os piores dias da minha vida. Os piores dias de nossas vidas. Não foram explícitos um com o outro, mas sabiam disso. Assim que nasceu, foi parar na UTI. Antes de morrer, passou pela UTI. O que é esse intervalo que há entre uma UTI e outra?

Morte do pai, tapa da mãe ao único cigarro, furto de carrinhos de ferro, demissão do banco, processos na justiça, esculachos de Borba, dívidas assumidas, casa demolida, a vida imaginada ao lado de Stephânia são como os parques da Disney — estão lá longe. Mais que longe, tudo não passou de um prefácio mentiroso, irreal. Nada existe quando se fica lado a lado da filha na UTI, quando se está a um passo de se tornar o pai que perde a filha. Ao contrário do avô, sempre tão solícito à realidade, Danilo enxerga o trecho atual como intolerável. Enganchado. Como um navio naufragado, ancorado, submerso e esquecido no meio do oceano para sempre. Só o termômetro importa. Não responde ao antibiótico. Não há passado ou futuro que resistam a esse intervalo aterrador. Não pensa no trabalho, no apartamento, no carro que vendeu, no Asilão, não daria nenhum passo fora da UTI. Ou daria? Sim, vou continuar com os obituários, mas radicalizando o binômio. Verdade na veia. Até hoje, episódios engraçadinhos, supérfluos ou elaborados. Agora não, irei fundo, só a verdade: um cozinheiro aprendiz, ressentido com o salário, temperava com saliva; um engenheiro, ressentido com os filhos, usava material de quinta nas construções; uma professora, ressentida pela carreira estagnada, reprovava alunos por antipatia; uma enfermeira, ressentida por qualquer bobagem, ministrava placebos em vez de antibióticos. Dois pais que não acompanharam o pós-operatório do filho na UTI — precisa descobrir os nomes dos pais de Carlos Alberto. Vou ligar para Cidinha Guerra e publicar os nomes dos pais do menino na primeira página. De médicos então, descobriria todos os erros. Vou começar pelos profissionais deste hospital de merda aqui. Kamylle Cristine se matou, vocês sabiam disso? Suicídio. Existe errata para obituários? Só as patifarias, o vil, o sórdido. Não é a peculiaridade que o Borba quer? Só a suja idiossincrasia, a mancha, o indecente. A coluna ganhará popularidade. Ou não aguentará três dias. Vingança contra todo mundo que não salvou sua filha. Contra todo mundo que não merecia viver mais do que seis anos e pouco. Não pedirei desculpas a ninguém. Um obituarista, ressentido pela morte da filha, difama defuntos em coluna diária.

No quarto dia, troca de antibiótico, já passaram por isso. Como esses putos não perceberam antes? O resultado da cultura saiu só agora. Exame de sangue, exame de urina, temperatura a cada duas horas. Não há braço para tanta agulha. Seu foco é o termômetro, é a cortina verde-água, é o cinza metálico dos aparelhos, da estrutura da cama, é o colorido do Rei Leão e sua turma, é o cateter, é a parede branca, é a seringa vampira, é o ritmo dos bipes, a poltrona azul, não é couro isso, não é, é imitação. É a pulseirinha amarela. É o está estável.

Mais um obituário, o último: o da bactéria que envenena o pulmão de Laura. Não consegue ser como o avô, que saberia enfrentar a situação; Danilo não, impotente e amargurado com a sorte que lhe coube. Está difícil suportar; Carol, sei lá, deve estar anestesiada. Dá para aguentar a morte da filha sem anestesia? Queria um sonífero permanente. Como ficariam os dois? Não há casamento que resista à morte da filha única. Primeira e última. Aqueles dois ali, ó, o ácaro matou a filha única. O financiamento e o obituário falso, o gesseiro e os bombons da avó, o empréstimo de trinta e seis meses e o Atari, danos morais e a Disney, poderiam pedir danos morais da Rapunzel? Tudo é brisa que o vento leva, nada atrapalha. Fatos mais do que insignificantes, indiferentes. Hoje Carol e Danilo são bonecos que piscam, parecem de verdade, mas não são. O *post mortem* de Laurinha os convulsionaria em terreno devastado sem estrutura para nada novo. Amanhã o casal seria entulho. Últimas palavras. Último suspiro. Última geração de antibióticos. Última chance. Não há cimento capaz de unir os frangalhos que deles vão restar.

Tempus fugit, é no compasso dos bipes que se agarra.

95

— Bactéria rara, tivemos que buscar o antibiótico em São Paulo.

Bactéria estrangeira, bactéria encantada, bactéria das princesas.

— Infecção debelada.

No sétimo dia, após a visita do pediatra por volta de onze e meia, Laurinha foi para o quarto. Foi para o quarto, foi para o quarto, foi para o quarto. Quando o cateter sai de cena, só esparadrapos e gazes protegem o bracinho da filha. No oitavo dia, silenciado o bipe, entra a voz de Laura. Também o termômetro aparece cada vez menos. A febre foi embora antes da alta. Deixaram o quarto no décimo dia.

Agora ele, Carol e a filha ocupam o banco de trás de um táxi espaçoso e, enquanto a esposa fala que quer comprar presentes para o pessoal do hospital em agradecimento pelos cuidados com Laura, Danilo repara no sorriso da filha que, ao ouvir a palavra "presente", se animou. Dessa vez não é para você, não, meu amor. O permanente surgia, ainda pequeno, só uma pontinha branca entre outros dentes maiores e a carne rosada da gengiva. O dente. Logo deixará de ser banguelinha e poderá sorrir quando o pai pedir poses. Poderá sorrir permanentemente.

96

Foi na despedida de Dita que ficaram sabendo. A presença de Borba naquele *happy hour* parecia justificada pelo respeito à amiga de tantos anos, mas todos se enganaram. Rui se encarregou de garantir uma mesa isolada das outras, talvez houvesse discursos (houve), presentes (houve), abraços (também), todos quiseram enaltecer e agradecer o privilégio de ter convivido com Dita, era necessária certa privacidade.

— Você vai parar, parar?

— Não sei, estou com umas ideias aí...

Danilo até havia convidado Carol para acompanhá-lo, mas a esposa recusou sob a alegação, correta, de que nessas despedidas era melhor que houvesse só gente do trabalho. Por isso o obituarista chegou sozinho ao bar, no horário combinado, e se sentou a uma distância de quatro cadeiras de Stephânia. Assim que dá o primeiro gole no chope, ele se lembra de que, desde a noite em que havia rejeitado Stephânia e o atual *happy hour*, tinha acontecido tanta coisa... Indenização quitada, viagem para fora do país, internação de Laura, recuperação de Laura. Completa! Se logo depois do "fora" ele conseguiu evitar de se encontrar com a colega na sala da redação, os *happy hours* que se seguiram trouxeram um roteiro previsível: no início, se mantiveram distantes um do outro, quase nem se cumprimentaram; depois, passaram a trocar cumprimentos frios; e agora até já conversam sobre uma ou outra trivialidade. Com certeza o fato de Stephânia ter engatado um novo namoro ajudou Danilo a não sofrer mais com os fantasmas de que ela se vingaria ou de que continuaria insistindo num relacionamento entre eles. Quando ela apareceu com o doutor Caio a um dos encontros — advogado que exalava um sucesso que ele, Danilo, talvez jamais conquistasse —, o obituarista se incomodou ao ouvir Dita elogiar a beleza do namorado. Não precisava humilhar, né? O fato é que, ao contrário da sensata Carol, o inconveniente Caio acompanhava Stephânia na despedida, ficaram sentadinhos lado a lado.

Nesse instante, Paulinho chama a atenção de todos para mostrar as fotos. Há muito tempo a turma pedia para ele levar o álbum com os retratos dos encontros, o que só agora aconteceu. Por onde andariam os estagiários não efetivados? Você não mudou quase nada, Funéreo. E Camila, que deixou a Gazeta há um ano? O Ruizão está cada vez mais velho... Olha o Zé Carlos... sim, ele arrumou logo vaga no jornal concorrente. Danilo até insistiu com Dita para que lhe contasse o motivo da demissão do colega, mas ela desconversou todas as vezes. A ex-estagiária Bebel, hoje efetivada, passou a ser chamada de Isabel. Celsinho, o estagiário especialista em assuntos virtuais, termina a faculdade esse ano. Mudanças de rostos e mudanças nos rostos... Uma parte da turma desapareceu, a outra envelheceu. O Borba não aparece em nenhuma foto! Claro, até onde Danilo podia saber, este era o primeiro encontro a que ele se dignou frequentar. Oportuna e agradável aquela retrospectiva exatamente na despedida da jornalista mais antiga e mais querida. Dita foi muito legal com Danilo no começo, nunca o olhou de cima para baixo, pena que esteja indo embora...

Depois de todos folhearem o álbum e esgotarem os comentários sarcásticos ou saudosistas, Paulinho sugere que tirem o retrato daquele encontro. A última foto de Dita! A primeira de Borba! Todo mundo se posiciona atrás da mesa, com exceção de Caio, o intruso. Borba e Dita ficam lado a lado. Stephânia e Danilo, também. Mas talvez aquela tenha sido a última ocasião em que tenham ficado tão próximos.

O encontro segue o roteiro, até ali também bastante previsível, e quando os abraços e as despedidas chegavam ao fim, e já se ameaçava pedir a conta, Borba pede a palavra e revela por que ele foi àquele *happy hour*:

— Também vou deixar a Gazeta. Sexta é meu último dia.

Em meio a outras expressões de espanto ou indignação, saltaram as "cansaço?", "aposentadoria?", "outro emprego?".

— Nada disso.

Então Borba contou que o dono do jornal havia se associado a um vereador — Danilo lembrou que o político esteve na festa de quatro anos da filha exatamente na companhia de Alberto. Mas, acrescentou Borba, o vereador vem insistindo com "sugestões" para as matérias.

— Um pauteiro!

— Um pauteiro mal-intencionado.

— Já anunciei a saída para o Alberto.

— Você explicou o motivo?

— Nem precisei, ele já esperava. — O chefe ameaça acender um cigarro, mas foi lembrado por Celsinho de que ali era proibido. — Foda-se — reagiu Borba, o ex-editor-chefe, acendendo sim o cigarro.

Em seguida Borba acrescentou que, na conversa com Alberto, ele havia obtido a garantia do dono do jornal de que a equipe seria mantida.

— E quem vai ser o novo chefe?

— Um de vocês, alguém de fora, esse vereador... Não sei, isso o Alberto não falou.

Talvez não houvesse ninguém ali capaz de conduzir a redação, não com a competência de Borba. Stephânia, muito nova, acabava de ficar noiva — havia passado rápido o interesse da moça por Danilo. Paulinho, competente, sim, talvez sem maturidade para liderar uma equipe. Rui é das antigas, mas parecia acomodado na seção de esportes. Isabel-Bebel nem pensar, acabou de ser efetivada. Precisaria trazer alguém de fora? Não! Havia também Danilo Paiva, obituarista-experiente.

Rui pede mais uma rodada de chope para todos, menos para duas convidadas de última hora: a incerteza e a presunção.

97

Finalmente se mudaram para o apartamento novo! Foi formidável participar, naqueles primeiros dias, da alegria de Laura nas piscinas, exibindo-se aos pais e às outras crianças, inundada de vida; também no *playground*, onde Danilo se equilibrava entre os pedidos da filha de *Mais forte, pai, mais forte!* e as advertências de Carol de *Devagar, Danilo, mais devagar!* no balanço e seu rangente vaivém. *Segura com as duas mãos, filha, assim ó!* Nem parece que há poucos meses...

Hoje acordamos tarde, domingo afinal de contas. Enquanto compartilhavam um café-da-manhã-almoço ainda improvisado, mãe e filha combinam de irem para a piscina. *Laura, Carol e Danilo. Os novos vizinhos do 54B.*

— Não vai mesmo descer com a gente?

— Agora não, quero arrumar as coisas.

As duas descem, e Danilo termina de lavar a louça do café.

Foi a sobrevivência de Laura, foi o antibiótico trazido de São Paulo, foi não ser reconhecido na rua como o pai que enterrou a filha que lhe garantiram uma blindagem capaz de suportar qualquer bordoada. Assistir à filha sair incólume daquela situação absolutamente fora de controle — esperar um remédio fazer efeito é o mesmo que orfandade — amalgamou, como cimento acorrenta tijolos, o seu eu à indiferença pelo porvir. Não indiferença-apatia, mas indiferença-insolência, indiferença-quase-coragem. No banco do táxi logo depois que deixaram o hospital, Danilo teve a certeza de que, dali em diante, nenhum inimigo, nenhum, vazaria as trincheiras recentemente cavadas em torno de si. *Outro-Danilo-pós-UTI.*

Só não imaginava um tranco tão cedo.

Com a cozinha arrumada, se dirige ao escritório. Sim, conseguiu montar um escritório no quarto menor, está ficando ótimo, a antiga escrivaninha do doutor Marco Antônio coube direitinho na parede da janela. Ainda há várias caixas fechadas, não tiveram tempo de abrir tudo. Seguindo as etiquetas preenchidas pelo pessoal da transportadora, leva uma parte para o quarto do casal, outra para a sala e mais três ou quatro para o quarto da filha. No escritório, sobram apenas as que contêm objetos seus, exclusivamente seus. *"Quem é você?" Não-sou-jornalista-28. Obituarista.*

Nos últimos tempos, o debate na redação girava em torno das redes sociais, de como a pulverização das fontes de notícia afetaria as mídias tradicionais, da necessidade de reduzir o tamanho das matérias — o leitor está cada vez mais preguiçoso e desinteressado? — das *fake news*... A preocupação era saber se veículos impressos sobreviveriam... Enquanto Rui assegurava que o jornal-jornal, de papel, em especial em cidades do interior, jamais acabaria (*otimista-iludido?*), Paulinho receava que tudo se encaminhava para a notícia *prêt-à-porter*, para a customização da realidade, até fotografias de pontes são editadas!, o relativismo, o relativismo... (*pessimista-realista?*). Apesar de a angústia ser dele também — óbvio, seu salário dependia de Rui estar certo e Paulinho, errado —, sendo bastante honesto, Danilo pouco contribuiu para o debate, pois não se sentia em condições de compreender ou avaliar ou prever o futuro do mercado da informação. *Não-sou-jornalista-35.*

Prosaicamente, não saiu da Gazeta por nenhuma de tão relevantes questões. *Danilo-desempregado-de-novo.*

Borba cumpriu o prometido, e desocupou a sala na sexta-feira pós-anúncio, levando livros, computador, cinzeiro, tudo. Só não conseguiu carregar o odor de cigarro que, como letras entalhadas em lápides, talvez ficasse impregnado para sempre nas paredes. A partir de então, as preocupações quanto à sobrevivência do jornal impresso cederam espaço às especulações sobre quem ocuparia a vaga do chefe. Quem? Danilo não tem como negar que acreditou — esculpindo no íntimo uma maçaroca de expectativa e hesitação, orgulho e receio — que talvez Alberto o indicasse para a direção do jornal; era bem provável, afinal, os dois eram os únicos por ali fãs do Pessoa... Sem contar que se livraria dos obituários de uma vez por todas. *Danilo-editor-chefe-35.*

Entretanto, a presença do dono do jornal no aniversário da filha não lhe garantiu nenhuma vantagem, pois, logo na quarta-feira seguinte, foram surpreendidos com o retorno de Zé Carlos à redação. Para assumir a cadeira do chefe. Zé Carlos, o demitido (por que ele foi demitido mesmo?). Apesar de estar satisfeito no jornal concorrente, assim que recebeu a proposta, aceitou — foi o que disse na rápida conversa com os repórteres no dia da chegada. O Zé fez questão de ressaltar que sua recontratação reparava uma injustiça. A turma ficou contente, até Danilo (que engoliu com resiliência a frustração de não ser ele o ocupante da cadeira de chefe — não tinha tanta certeza de que preenchia os requisitos para comandar a equipe. *Danilo-de-novo-inseguro*). O Zé era gente boa, tinha experiência, sabia bem como funcionava a redação. Trouxeram alguém de fora, mas velho conhecido... Melhor assim. Ocorre que, além das declaradas virtudes, Zé Carlos mostrou ter também estômago para o que estava por vir — depois souberam.

Busca um pano úmido na área de serviço e, na volta, tira o pó da escrivaninha, inclusive na parte de dentro das gavetas. Pela janela olha o *playground* do condomínio. Não vê nem Carol nem Laura, com certeza ainda estão na piscina.

É claro que se aborreceu com o adeus de Dita e se espantou com o de Borba, dois pilares para ele, mas, com as mudanças, o retorno do Zé, aquela seria a ocasião perfeita para trocar de área. Desde a UTI da filha que o mórbido passou a incomodá-lo. Então por que não uma dança das cadeiras na Gazeta? Danilo-fotógrafo, Rui-obituários, Stephânia-esporte. Mas sem afobação, nada de "obituários-nunca-mais" ou "caso-você-não-me-der-outra-função-estou-fora". Se o Zé Carlos não pudesse atendê-lo de pronto, continuaria "obituariando" até que fosse possível mudar. Melhor deixar o antigo colega tomar pé da chefia primeiro.

Receberam o comunicado da nova diretriz logo na primeira reunião de pauta comandada pelo Zé Carlos, dias depois da sua chegada: críticas ao atual prefeito. Diárias. Contundentes. Buracos em vias públicas, obras em atraso, ações de improbidade, entrevistas com insatisfeitos — histórias verdadeiras ou nada além de suspeitas povoariam as seções da *Gazeta*. Foi esquisito trabalhar depois da reunião, apesar de Danilo não ter sido diretamente atingido. Nos limites da sua função, só poderia falar mal do prefeito quando ele morresse... Por isso não propôs nenhuma mudança, continuaria com os obituários por enquanto. Porém, na segunda reunião de pauta, o novo chefe informou que os mil e duzentos toques dos obituários seriam reduzidos a oitocentos. Agora sim, diretamente atingido.

— O Alberto quer mais espaço para os textos dele, e como vocês ocupam a mesma página... — justificou Zé Carlos.

— Passou a escrever epopeias? — retrucou Danilo.

Sem se afetar pela ironia do agora subordinado, o recém--empossado editor contou que o dono do jornal havia concluído um romance e queria publicá-lo em capítulos. Folhetim. Segundo Alberto, um "Memórias Póstumas" moderno.

— Póstumo será esse jornal se a coisa continuar assim — atreveu-se a dizer, pensando que não deixava de ser irônico que um vivo defunto-autor invadia o espaço dos obituários.

— É ele que manda, Danilo — Zé Carlos encerra a discussão.

Enquanto espera a escrivaninha secar, abre a caixa com a etiqueta *"Objetos-Redação"* e encontra os cadernos da faculdade (lidos com avidez logo que foi contratado, mas, agora percebe, quase inúteis para o que acabara se tornando), o *pen drive*, dois manuais de escrita, o míni Fernando Pessoa e gravatas escuras com o nó preparado. *Borba-chefe-de-verdade*. Aquela primeira entrevista foi engraçada! O que me singularizava? *Danilo-medroso*. Sob a pressão do entrevistador que nitidamente o intimidava, não deu respostas, nenhuma satisfatória. *Cru-que-não-sabia-nada*. Como se hoje soubesse... Mesmo assim foi contratado. Depois, Borba passou a exigir com voz potente, cigarros e constância respeito ao binômio. Fuma até hoje, ninguém o convenceu a parar. Se engole a fumaça quando nervoso, não engoliu a intromissão de um pauteiro. Até outro dia, Zé, era o Borba quem mandava, não o Alberto. *Borba-chefe-chefe*. Que deveria ter me demitido pelo obituário falso, mas preferiu demitir você (por quê, Zé?). Se a entrevista com o Borba fosse hoje, talvez respondesse: sou o *Danilo-insolente*.

O duro foi que os leitores também notaram os efeitos da "nova direção". Numa conversa com Haroldo André, por exemplo, Danilo ouviu o diretor do Asilão se referir ao jornal para o qual ainda trabalhava como "Gazeta do Tenório". Tenório, claro, era o vereador, o pauteiro mal-intencionado que falava mal do prefeito pela voz do Zé e pelas mãos dos repórteres. É claro que se espera uma imprensa crítica a toda autoridade que se desvie do atendimento ao bem comum. Até trouxe esse argumento na conversa com Haroldo André, mas, na volta para a redação, enquanto se distraía entre o mundo-de-cá e o mundo-de-lá no ônibus, Danilo sente um mal-estar por defender a Gazeta naquelas circunstâncias. Linhas combativas só devem acontecer como consequência dos equívocos da autoridade, jamais como premissa. Mas não: na "Gazeta do Tenório" a prioridade era o interesse do vereador; que decerto se lançaria candidato a prefeito na próxima eleição; e se eleito, atenderia aos interesses do Alberto. Quando o binômio Alberto-Tenório assalta o lugar do verdade--confiança, leitores e eleitores sofrem. Lembrando a lição do avô, não se levantam paredes firmes com prumo desajustado.

Por isso, na terceira reunião de pauta presidida pelo Zé-dos-anúncios, não, Zé-Carlos-editor-chefe, Danilo pediu demissão. Na frente dos outros repórteres, na cara do chefe de tabuleta. Rápido e sem discussões. Zé Carlos aceitou na hora, devia estar com a impertinência da epopeia ainda engasgada... É claro que Danilo contava com o receoso apoio de Carol, não faria isso sem sua aprovação prévia. O sogro também concordou, um desembargador, puxa vida!, com noção de certo e errado. Não era possível que o genro se tornasse, naquela altura, um cabo eleitoral do Tenório. Na redação, porém, todos tiveram a impressão de que Danilo só fez o que fez por conta dos toques a menos. Tanto que, enquanto o recém-demitido recolhia as coisas no armário próximo ao cantinho do café, Paulinho apareceu e tentou convencê-lo a pedir desculpas, você tem família, Danilo. Não conseguiu. Aquele foi o último dia de Danilo Paiva na Gazeta Sorocabana. Pelo menos fiquei livre dos obituários.

Um movimento individual — e o desemprego me singulariza. Cadê o convite da *Folha*? Não deu nenhuma importância na época. Claro, quando só ouvia bipes e enxergava lápides em vez de cabeceiras de camas hospitalares, não havia nem passado nem futuro. Ah, encontrei! Se o jornal da capital ainda o quisesse, toparia na hora, sepultando o desejo de parar de mexer com o fúnebre. Bem que Carol falou para entrar em contato o quanto antes... Amanhã sem falta! Faz poucas semanas, talvez dê certo. *Danilo-no-ônibus-à-procura-de-emprego*.

Coloca o *notebook* sobre a escrivaninha e posiciona a miniatura do Pessoa sobre o tal convite. Liga o computador e insere o *pen drive*, seria bom já fazer o *backup* dos arquivos caso fosse mesmo trabalhar em São Paulo. Justo agora que tem um escritório em casa, não sabe se vai usá-lo como planejado. Ora, planos...

Advogado-benemérito. Recepcionista-repetidora-de-clichês. Ricardo-Reis-médico. Nem todo traço distintivo está ligado ao trabalho da pessoa, é verdade; mas quase sempre a profissão é mencionada. *Chapecó-músico. Afonso-construtor. Zezu-vendedor. Uma pintora tardia ou um casal de professores. Álvaro-de-Campos-engenheiro.* Em tantos anos buscando peculiaridades de defuntos que, em vida, não ultrapassaram o patamar do banal, era difícil fugir da profissão. Até mesmo na sua primeira matéria publicada: atribuiu ao morador de rua a zeladoria da Praça da Matriz. *Filho-do-mecânico. Neto-do-pedreiro. Marido-da-cartorária. Filho-da-vendedora.* Que bosta: trinta e cinco e não tenho profissão de novo.

    O apoio de Carol e do sogro não foram gratuitos, claro, pois Danilo contava com opções. Caramba, o Eliseu! Eliseu o tranquilizava. O banco está contratando, quero você de volta. Dias antes de corajosamente pedir demissão da Gazeta, havia conversado com o antigo colega, que de novo assegurou a vaga na agência. Tudo bem, teve brios, mas se não existisse Eliseu talvez deixasse para ser valente em outro momento. E se mais para a frente conseguir uma promoção no banco, o salário vai ser maior do que o da Gazeta. Mas calma, não foi nem contratado... Entrevista amanhã às onze. Jornalismo? Um arroubo. Para falar a verdade, Eliseu, não queria nem ter saído do banco, você sabe... Só espero que não me chamem de Funéreo por lá... No entanto, não custava nada ligar antes para a *Folha*. Quem pagar mais, leva.

    De um jeito ou de outro, era pena que dificilmente continuaria a frequentar o Asilão — as conversas com os moradores e com Haroldo André eram parte saborosa da sua rotina. Folheia o caderno de anotações. *Donas de casa e benzedeiras. Vedetes e professores. Construtores e soldados. Todos-guardadores-de-rebanhos.* A mulher que namorou o ator, o operário que conversou com o ídolo. Ao movimento das folhas do caderno, pensa nos movimentos de seus entrevistados. A que nasceu em Pirassununga e morou no Rio de Janeiro. O piauiense da Vila Anastácio. O professor de literatura nascido em Três Lagoas, formado em Araçatuba e que se instalou em Piracicaba. A secretária de Ponta Grossa que acompanhou o chefe em Votorantim. *Pesar-e-lamento-em-Pilar-do-Sul. De-Pilar-para-Sorocaba. De Sorocaba-para-Sorocaba-mesmo.* Mas posso ir para São Paulo. Será?

    Por que não publicar um livro com as minibiografias? Com orelha assinada pelo Borba e prefácio do Haroldo André, o livro *"Asilo-pulsante"* ou *"Procura-se vivo ou morto"* ou *"Penúltimas palavras*" seria sucesso de público e crítica — ah, o Alberto morreria de inveja... O vaqueiro vidrado em folclore. A cirurgiã-plástica dos trabalhos voluntários. O ex-deputado que não assinou a constituinte. A caçula de oito irmãos que não quis ter filhos. O padeiro devoto de Nossa Senhora Aparecida. A primeira taxista de Indaiatuba. O dono da loja de pneus viciado em cinema. O ex-goleiro do São Bento que virou bombeiro. A cabeleireira fã de *jazz*. A farmacêutica com seus remédios "tiro e queda" para todas as dores. Lixeiros e engenheiros. Cobradores de impostos e beneméritos. Moradores de rua e desembargadores. Caberiam todos no Asilo-pulsante. *Danilo-ficcionista-de-histórias-reais.*

Então abre a caixa dos "*Documentos Importantes*". Separa, entre outros, sua certidão de casamento, o diploma de Jornalismo, certidão de nascimento da filha, seu RG com o Livoretto acrescentado há poucos anos, a escritura de compra do apartamento e os passaportes da família, para guardar tudo na gaveta do meio da escrivaninha. Documentos são cravos que demarcam os trechos da estrada.

Apesar do calor, vai à cozinha tomar chá. Alcança um copo americano no escorredor e esquenta a água no micro-ondas, insere dois sachês como de costume, vai só de chá mesmo, paciência, quem mandou não comprar bolacha? Queria bombons sonho de valsa também. Três, para emparelhar com o primo. Não tem.

O que sairia no seu obituário? Foi-se o autor das "Últimas palavras" ou aquele cujo túmulo ninguém irá visitar? Provavelmente o segundo... Ao menos até aquele trecho de seus trinta e poucos — já teria ultrapassado a metade do caminho? —, suas próprias aventuras tinham sido tão heroicas quanto as daqueles que entrevistava. Tão heroicas quanto as da esmagadora maioria do rebanho que já passou por aqui. Perdendo o pai, morando com os avós, frequentando escola pública, trabalhando no banco, estudando Jornalismo, morando com os sogros, escrevendo na *Gazeta*, degustando chá de hortelã no 54B. Tudo aconteceu. O "Dan" rabiscado no cimento fresco no muro que dividia as casas. O avô não existe mais, o muro não existe mais, as casas não existem mais. *Danilo-valete-dama-rei. Danilo-Metal. Danilo-bancário. Doutor Funéreo.* Se o chá acaba, o "Dan" resiste.

    Podia embaralhar os fatos e criar uma versão descolada da realidade (como uma sequência de fotos da filha ranzinza na Disney)? Sim, tinha liberdade para isso, mas seria uma versão-mentira, como fez com o obituário do Edu. Ora, no resumo de si mesmo não poderiam entrar o administrador de empresas, o gerente de banco (ainda não, quem sabe mais para a frente...), o namorado de Priscila, o amante de Stephânia, o correspondente internacional, o pai que enterrou a filha. Porque nada disso aconteceu. Só acredita em narrativas quem não tem espelhos, tanto o retrovisor quanto aquele que exibe sua alma.

    Suas "Últimas palavras" sempre roçaram o real. Ao menos tentou. Talvez seja difícil mesmo (impossível?) apreender tudo — Kamylle não deixou bilhete; ninguém explicou a demissão do Zé Carlos; até hoje não descobriu o que de fato houve no dia em que o Edu bateu no seu carro; também não sabe se as matérias de Dita eram reais ou inventadas ou se Stephânia se incomodou com sua recusa ou não... e, principalmente, quem foi o desgraçado que inventou o *Doutor Funéreo*? Sim, é muita pretensão olhar pela frestinha da cortina e acreditar que enxergou a casa inteira. Porém, o que se vê condiciona e limita o relato, jamais o contrário. Antes de preencher suas etiquetas mortuárias, sempre olhou quem ocupava o caixão. Com certeza deixou escapar fatos e características (ou por miopia ou por disfarce de quem contava — ignorar, esquecer, segredar e mentir é do ser humano), mas só se desviou uma vez. Pouco importa se, por azar ou negligência, viu apenas o acidental e o passageiro (nem todo fragmento representa o todo) ou se, por sorte ou esforço, captou o estável e o definitivo (há trechos que representam a essência). O que importa, de verdade, foi sempre ter perguntado sempre "quem foi você?". Quase sempre.

    Ex-obituarista que se acha íntegro avalia propostas de emprego. Momento atual, mas temporário. O hoje não o define.

Doutor Funéreo escreve obituário falso e é processado duas vezes. Momentos passados, provisórios e precários. Também não o definem.

Quase-namorado-de-Priscila. Quase-amante-de-Stephânia. Quase-editor-chefe. Quase-sepulta-a-filha. Momentos que não aconteceram. Mas contraditoriamente o definem.

Bancário-de-novo — graças a Eliseu. *Obituarista-de-novo* — só que em São Paulo. *Biógrafo de vidas ordinárias* — quem vai ler um livro de um principiante-tão-ordinário quanto? *Danilo-há-de-fazer-alguma-coisa.* Futuro incerto que o definirá.

Tudo é Danilo-Paiva. Tudo bem que, às vezes, posso apenas dizer: perdi meu pai, perdi o emprego no banco, perdi ações na justiça, perdi a casa do avô. Então me defino como *Danilo--espectador-dos-trancos-da-vida*. Em outras, posso preferir contar: usei garfo aos cinco, me casei com o amor da minha vida, paguei dívidas com a Justiça, recusei Stephânia, comprei um apartamento e me demiti da Gazeta. Eu me declaro o *Danilo-construtor-dos-trechos-da-vida.* Escolher a versão mais adequada conforme a ocasião é do ser humano. Escolher o que mostrar, escolher o que esconder. Nos obituários, não se pode mostrar a versão mais sinistra do defunto... Entretanto, biografias (ao menos as sérias, as que respeitam o binômio) devem fugir de alternativas — elas devem mostrar a soma. Menos "ou" e mais "e". *Danilo-órfão-neto-solteiro-casado-e-pai. Dan-Metal-e-Funéreo. Autor-e-réu. Bancário-cru-que-não-sabe-nada--e-obituarista.* Embora os trechos estejam sempre mudando, é possível identificar o andarilho como Danilo-Livoretto-Paiva em todos eles. *Sou-tão-espectador-dos-trancos-quanto-construtor--dos-trechos.* Caeiro, Reis e Campos não são heterônimos de nenhuma pessoa além do Pessoa. São dele. São ele.

É evidente que, quanto maior o trajeto, maior o número de vaivéns, de apropriações e de perdas, mas tudo aglutina. E molda. Se na coluna das perdas estão o pai, a casa, o avô, a avó, os empregos, e tantas outras de que não se lembra ou não percebeu, na coluna das apropriações estão o Livoretto, Carol, Laura, o latim do sogro, as teorias de Haroldo André, o mundo-de-cá e o mundo-de-lá, a blindagem da UTI, as histórias que ouviu, anotou ou publicou (pois saber escutar nada mais é do que se apropriar), e tantas outras de que não se lembra ou não percebeu. Tudo somado (e na soma *latu sensu* há conta de mais e conta de menos) veio desembocar nesse Danilo que gosta de chá de hortelã até hoje. *"Nem sempre sou igual no que digo e escrevo. Mudo, mas não mudo muito."* Se a verdade a meu respeito às vezes chacoalha como roupas no varal, ela não é infinita. Meus traços distintivos estão por aí me sustentando e me atrapalhando. O limite e a intenção estão no olhar: enxergar apenas um pequeno trecho pela frestinha da cortina não significa que a casa não esteja lá, inteira.

Volta ao escritório e olha pela janela ainda sem cortinas (vão instalar na semana que vem), agora sim: as duas estão no parquinho. Laura sentada no balanço, Carol a empurrar. Nesse instante se esquece de biografias e de obituários, das caixas abertas ou fechadas, de lacunas ou fragmentos. *Segura com as duas mãos, filha, assim ó!* Vê Carol parar o balanço, vê a filha saltar ao chão, e elas agora examinam a corda que liga a cadeirinha do brinquedo à sua estrutura de metal, a mãe aponta e conversa enquanto Laura presta atenção. A mãe mexe na corda, puxa, repuxa, em seguida dá um nó no balanço de maneira a impedir que aquele brinquedo não seja usado por mais ninguém. As duas deixam o parquinho, talvez estejam subindo. Só com a visão daquele pequeno trecho, Danilo não tem certeza do que aconteceu. Então volta a pensar na versão de si mesmo: *ego sum* um homem-de-sorte.

Escuta o toque do celular, onde está? Corre até a cozinha, número desconhecido, atende.

— Quem é? — pergunta a potente voz do outro lado.

— Danilo — responde, já identificando o interlocutor.

Não tinha o número gravado, deve ser novo, por isso precisou de três segundos para reconhecer Borba — fora do contexto, rostos e vozes demoram a se ajeitar na consciência, como objetos depois de uma mudança.

— Dita e eu estamos montando uma agência de notícias, tudo *on-line*, você tem interesse em trabalhar para mim de novo?

E, quase sem dar chance para Danilo responder (Borba sendo Borba), acrescentou que o último estagiário, Celsinho, ajudava na organização dessas coisas de página virtual, servidor, nuvem etc., e ele queria contar com Danilo. Também ressaltou que não estaria fazendo o convite se não tivessem lhe contado que ele havia saído da Gazeta. Por fim, o parabenizou, enfático, justamente por ter deixado a Gazeta.

— Obituários?

— Não, projeto novo. Venha à minha casa amanhã às duas.

— Combinado!

Eliseu às onze, Borba às duas, dá tempo, só não sabe o que diria a Eliseu se ele o intimasse a começar o trabalho amanhã mesmo. *Borba-chefe-de-novo?*

Escuta a campainha da área de serviço, Danilo vai até lá, abre a porta e elas entram. Laura não estava molhada, se secou do parquinho. Foi legal? Demais! Carol logo comenta que precisavam avisar o zelador, pois a corda do balanço estava se rompendo, se eu não vejo logo...

Nenhum balanço é definitivo? Pode ser, pode ser... mas se ele não estiver bem preso à estrutura, não funciona mesmo.

— Vai tomar banho, filha.

Ansioso, Danilo conta sobre o telefonema que acabou de receber, e Carol mostra entusiasmo. Bastante. Como ele. E se abraçam. Mas são cautelosos, será que vai ter salário?

— Mais uma opção... O que não dá é para ficar parado, né?

A filha reclama da bagunça no quarto dela — ah, sim, as caixas...— e tenta fugir do banho. Vai logo, Laura, e lave a cabeça para tirar o cloro do cabelo.

Daqui a pouco também Carol e Danilo vão começar a se arrumar para a pizza na casa dos sogros logo mais. O assunto durante o jantar seria, claro, o futuro de Danilo. Com certeza o doutor Marco Antônio vai lhe perguntar qual a sua preferência: a garantia do emprego no banco, tentar a sorte com o jornal de São Paulo ou, olha só, até o Borba lhe fez uma oferta de emprego, hein?

Por enquanto, Danilo não saberia o que responder.

Exemplares impressos em OFFSET sobre papel Cartão LD
250g/m2 e pólen Soft LD 80g/m2 da Suzano Papel
e Celulose para a Editora Rua do Sabão.